KB262334

촌부 新무협 판타지 소설
FANTASTIC ORIENTAL HEROES

화공도담 5

촌부 新무협 판타지 소설

초판 1쇄 찍은 날 § 2009년 6월 12일
초판 1쇄 펴낸 날 § 2009년 6월 17일

지은이 § 촌부
펴낸이 § 서경석

편집장 § 문혜영
편집책임 § 문정흠
편집 § 서지현

펴낸곳 § 도서출판 청어람
등록번호 § 제1081-1-89호
등록일자 § 1999. 5. 31
어람번호 § 제2-1762호

주소 § 경기도 부천시 원미구 심곡2동 163-2 서경B/D 3F (우) 420-822
전화 § 032-656-4452 팩스 § 032-656-4453
http://www.chungeoram.com
E-mail § eoram99@chollian.net

ⓒ 촌부, 2008

ISBN 978-89-251-1836-9 04810
ISBN 978-89-251-1528-3 (세트)

화공도담

畫工道談

미인도(美人圖) **5**

FANTASTIC ORIENTAL HEROES

촌부 新무협 판타지 소설

도서출판 청어람

目次

第一章
남궁화란(南宮花蘭)

畵工
道談

회공도담

1

동이 터오를 무렵이 되었는데도 주변은 어둡기만 했다.

청성산의 생존자들은 밤이 영원히 계속될 것만 같은 착각을 느꼈다. 입즉사(入卽死)라는 기진(奇陣) 속에서 암천의 습격을 받고 보니 짧은 밤도 길게만 느껴졌던 것이다.

하지만 그들의 안색은 그리 어둡지만은 않았다. 놀라운 무위로 암천의 습격을 막아낸 소년 화공에, 이제는 천하오절 중 하나인 독괴(毒怪) 당노독파까지 일행에 합류했지 않은가!

무인들은 안도한 표정으로 두 노소를 바라보았다.

"화란 아가씨……."

소년 화공, 진자명이 자그맣게 중얼거렸다. 화란 아가씨의 창백한 안색이 떠오르니 가슴이 시큰거렸다. 혹시 그녀는 많이 다친 것이 아닐까? 괜찮다고, 아무렇지도 않다고 했지만 그것은 자신을 위한 거짓말이 아니었을까?

"화란 아가씨는 어디에 계시지……?"

"너 개잡종이 감히 이 당노독파의 말을 무시하는 게냐?"

당노독파의 얼굴이 형편없이 구겨졌다. 조금 전에 '내기가 폭발했다'는 말을 듣고 상황을 알아보려 했으나, 자명이 도무지 자신의 말을 듣는 것 같지 않다.

자명이 슬픈 얼굴로 당노독파를 바라보았다.

"저는, 저는 화란 아가씨를 찾아야 해요."

당노독파는 대답 대신 물끄러미 자명을 바라보았다. 자명의 목소리에는 짙은 불안과 슬픔이 배어 있었던 것이다.

당노독파는 부지불식간에 한숨을 내쉬고 말았다.

"정신 나간 놈. 그년이 무에 그리 중하다고 찾니 마니 한단 말이냐?"

그렇게 중얼거린 당노독파가 슬그머니 고개를 돌려 크게 혀를 찼다. 말은 그렇게 했지만 자명의 슬픔을 가만히 두고 볼 수가 없었던 것이다.

내기가 섞인 소리가 청성산 어림으로 넓게 퍼져 나갔다.

"으음……."

소리가 되돌아오자 당노독파가 미간을 잔뜩 좁혔다. 화란이라는 계집은 한참 떨어진 곳에 있었다. 그것도 마치 죽어가는 사람처럼 쓰러진 채로 말이다.

당노독파가 정신없이 주위를 살피는 자명에게 말했다.

"그쪽이 아니니라, 이 개잡종아."

"예?"

자명이 빠르게 고개를 돌려 당노독파를 바라보았다. 당노독파가 우측을 가리키자 자명은 앞뒤 가릴 것 없이 재빨리 그 방향으로 뛰어갔다.

그 모습에 당노독파는 고개를 절레절레 젓고는 내기를 펼쳐 주위를 훑어보았다.

'쯧쯧, 일이 어렵게 되었군. 기감이 저처럼 희미하다면 화란이라는 계집은 필시 큰 내상을 입었으리라.'

당노독파의 심정을 알기라도 한 것일까?

뒤늦게 가문의 장녀가 사라진 것을 깨달은 창궁무애단원들이 황급히 자명의 뒤를 쫓았다. 그것은 다른 무인들 역시 마찬가지였다. 생사고락을 함께한 동료가 사라졌으니 찾지 않을 도리가 없는 것이다.

그중에서 무연 진인을 발견한 당노독파가 크게 외쳤다.

"무연 말코야, 내 물을 것이 하나 있구나!"

"…하문하시지요, 당노태태."

무연 진인의 대답이 끝나기도 전에 당노독파가 턱짓으로 겁에 질린 혜운을 가리켰다.

"이년이 실성을 한 탓에 대답을 듣지 못하였구나. 듣자 하니 큰 기운이 일어난 모양인데, 그것이 참이냐?"

"그렇소이다. 무량수불."

"그래, 그것이 내공이더냐?"

"으음……."

무연 진인이 신음을 길게 내뱉었다. 그로서도 도저히 가늠할 수가 없었던 것이다. 내기를 폭발시킨 것은 분명히 소년 화공이었지만, 무연 진인은 그에게서 무학의 흔적을 찾을 수 없었다.

무연 진인은 결국 한숨을 길게 내쉬고 말았다.

"하아— 이 미욱한 도문소자(道門小子)는 도저히 짐작할 수가 없소이다. 다만 상리(常理)로 짐작하자면, 내공이 아닐 듯하오. 그만한 내기를 일으킬 정도면 수백 년간 내공만 연마해야 했을 테니."

"클클, 그렇더냐?"

당노독파가 일그러진 얼굴로 웃어 보였다. 화공에게 기이한 공부가 있다는 것은 이미 알고 있는 일이었다. 아마도 그림의 기운을 화공의 몸에 옮겨놓던 신비한 공력이 또다시 일어난 것일지도 모른다.

"그래, 그렇구나."

문득 당노독파의 표정에 씁쓸함이 배어들었다.

암천의 혈사 이후로 천하오절은 절대적인 무위로 군림해 왔다. 천하의 그 누구도 오절의 이름에서 자유로울 수가 없었던 것이다. 하지만 오늘 만난 유장백이라는 자는 어땠던가? 신개 양비자와 동수를 이루지 않았던가.

오절의 무위에 근접한 자가 나타난 것은 삼십 년 만에 처음 있는 일이었다.

'세상이 변하고 있구나.'

문득 당노독파의 머릿속에 무림맹주가 떠올랐다. 비록 심성은 간악했지만, 그 무위만큼은 뛰어난 녀석이었다. 세월의 보탬만 더해진다면 필시 오절의 자리에 오르리라. 그렇다면 무림맹주와 비견될 만한 무위를 가졌다는 문무쌍성 역시 경시할 수가 없다.

당노독파는 뒤늦게 세월의 흐름을 절감했다.

'우리의 시대가 어느새 끝나가고 있는 게야.'

장강이 흐르듯 세상 역시 흐르고 있었다. 그녀가 모르는 새에 후학들은 하나같이 성장하고 있었던 것이다.

당노독파의 상념은 곧 자명에게로 이어졌다.

'가장 놀라운 것은 진자명, 그 녀석이라 할 수 있으리라.'

기연을 얻어 그 재주가 어디까지인지 모를 아이다. 아니, 생

각해 보면 기연 때문도 아니었다. 스스로 궁리하여 깨달아가
는 아이이니, 기연이 없었더라도 능히 큰 인물이 되었으리라.

'다만 심성이 너무 맑다는 것이 문제지. 조금만 독했더라
도 좋았을 것을.'

심성이 맑다는 것은 결코 칭찬할 일이 아니었다. 독심이 없
다면 어찌 이 험난한 강호를 헤쳐 나갈 수 있겠는가.

하지만 그렇게 생각하는 당노독파의 얼굴에는 미소가 떠올
라 있었다. 순수하게 타인의 고통에 슬퍼할 줄 아는 아이였다.
순수하게 사람을 아낄 줄 아는 아이였다. 당노독파는 그 아이
를 생각하는 것만으로도 가슴이 저미는 것을 느낄 수 있었다.

당노독파는 문득 고개를 돌려 자명이 사라진 방향을 바라
보았다.

'그 개잡종은 틀림없이 슬퍼할 테지.'

남궁가의 계집을 보고 슬퍼할 자명을 생각하니 당노독파
의 속이 답답해졌다. 다른 사람들은 슬퍼하고 좌절해도 상관
없고, 다치거나 죽어도 상관없지만 자명만큼은 그래서는 아
니 된다. 할 수만 있다면 그 아이의 슬픔과 상처는 모조리 대
신해 주고 싶은 당노독파였다.

'틀림없이 슬퍼할 게야.'

당노독파가 콧방귀를 뀌며 조그맣게 중얼거렸다.

"흥, 너 개잡종은 이 당노독파를 알게 된 것을 큰 홍복으로

알아야 할 것이다."

그렇게 말한 당노독파가 가볍게 땅을 박찼다.

그녀의 신형이 하늘 높이 솟구쳐 올랐다.

2

입즉사의 일부가 깨어진 청성산에는 조금이나마 생기가 돌아와 있었다. 풀잎은 조금씩 평소의 녹색을 되찾았고, 꽃들은 은은한 향기를 내뿜었다.

하지만 지금의 자명은 생기도, 바람도 느낄 수 없었다. 파파가 알려준 대로 쉬지 않고 달려왔지만 화란 아가씨가 보이지 않는 것이다.

자명은 목청껏 남궁화란을 불렀다.

"화란 아가씨!"

대답이 오지 않을까 하는 기대감은 물거품처럼 사라지고 말았다. 돌아오지 않는 대답 대신 화란 아가씨에 대한 상념이 가득 차올랐다.

"화란 아가씨……."

자명의 목이 천천히 메어갔다. 불길한 예감 때문에 가슴이 터질 것만 같았다. 억지로라도 별일없을 거라고, 괜찮을 거라고 생각해 보려 했지만 쉽지가 않았다.

상념이 길어지자 자명은 고개를 절레절레 저었다.

'아니, 지금은 공연한 생각을 할 때가 아니야.'

"화란 아가씨!"

자명은 다시 한 번 남궁화란의 이름을 외치며 빠르게 걸음을 놀렸다.

그렇게 얼마나 달렸을까?

어디선가 시원한 바람이 불어와 풀잎을 희롱했다. 자명은 천천히 걸음을 멈추었다. 풀잎이 잔뜩 흩날린 틈으로 누군가의 옷자락이 보였던 것이다. 풀잎이 초우(草雨)가 되어 내리는 사이로 한 여인이 앞으로 쓰러져 있었다.

그녀는 바로 남궁화란이었다.

"화란 아가씨!"

자명이 다급히 그녀에게 달려갔다. 가슴이 철렁 내려앉는 기분이 들었다. 자명은 애써 눈물을 참으며 그녀의 코에 손가락을 가져갔다.

'수, 숨이 느껴지지 않아.'

새파랗게 질린 자명이 남궁화란의 손목을 쥐었다. 하지만 맥을 잘못 짚었는지, 아니면 정말 큰일이 난 것인지 맥동 역시 느껴지지 않았다.

자명은 남궁화란을 세차게 흔들었다.

"화란 아가씨, 정신 차려요. 화란 아가씨!"

불안감이 점점 커져만 갔다. 피륙의 상처는 보이지 않았지만 크게 상처를 입은 것이 분명했다. 하염없이 눈물이 솟아나와 시야가 흐릿하게만 보였다.

"화란 아가씨, 일어나요."

몇 번이고 흔들고 또 흔들어도 남궁화란은 마치 깊은 잠에 빠져든 사람처럼 꼼짝도 하지 않았다. 자명의 행동이 조금씩 느려졌다.

"왜……."

느려진 움직임만큼이나 자명의 목소리도 가라앉았다.

도대체 언제 다친 것일까.

"왜 말하지 않았나요?"

이렇게 쓰러져 버릴 걸 왜 아무렇지 않은 척 거짓말을 한 것일까. 아프다고, 다쳤다고 말하면 될 텐데, 왜 바보처럼 이런 곳으로 도망쳐 버린 것일까.

수많은 의문이 일어났고 수많은 상념이 사라졌다. 그 어느 때보다 혼란스러웠고 그 어느 때보다 슬펐다. 그렇게 차갑게 식어가는 남궁화란을 흔들던 자명이 문득 행동을 멈추었다.

한 가지 짐작이 떠올랐던 것이다.

'나, 나 때문에…….'

자명은 결국 고개를 떨어뜨리고 말았다. 바로 자신이 위험에 처했기 때문에 그녀는 상처를 입었음을 말하지 못했으리

라. 청성산에 갇혀 있던 무인들을 만났을 때에는 한시바삐 탈출해야 했기 때문에 말하지 못했고, 그 이후에는 흑의인들과 싸우느라 말하지 못했으리라.

자명은 천천히 손을 들어 남궁화란의 얼굴로 가져갔다. 핏기라고는 없이 창백했지만, 그녀의 얼굴은 여전히 아름다웠다. 하지만 자명은 결국 남궁화란의 얼굴을 어루만지지 못했다.

그때, 어디선가 혀를 끌끌 차는 소리가 들려왔다.

"쯧쯧."

자명이 천천히 고개를 돌렸다. 뒤에는 당노독파가 일그러진 얼굴로 서 있었다.

"개잡종이 심약하기까지 하구나. 슬픔은 오히려 독이 되는 법이거늘!"

"파파, 화란 아가씨가……."

"시끄럽다!"

당노독파가 날카로운 목소리로 크게 외쳤다. 그녀에게서 섬뜩한 기세가 일어나 자명을 위협했다.

"너처럼 흔들리기만 하다가는 상황을 수습하기는커녕 더 큰 화를 자초하고 말 것이야! 그러고 싶으냐?"

"아니, 아닙니다."

자명이 눈을 꾸욱 감고 고개를 절레절레 저었다. 백번 생각해도 파파의 말씀이 옳았던 것이다.

당노독파가 성큼성큼 다가와 자명의 어깨를 잡고 세차게 뒤로 밀었다.

"비켜라, 이 심약한 개잡종아! 네가 있어봐야 걸리적거리 기만 할 뿐이야!"

자명이 뒤로 넘어지듯 밀려나자 당노독파가 한숨을 길게 내쉬며 남궁화란의 맥을 잡아갔다.

의술과 무학은 엄연히 다르지만, 무학이 경지에 오르면 의 술에도 조예가 있게 마련이다. 무공을 연마하다 보면 스스로 의 육신을 조망할 수 있게 되는 것이다. 그렇게 자신의 육신 을 조망하다 보면 마침내는 인체의 기본적인 흐름에 대해서 도 알게 된다.

하물며 천하오절 중 하나인 당노독파는 어떻겠는가? 무공 으로 인한 내상을 치료하는 데에는 차라리 의원보다도 나을 것이었다.

한참 동안 남궁화란의 맥을 훑어보던 당노독파의 얼굴이 일그러졌다.

'목숨이야 붙어 있지만 살아도 산 것이 아니로군.'

남궁화란의 육신은 조화가 깨져 있었다. 음양의 조화가 깨 어졌으니 죽은 것도 산 것도 아닌 셈이었다.

'설혹 살아난다 해도 불구가 되리라.'

목(木)과 화(火)는 양기에 속하고, 금(金)과 수(水)는 음기에 속하며, 토(土)는 음양의 중간에 있다. 양기(陽氣)가 수그러들고 음기(陰氣)가 만연하니, 지금 남궁화란의 상태는 계절로 따지면 가을이요, 오행으로 따지면 금기(金氣)라 할 수 있으리라.

"이년이 제정신이 아니었던 게로구나. 몸 상태가 이 모양인데 아예 내상을 다스릴 생각조차 하지 않았어."

당노독파의 말에 자명은 눈을 질끈 감고 말았다. 자명의 몸이 부르르 떨리는 것을 느낀 당노독파가 표독스럽게 입을 열었다.

"흥, 너 개잡종의 잘못이 아니니 공연한 죄책감을 가질 필요 없다! 이년이 일부러 일행에게서 벗어난 것을 보면 제 죽음을 숨기고 싶었던 게 분명하구나! 그렇다면 내상을 입었던 것도 밝히지 않았을 터, 일부러 숨긴 것을 주위에서 어찌 알겠느냐?"

자명은 대답 대신 주먹을 움켜쥐었다. 너무 세게 쥐어 주먹에 피가 통하지 않을 정도였지만, 자명은 조금의 통증도 느끼지 못했다. 자명은 그제야 한 가지를 깨달을 수 있었던 것이다.

'화란 아가씨는 내게 외롭지 않느냐고 물었어.'

외롭지 않다는 말에 화란 아가씨는 환한 미소를 지어 보였다. 너무 밝아서 도리어 서글픈 미소를 떠올리니 가슴이 미어지는 듯했다.

　문득 청성산으로 오던 길에 남궁화란과 나누었던 대화가 떠올랐다. 화란 아가씨에게 노리개를 건네줄 때, 그때 자신이 무어라고 했더라?

　'내가 사랑한 사람은 모두 다 떠나 버렸다고……'

　자명은 머리가 새하얗게 변하는 것을 느꼈다. 화란 아가씨는 그 말을 잊지 않고 기억하고 있었던 것이다.

　'화란 아가씨, 아가씨는 나를 걱정했던 건가요?'

　그녀는 자신을 걱정했나 보다. 그래서 이렇게 혼자 도망치고 말았나 보다. 자신에게 또 다른 이별을 선물하고 싶지 않아서 그녀는 자신의 죽음을 스스로 숨기려 했던 것이다.

　그렇게 참으려 애를 썼건만 모두 무용지물이 되고 말았다. 고개 숙인 자명의 눈에서 눈물 한 방울이 또르르 흘러내렸다.

　'아가씨도 많이 다쳤으면서, 그랬으면서 바보처럼……'

　화란 아가씨는 바보 같았다. 아니, 바보였다. 그녀 자신의 목숨이 끝나가는데, 스스로를 돌봐도 부속할 때에 왜 자신의 외로움을 대신 아파한단 말인가.

　'바보처럼 아무도 모르게 도망을 친 건가요?'

　자명은 소매를 들어 눈물을 훔쳤다.

　'나는……'

　더 이상 그녀를 탓할 수 없었다. 자신을 위해 마지막 순간까지도 웃어 보이던 여자를 어찌 탓할 수 있겠는가. 자신에게 전부를 주어버린 여자를 어찌 탓할 수 있단 말인가.

눈물을 닦았는데도 시야는 흐릿하기만 했다. 자명은 아예 눈을 질끈 감아버렸다.

그때, 남궁화란을 진맥하던 당노독파가 나지막하게 중얼거렸다.

"잠깐, 이것은……."

당노독파는 당황한 표정으로 남궁화란의 맥문에 청허심결의 기운을 불어넣었다. 남궁화란의 내상에서 무언가를 짐작한 것이다.

금기(金氣)로써 상대를 제압하는 장법.

"이것은 다름 아닌 철령장법이 아니더냐? 클클."

당노독파가 미친 사람처럼 실소를 머금었다. 그리고는 남궁화란의 옷자락을 풀어헤치더니 손을 더듬어 그녀의 명치 어림을 어루만졌다. 곧 차가운 멍울이 잡혀왔다.

그것은 오장육부에 남은 음기의 흔적으로, 철령장법만의 독특한 흔적이었다.

"캬하하! 캬하하하! 역시 그렇구나! 역시 화무백, 그 두꺼비가 이 산에 있는 것이었어!"

마침내 당노독파가 광소를 터뜨렸다. 또한 광소만큼이나 진한 살기도 함께 피어올랐다. 당노독파는 원수의 흔적을 찾았다는 기쁨에 취한 것이다.

"대산아, 룽아, 역시 너희들을 죽인 두꺼비가 이 산에 있었구나. 참 잘된 일이지? 그래, 잘된 일이고말고. 이 어미가 그 녀석을 갈가리 찢어 날짐승의 먹이로 줄 거란다."

곧이어 원수가 삼십 년 만에 얻은 인연을 핍박했다는 사실이 떠올랐다. 당노독파는 치밀어 오르는 노기(怒氣)를 참지 못해 새된 고함을 질렀다.

"대산아, 룽아! 들어보아라! 그 찢어 죽일 놈이 또 내 아이를 괴롭혔구나! 내 아이가 잘못한 것도 없는데 그 두꺼비가 내 아이를, 내 아이가 아끼는 계집을 괴롭히고 말았어!"

당노독파가 천천히 자리에서 일어나 자명에게로 다가왔다. 마치 제정신이 아닌 사람처럼 그녀의 입에서 따듯한 목소리가 들려왔다.

"개잡종아, 내 착한 아가야. 그 두꺼비를 만난 적이 있든? 아니면 이 계집민 그 두꺼비를 만난 게야? 다 말해보아라. 캬하하! 이 당노독파가 그 두꺼비를 찢어 죽여줄 테니 걱정하지 말고 말해도 괜찮아."

조금의 힘도 들어가지 않은 주름진 손이 자명의 어깨를 움켜쥐었다.

"내 아가야, 그 두꺼비는 어디에 있든? 그 두꺼비는……."

잠시 무어라 중얼거리던 당노독파가 문득 말을 멈추었다. 자명의 표정이 마음 한구석을 일렁이게 만든 것이다.

　분노로 인해 이성을 잃어버렸기 때문일까? 그녀는 마치 앙앙 우는 갓난아기를 달래는 어미처럼 어쩔 줄 몰라 하는 심정이 되었다.

　"울지 마라. 착한 아가야, 울면 안 돼."

　그 말과 동시에 당노독파에게서 살기가 사라졌다. 그녀는 어쩔 줄 몰라 하는 심정으로 자명을 바라보다가 화무백을 떠올리고는 또다시 살기를 일으켰다.

　"화무백, 그 두꺼비가! 아니, 아니야. 아가야, 너는……."

　당노독파에게서 살기가 일어났다 사라지기가 반복됐다. 그러던 그녀의 표정이 기이한 감정으로 얼룩져 갔다. 자명에 대한 애정이 그녀의 이성을 불러오고 있었던 것이다.

　그렇게 얼마가 지났을까?

　갑자기 당노독파가 미친 사람처럼 웃음을 터뜨렸다.

　"캬하하! 너는 슬퍼할 것 없다, 슬퍼할 것 없어!"

　그녀는 성큼성큼 남궁화란에게 걸어가더니 허리를 굽혀 그녀의 팔을 잡고 공중으로 던져 버렸다. 남궁화란의 육신이 튕기듯 떠오르자 당노독파는 손가락을 놀려 그녀의 혈 몇 군데를 점혈했다.

　"이 아이 때문이라면 슬퍼할 것 없느니라! 화무백, 그 두꺼비가 죽이려 했다면 이 당노독파는 살릴 것이다! 화무백이 내상을 입혔다면 나는 치유할 것이다! 그리고 마침내는 그 두꺼비의 사지를 찢어버리고 말 것이야!"

남궁화란을 품에 안은 당노독파가 광소를 터뜨리며 말했다.

그러나 당노독파의 목소리는 자명에게 전달되지 않았다. 당노독파가 내뱉은 누군가의 이름이 자명의 머릿속을 가득 메운 탓이었다.

'화무백……?'

입즉사에 들어선 지 얼마 되지 않았을 때, 자명과 남궁화란은 한 명의 무인을 만났다. 검은 손을 한 기괴한 노인이었다.

자명은 파파가 말한 사람이 그라는 것을, 화란 아가씨를 이토록 상처 입힌 자가 그였다는 것을 이제야 알 수 있었다.

'바로 그 사람이었구나.'

화린 아가씨가 화무백이라는 노인의 일장(一掌)에 튕겨 나가는 모습이 생생하게 떠올랐다. 자명의 마음에 격랑이 일어났다.

'그가, 그가 화란 아가씨를 다치게 한 거야.'

화무백이라는 노인은 파파에게 소중한 사람을 잃었다고 했다. 복수를 위해서 파파의 소중한 사람들을 죽이겠다고도 했다. 그렇게 말하는 노인의 얼굴에는 짙은 그리움이 묻어나 있었다.

'그리움, 분노, 원한, 복수…….'

자명의 눈꼬리가 파르르 떨렸다. 몇 번 겪어보지 못했던 감정들이 폭풍처럼 일어났던 것이다.

'화란 아가씨.'

생소하고 낯선, 하지만 익히 알고 있던 것처럼 자연스러운 감정.

그것은 미움이었고, 분노였다.

"그는 누구입니까, 파파?"

자명이 잔뜩 가라앉은 목소리로 질문했다.

겨우 이성을 되찾았던 당노독파가 부지불식간에 자명을 돌아보았다.

'설마……'

당노독파의 얼굴이 일그러졌다. 혹시 이 아이가 원망과 분노를 느끼게 된 것일까?

'아니야, 이 개잡종이 그럴 리가 없다. 이놈이 그럴 리가 없어.'

"대답해 주세요, 파파. 그는 어떤 사람인가요?"

당노독파의 가슴이 철렁 내려앉았다. 자명에게서 느껴지는 것은 여전히 정(情)이었으나, 오히려 그것이 그녀를 불안하게 했다.

그녀의 복수 역시 낭군에 대한 연정(戀情)에서, 자식에 대한 모정(母情)에서 비롯된 것이었다. 그렇다면 이 아이의 정이 복수를 낳지 않으리라는 보장은 어디에 있단 말인가!

당노독파의 얼굴이 일그러졌다.

'집착이로구나.'

만물을 바라보아야 할 아이가 집착을 보이고 있었다. 집착은 욕망을 낳는 법, 이대로라면 자명에게 심마가 찾아와도 이상할 게 없다. 만에 하나 아이가 복수를 꿈꾼다면, 자신처럼 되어버린다면 어찌하겠는가!

'그래서는 아니 된다.'

당노독파가 입술을 질끈 깨물었다. 남궁가의 계집은 자신이 치료할 것이나, 자명은 함께할 수 없었다. 그녀의 고통이 올올히 심마가 되어 자명을 옭아매리라.

그녀 자신은 복수만을 위해 살아왔지만, 자명만큼은 그래서는 안 되었다.

'슬픔은 오히려 독이 되는 법, 이 아이는 먼저 마음을 다스려야 헤.'

하지만 당노독파의 마음은 생각과는 정반대로 움직였다. 남궁가의 계집과 자명을 떨어뜨려 놓기 위해서는 그녀 역시 자명을 떠나야 했다. 남궁가의 계집을 치유할 수 있는 사람은 오직 그녀뿐이었던 것이다.

그사이에 자명이 위험에 처하기라도 하면 어찌하는가!

당노독파의 갈등은 시간이 지날수록 깊어져만 갔다. 자명을 잃을까 봐 두려웠고, 자명이 어긋날까 두려웠다. 하지만 어찌할 도리가 없다. 결국 한 가지를 선택할 수밖에 없는 것이다.

조용히 서 있던 당노독파가 얼굴을 일그러뜨렸다.

"흥, 그 두꺼비가 어떤 사람이든 너와 무슨 상관이란 말이냐?"

"하지만, 파파."

"시끄럽다! 지금 당면한 문제는 이 계집이 아니냐? 찬바람 잘못 맞았다가는 이 계집이 비명에 횡사하게 생겼으니, 아무래도 뉘일 곳을 찾아봐야겠다. 남궁가의 계집이니 남궁가로 데려가면 되겠지."

"…예."

자명이 침울하게 대답했다. 화무백이라는 노인이 누구인지 궁금했지만, 파파의 말씀대로 지금은 화란 아가씨를 치료하는 것이 먼저였다.

당노독파가 고통스러운 듯 인상을 일그러뜨렸다.

"하지만 너는 따라오지 못한다."

당노독파의 말은 자명에게는 청천벽력이나 다름없는 것이었다. 자명이 다급히 외쳤다.

"그게 무슨 소린가요?!"

"흥, 다시 말해주랴? 너는 따로이 하산하여야 할 것이다."

"파파!"

자명이 목소리를 높였다. 따로 하산하라니, 그게 무슨 말도 안 되는 소린가! 화란 아가씨가 저처럼 아픈데 어찌 따로 하산할 수 있단 말인가.

하지만 당노독파는 막무가내였다.

"닥쳐라! 마음을 다스리기 전까지 너는 이 계집을 만나지 못할 것이다! 지금처럼 슬픔에 침잠해 있다면 영원히 만나지 못하겠지!"

당노독파의 말투가 점점 더 표독스러워졌다.

"남궁가주와의 일년지약을 잊지 않았을 것이다! 나 역시 동석하기로 했으니 그때에 보자꾸나! 동지에 무한의 황학루로 오너라. 너는 그때까지 슬픔을 지워야 할 것이야!"

"안 돼요, 파파. 그럴 수 없습니다."

자명은 고개를 절레절레 저었다. 파파의 말을 따를 수는 없었다. 자명은 파파가 화를 내더라도 억지로 따라갈 참이었다.

"닥치라고 하지 않았더냐!"

사실 당노독파의 심정도 불안하긴 마찬가지였다. 자명이 혹시라도 잘못될까 두려웠던 것이다. 하지만 일이 이렇게 되었으니 독한 마음을 품을 수밖에 없었다.

'내기를 크게 일으켰다 했었지? 그만한 무위라면 쉽게 상하지는 않으리라.'

유장백이라는 자와 삼마존이 청성을 떠났으니 곧 암천의

졸자들도 청성을 비울 터, 당분간이라면 크게 염려할 것이 없을 터였다.

'잠시라면 괜찮을 게야.'

당노독파는 내키지 않는 듯 자명에게서 몸을 돌렸다. 저만치서 무인들이 다가오는 소리가 들려왔다. 입즉사의 잔재에 휘말려 뒤늦게야 도착한 무인들이었다.

당노독파가 나지막하게 중얼거렸다.

"나를 쫓아올 생각일랑 말아라. 너 개잡종이 쫓아온다면 이 계집을 치료하지 않을 테니."

어떻게든 당노독파의 뒤를 쫓으려던 자명이 그 말에 멈칫했다.

"파파!"

"쯧쯧."

당노독파가 여러 가지 감정이 뒤섞인 표정으로 자명을 돌아보았다. 무림맹에서 다시 만났으나, 이렇게 또다시 헤어지게 되고 말았다. 원수를 쫓아야 하기에 오래 머물지 못할 것임을 알았지만, 이렇게 황망하게 헤어지게 될 줄은 미처 몰랐던 당노독파였다.

자명은 그러한 심정은 조금도 모른 채 당황한 듯 자신만을 살피고 있을 뿐이었다.

'가련한 것.'

당노독파가 씁쓸하게 웃으며 걸음을 옮겼다. 급작스러운 이별이지만 미련이 길어봐야 좋을 일이 없는 것이다.

"클클, 정이란 오묘하구나, 오묘해. 어디에도 얽매이지 않아야 얻을 수 있다지만, 천하에 누가 있어 정을 끊을 수 있단 말인가. 천하에 누가 있어 정에 얽매이지 않을 수 있단 말인가."

한탄과 동시에 당노독파의 신형이 사라졌다. 그녀는 단숨에 남궁화란을 찾는 무인들에게로 떠나가 버린 것이다.

"파파! 잠시만!"

다급히 파파를 부르며 뒤를 쫓았지만, 자명의 걸음으로 어찌 당노독파를 따를 수 있겠는가? 자명은 결국 걸음을 멈출 수밖에 없었다.

잠시 침묵이 흘렀다.

고요한 가운데서 세찬 바람이 초우를 만들어냈다. 바람에 떠오른 풀잎들은 곧 하늘하늘 바닥으로 떨어져 내렸다.

"파파……."

자명은 천천히 고개를 들어 하늘을 바라보았다. 가슴 한구석이 텅 비어버린 기분이 들었다. 파파의 몇 마디만으로 자명은 일행과, 그리고 화란 아가씨와 떨어지게 된 것이다. 이렇게 황망하게 홀로 남겨질 줄은 몰랐다.

문득 화란 아가씨를 떠올린 자명이 눈을 지그시 감았다. 마지막에 보았던 그녀의 슬픈 미소가 눈에 선했다. 그리움이 한 가득 차올라 자명은 숨을 쉴 수가 없었다.

하지만 마음을 다스리지 못하면 그녀를 만나지 못한단다. 쫓아온다면 그녀를 치료하지 않겠단다. 파파라면 정말 그럴지도 모른다는 생각에 겁이 덜컥 났다.

"이해할 수 없습니다. 마음을 억지로 비우라고요?"

도대체 어떻게 하면 그럴 수 있단 말인가! 가슴에 맺힌 멍울을 어찌하면 지울 수 있단 말인가! 자명의 시선이 파파와 화란 아가씨의 빈자리로 옮겨갔다.

자명의 머리 위로 또다시 초우가 내렸다.

3

입즉사의 잔재에 홀려 방향감각을 잃어버렸던 창궁무애단원들은 당노독파를 발견하자마자 그쪽으로 몰려들었다. 남궁세가의 장녀가 당노독파의 품에 안겨 있으니 가보지 않을 수가 없는 것이다.

"이, 이런!"

남궁화란의 창백한 얼굴을 확인한 창궁무애단원들이 신음을 토해냈다.

당노독파가 싸늘하게 중얼거렸다.

"남궁가로 가자. 상태가 여의치 않으니 이년을 살리기 위해서는 서둘러 움직여야 할 것이다.”

“당노태태, 아가씨께서 어찌 이렇게……”

“흥, 이 당노독파의 말을 듣지 못하였느냐? 서두르라고 하지 않았더냐!”

창궁무애단원들은 입을 꾸욱 다물었다. 남궁화란 아가씨의 안색이 왜 이처럼 창백한 것인지는 모르겠으나, 일의 선후만큼은 알 수 있었던 것이다. 당노태태가 ‘살리기 위해서’라고 말했으니, 일단은 그녀의 말을 들어야만 한다.

창궁무애단원들이 다급히 이동을 준비할 때였다. 저만치서 주눅이 든 채로 서 있던 혜운이 용기를 내어 입을 열었다.

“당노태태, 화공은… 화공은 어디에 있지요?”

혜운의 질문에 다른 무인들의 시선이 낭노독파에게 집중되었다. 그것은 다른 무인들로서도 궁금하기 짝이 없는 질문이었던 것이다.

“흥! 그 개잡종은 따로 하산할 게다.”

당노독파는 그렇게 말하고는 더 이상 입을 열지 않았다. 무림을 싫어하는 당노독파로서는 혜운에게 친절할 이유가 없었던 것이다. 애당초 자명에 관해 묻는 것이 아니었다면 대답도 하지 않았으리라.

하지만 혜운은 달랐다.

“왜? 왜 따로 하산하나요? 적이 남아 있을지 모르는데, 위험할 텐데!"

"이 실성을 한 계집년이……."

당노독파가 일그러진 얼굴로 혜운을 바라보았다. 본래대로라면 겁을 집어먹었을 혜운이었지만, 혜운은 고개도 돌리지 않았다. 그만큼 화공의 안위가 걱정되었던 것이다.

"설명해 주세요, 당노태태. 화공은 어째서 따로 하산하나요?"

"캬하하! 남궁가의 계집이 이 꼴로 누워 있기 때문이니라! 이 계집년의 아픔을 슬퍼하는 마음이 깊어 이 당노독파가 직접 떨어뜨려 놓았느니라! 이제 대답이 되었느냐?"

당노독파가 섬뜩하게 웃음 지으며 말했다.

운곡이나 무연 진인을 포함한 무인들이 하나같이 의아한 듯 당노독파를 바라보았다. 당노독파의 말을 쉽게 알아들을 수가 없었던 것이다.

"스, 슬퍼서?"

혜운은 당노독파가 걸어온 곳으로 고개를 돌렸다. 문득 가슴 한구석이 일렁였던 것이다. 참으로 알 수 없는 일이었다. 화공이 따로 하산한다는 말이, 화공이 슬퍼하고 있다는 말이 왜 이리 가슴을 일렁이게 만들까?

'이상하다.'

혜운은 저도 모르게 가슴에 손을 가져갔다. 왜인지는 모르겠지만, 조금 화가 나기도 했다. 남궁 언니의 아픔을 왜 화공이 슬퍼한단 말인가! 화공을 그렇게 아프게 했다니, 남궁 언니가 밉게 느껴지기도 했다.

'진 화공……'

가슴에서 언젠가 느꼈던 요상야릇한 감정이 느껴졌다. 혹시 화공은 많이 슬퍼하고 있을까? 가까이 있었다면 콱 안아줄 텐데.

"이 당노독파가 대답이 되었느냐고 묻지 않았더냐, 이 미친 계집아! 대답이 되었다면 네 팔을 가져가야 하니 대답해 보련?"

당노독파의 살기가 짙어졌다. 감히 자신을 함부로 대했으니 이 어린 계집을 용서할 수가 없게 되었다. 혜운의 얼굴이 뒤늦게 새파랗게 질렸다.

마침 남궁화란을 찾아 몸을 움직였던 무연 진인이 다급히 혜운과 당노독파 사이를 가로막았다.

"다, 당노태태! 이 소저는 다름 아닌 천검의 손녀올시다!"

"천검?"

당노독파가 이채로운 얼굴로 혜운을 훑어보았다. 천검에게 손녀가 있다는 것은 알고 있었지만, 이만큼이나 컸을 줄은 몰랐던 것이다.

"흥, 천검도 불쌍하지. 손녀가 저런 미친년이니."

잠시 혜운을 살피던 당노독파가 혀를 끌끌 차며 고개를 돌렸다. 천검은 몇 안 되는 그녀의 친구이니 어찌할 도리가 없다. 당노독파는 남궁화란을 안고 성큼성큼 걸어갔다.

당노독파가 멀어져 가자 무연 진인이 노기 어린 얼굴로 혜운에게 고개를 돌렸다.

"당노태태께 감히 반문이라니! 저분의 별호도 모르시오, 소저?"

그녀의 별호에 괴(怪) 자가 들어가는 것은 그만큼 성정이 괴팍하기 때문이었다. 가진바 무력이 높지만 않았어도 무림공적으로 몰려 추살되었을 당노독파였다. 그런 당노독파에게 까불다니, 이 소저는 무얼 몰라도 한참 모른다.

"하지만, 하지만 화공이……."

"그것은 나 역시 이해할 수 없는 일이오만, 당노태태께 무슨 뜻이 있을 것이오. 그녀는 화공을 몹시 아끼니 큰일이야 없겠지."

무연 진인이 당노독파가 걸어온 자리로 고개를 돌렸다. 문득 한숨이 새어 나왔다. 아무리 생각해도 도무지 당노독파의 심산을 알 수가 없다.

"무량수불."

무연 진인이 수염을 한 번 쓰다듬고는 천천히 몸을 돌렸다. 그는 당노태태를 따르기로 마음먹은 것이다. 화공의 일이 마음에 걸렸지만, 청성산을 탈출해야 하는 것이 먼저였다.

청성산에서 무사히 탈출하거든 무림맹에 그간 있었던 일을 서신으로 보내야 할 터였다.

무림맹을 생각하니 무연 진인의 가슴이 갑갑해졌다.

'무림맹이 틀렸다, 무림맹이 틀렸어.'

무림맹은 청성산에 입즉사가 펼쳐져 있다는 사실을 비밀에 붙였다. 그러고는 화공을 보내 청성산을 그리게 하고, 그것을 기반으로 파훼법을 얻는다는 계획을 세웠던 것이다.

물론 입즉사는 오절을 유인하기 위한 함정이니 보다 신중하게 접근할 필요가 있었다. 하지만 그 결과가 어떠하던가? 무림은 청성파를 잃고 말았다.

'청성산의 혈사는 기습이 아니라 전면전을 뜻하는 것이었어. 무림맹이 지지부진하는 사이 암천은 첫 번째 승리를 거둔 셈이다.'

그렇다고 무림맹에 뾰족한 수가 있는 것은 아니었다. 동도들을 모아 청성산으로 진격하는 수가 있긴 했으나, 그리하여도 더 많은 사상자를 냈으면 냈지, 문제가 해결되지는 않았을 터였다.

애초에 무림맹은 손발이 묶인 상태였던 것이다.

'무림맹이 이처럼 무능하게 여겨지기는 또 처음이로구나.'

생각하면 할수록 한탄스러웠다. 암천의 준동을 막고자 세운 무림맹인데, 이때까지 무림맹은 아무것도 모르고 있었다. 미리 알고 대비하지 못한 탓에 강호가 혼란에 빠지고 만 것이다.

'바야흐로 천하대란(天下大亂)이 시작된 게지.'

그렇게 생각하니 소름이 오싹 돋아 올랐다. 무연 진인은 애써 생각을 거두고는 고개를 돌려 혜운을 바라보았다. 혜운은 아직까지도 그 자리에 멍하니 서 있을 뿐이었다.

"이만 가야 하오, 혜운 소저."

"네? 네."

혜운은 그래도 움직이지 않았다. 그렇지 않아도 가슴이 답답했던 무연 진인이 다시 한 번 크게 외쳤다.

"무량수불. 움직여야 한다지 않소이까!"

"…아, 알겠어요."

혜운이 어두운 목소리로 말하고는 천천히 몸을 돌렸다.

그렇게 무인들의 이동이 시작되었다. 남궁화란의 단전에 손을 얹은 당노독파를 필두로 하여 나머지 무인들이 그 뒤를 쫓게 된 것이다. 하지만 일행의 속도는 그렇게 빠르지 못했다.

그것은 모두 몇 발자국을 걸을 때마다 뒤를 돌아보는 혜운 탓이었다.

第二章
미인도(美人圖)

화공도담 畵工道談

1

당노독파의 예상대로 암천은 빠르게 청성산에서 물러났
나. 자웅을 결할 것이라면 모르겠으나, 후퇴하기로 결정한 이
상 지체할 필요가 없었던 것이다. 천하오절 중 일인인 당노독
파가 있으니 암습을 계획하거나 하는 일도 없었다.

무사히 청성산을 하산한 무연 진인은 그 즉시 한 통의 서신
을 작성했다. 천만다행히 무연 진인의 서신은 며칠 만에 무림
맹이 있는 섬서성(陝西省) 안강(安康)에 도착했다.

하지만 그 안에 담긴 내용은 결코 다행스러운 것이 아니었
다. 명천회가 끝난 후로도 무림맹에 거하고 있던 구파일방의

수뇌부들은 창룡검전에 모여 하나같이 침통한 표정을 지어야
했다.

"믿을 수가 없구려, 믿을 수가 없어. 청성의 일이 이처럼
처참했을 줄이야."

공동파(共同派)의 현암 진인(玄巖眞人)이 한탄처럼 중얼거
렸다. 그 말은 곧 좌중의 심정을 대변하는 말이었다.

청성파의 장문인과 장로들이 실종되었다니!

그것은 곧 봉문, 아니, 멸문에 준하는 사태라 할 수 있었다.
천하무림의 거목으로 군림해 왔던 구파일방 중 하나인 청성
파가 빠르게 무너지고 만 것이다.

종남파(終南派) 장문인 파사신권(破邪神拳) 나영균(羅英均)
이 수염을 쓰다듬으며 중얼거렸다.

"실종이라고는 하나 그것이 곧 참변을 뜻하는 것은 아닐
것이오. 청성신검(靑城神劍)의 독문절기인 칠십이파검(七十二
破劍)은 무림의 일절인데, 설마하니 이렇게 쉽게 무너졌겠소
이까? 어쩌면 암천의 눈을 피해 몸을 숨기고 있을지도 모르지
요."

하지만 그의 말에는 자신감이 없었다. 구파일방의 장문인
이 몸을 숨겨야 할 정도라면 그것 역시 심각하기는 마찬가지
인 것이다.

현암 진인이 고개를 끄덕여 동의를 표시했다.

"본도도 그렇게 생각하오이다. 서신을 분석한 신산자 제갈 경의 말에 따르면, 이번의 입즉사는 지난번보다 훨씬 진보된 것이라 하오. 거기에 흑풍대가 부활했고, 고수들까지 부지기수였다 하니 몸을 피할 도리밖에 없었을 게요."

좌중의 무림 명숙들은 현암 진인의 말에 반론도, 동의도 하지 않았다.

화산파의 무경 상인이 씁쓸하게 입을 열었다.

"설혹 청성신검이 무사하다 해도 문제가 가벼워지는 것은 아니오. 우리는 청성산의 혈사를 한낱 전조쯤으로 여기지 않았소이까? 설마하니 우리의 눈을 완벽하게 속이고 힘을 길렀을 줄은 몰랐지요."

청성산의 일을 비밀에 붙인 것은 바로 그 때문이었다. 암천이 전면전을 벌이는 대신 오절을 유인한 이유는 아직 전면전을 벌일 만한 세를 갖추지 못했다는 뜻으로 여겼던 것이다.

"그러니 이것이 전조가 아니라면 이미 대란이 벌어진 것이나 마찬가지요. 암천은 이미 다음 수를 준비하고 있을 것이외다."

"무슨 수를 말이오?"

파사신권 나영균이 침중한 얼굴로 물었다. 화산파의 무경 상인은 씁쓸한 얼굴로 대답했다.

"청성산에 입즉사를 펼쳤다면 다른 문파에도 펼칠 수 있지 않겠소? 어쩌면 화산이나 종남에 두 번째 입즉사가 펼쳐질지도 모르지요. 입즉사가 아니라 고수까지 부지기수였다고 하니, 어쩌면 암습이 있을지도 모르겠소.”

무경 상인의 말에 안 그래도 어두웠던 명숙들의 안색이 한층 더 어두워졌다. 알고 보니 세를 정비하지 못한 쪽은 암천이 아니라 무림맹이었다. 이렇게 되면 암천은 무림맹의 세가 정비되기 전에 각개격파를 시도할 것이 분명했다. 무경 상인의 말대로 이미 청성파가 무너지지 않았던가!

파사신권 나영균이 시커멓게 죽은 얼굴로 질문했다.

“허어, 그렇다면 대책은 없겠소이까?”

“암천의 다음 수를 짐작할 수 있다면 무림지사들을 모아 미리 방비할 수 있겠지요. 하나 지금은 정보가 너무나도 부족하오. 다음 수가 무엇인지 알 수 없으니, 그저 각자의 본산이나 잘 방비하는 수밖에는……. ”

무경 상인의 말은 곧 무림맹의 무능을 지적하는 것이었다. 무림맹이 알고 있는 것은 거의 없다시피 했던 것이다.

“무림맹이 있음에도 힘을 하나로 모으지 못하고 본산에나 틀어박혀 있어야 한단 말이오? 각개격파당하기 딱 좋겠구려. ”

공동파의 현암 진인이 혀를 두어 번 찼다. 본래대로라면 지금쯤 입즉사의 파훼법이 완성되어 천하무림의 중론이 한데 모였을 것이었다. 하지만 이제는 아예 천하무림의 힘을 한데 모으기도 어려워졌다.

"한데 맹주께서는 침묵만을 지키고 계시는구려. 그래, 맹주께서는 앞으로 어찌하실 계획이오?"

파사신권 나영균이 의미심장한 어조로 질문했다. 하지만 맹주는 여전히 침묵하고 있을 뿐이었다.

그때, 맹주 대신 소림의 각원 대사가 나서며 불호를 읊조렸다.

"아미타불, 아미타불."

무림의 태산북두라는 거명만큼이나 소림의 엉덩이는 무겁다. 강호에는 지금도 수많은 일이 일어나지만 소림은 그 모든 일을 굽어볼 뿐, 참견하지 않는다. 암천의 일이 아니있다면 소림은 지금껏 무거운 엉덩이를 들지 않았을 터였다.

"소승은 암천의 마구니들은 두렵지 않지만 그로 인해 벌어질 혼란만은 두렵기 짝이 없구려. 일이 이렇게 되었으니, 이제 암천의 혈사는 모두에게 알려지고 말 것이오."

파사신권 나영균의 얼굴이 구겨졌다.

당장 무림의 중론이 갈래갈래 찢어지게 생겼는데 도대체 이게 무슨 헛소리인가! 암천이 두렵지 않다는 소리는 또 무엇이고 말이다.

"암천이 두렵지 않다 하셨소?"

"암천주의 재주가 높다 하나 정도에 인물이 없는 것은 아니지 않소이까? 폐사에도 은자(隱者)께서 거하고 계시지요."

각원 대사가 파사신권 대신 맹주를 돌아보며 말했다.

파사신권의 표정이 의아하게 변해갔다. 각원 대사는 무림맹이 아닌 오절을 언급하고 있었던 것이다.

맹주가 호탕한 웃음을 터뜨렸다.

"하하하! 각원 대사의 지혜가 깊소이다."

"아미타불."

각원 대사는 반장하여 엄세진에게 예를 표하고는 다시 자리에 앉아 염주를 굴렸다.

파사신권이 수염을 몇 번 쓰다듬었다.

"각원 대사와 맹주께 고견이 있으신 모양이오?"

파사신권의 말이 끝나기 무섭게 좌중의 시선이 모두 무림맹주 엄세진에게로 돌아갔다. 엄세진은 웃음을 거두고 심각한 얼굴로 수염을 쓰다듬었다.

"암천은 무림을 곧장 공격하지 않고 오절을 유인하고자 했소. 오절에 의해 뜻이 꺾였던 그들의 과거를 생각해 보면 그럴 법도 한 일이지."

"흐음······."

파사신권이 생각에 잠긴 표정을 지었다. 무림맹주 엄세진이 말을 이어나갔다.

“하지만 그들은 이번에도 실패했소. 암천의 뜻과는 달리, 신개와 독괴를 제외한 오절은 움직이지 않았지요. 그렇다면 암천의 다음 수를 짐작할 수 있지 않겠소?”

“암천이 또다시 오절을 제거하기 위한 시도를 할 것이라는 뜻이오?”

“그렇게 추측하외다. 오절은 무림의 상징이니, 그들을 잃는다면 무림의 사기는 절반으로 꺾이고 말 테지.”

파사신권이 고개를 절레절레 저었다.

“일리가 없는 것은 아니오만, 그것은 말씀하신 대로 추측이 아니외까?”

“하지만 가능성은 상당히 높소이다. 무연 진인께서 대지급으로 서신을 보내셨지만, 거리가 거리니만큼 이미 충분한 시간이 지났다고 볼 수 있소. 하지만 암천은 아직까지 별다른 움직임을 보이지 않는구려.”

파사신권은 물론, 좌중의 명숙들이 하나같이 고개를 끄덕였다. 소문은 정보보다 빠르게 퍼져 나가는 법이다. 만약 암천이 난리를 일으켰다면 무연 진인의 서신보다도 먼저 소문이 돌았으리라.

엄세진이 말을 이어나갔다.

“만약 암천이 계속해서 오절을 노린다면 무림맹으로서는 시간을 벌 수 있소이다. 그렇다면 본래의 계획을 바꿀 필요는 없겠지요."

"계획을 바꿀 필요가 없다는 말씀은… 무림첩을 돌리겠다는 말씀이시오?"

"그렇소이다."

파사신권의 질문에 무림맹주 엄세진이 태평한 얼굴로 고개를 끄덕였다. 엄세진은 각개격파당할 우려가 있는데도 무림첩을 돌려 천하의 무인들을 소집할 계획이었던 것이다.

"허어—"

좌중의 명숙들이 씁쓸하게 고개를 저었다. 이미 상황이 뒤집어졌으니 본래 계획대로 실행할 수는 없는 노릇이다.

맹주의 말대로 제자들을 무림맹으로 보냈다가 암천이 오절을 노리지 않으면 어찌되는가? 텅 비어버린 본산은 위기에 처하고 말 터였다.

그때, 각원 대사가 무림맹주의 말에 힘을 실어주었다.

"아미타불. 소림은 맹주의 뜻에 찬성하오. 은자께서도 맹주와 같이 생각하셨소이다."

"은자께서?"

좌중의 명숙들이 하나같이 놀란 표정을 지었다.

"그렇소이다. 은자께서는 암천이 자신들을 노리지 않는다면 억지로라도 그리되게 할 테니 걱정 말라 하셨지요. 오절을 주시하다 보면 암천의 꼬리를 잡을 수 있을 것이라는 말도 덧

붙이셨소이다."

각원 대사의 말이 끝나자 엄세진의 눈에 이채가 떠올랐다. 그렇게 된다면 무림맹으로서는 결코 손해 볼 일이 없다. 아니, 어쩌면 더 큰 이득을 얻을 수도 있다.

엄세진의 두뇌가 빠르게 회전했다.

'오절과 암천이 양패구상한다면 더할 나위가 없겠지. 그렇지 않아도 무림에 새로운 질서가 필요하던 참이었으니…….'

"오절께서 무림을 위해 큰 결단을 내려주셨구려."

속내와는 달리, 엄세진이 감탄한 표정을 지으며 크게 외쳤다.

좌중의 명숙들 역시 엄세진만큼이나 감탄한 표정이었다. 천하의 오절이 스스로 미끼가 되겠다고 공언한 것이다.

다른 이들과 달리 현암 진인은 여전히 근심스러운 얼굴로 질문했다.

"오절의 말씀을 의심하는 것은 아니오만, 그럼에도 불구하고 암천이 오절을 노리지 않는다면……."

그에 각원 대사 대신 맹주가 호탕하게 웃으며 대답했다.

"하하하! 그렇더라도 방법은 있소이다. 꼭 무림맹에 본대(本隊)를 놓을 필요는 없지 않겠습니까? 암천이 각개격파를 시도할 공산이 없지 않으니 기동성이 중요할 터, 본 맹주는 각 지방마다 무림련을 설립할 것을 건의하오. 무림맹은 그 무림련을 기반으로 이루어질 것이오."

"아!"

현암 진인이 감탄을 터뜨렸다. 각 지방마다 무림련을 설치하고, 무림맹은 그 무림련을 관리한다. 힘은 분산될지 모르지만 당금 상황에는 저만한 계책이 없다.

현암 진인이 크게 고개를 끄덕여 동의를 표했다.

"좋소. 본도는 맹주의 말에 동의하외다."

"이 파사신권 역시 맹주의 말에 동의하외다. 오절께서 시간을 벌어주신다면 무림맹으로서는 큰 도움을 얻는 셈이지요."

종남의 파사신권 역시 마찬가지였다. 그 뒤를 이어 구파일방의 수뇌부들이 맹주에게 동의를 표시했다.

무림맹주 엄세진이 천천히 자리에서 일어나 좌중을 돌아보았다.

"그렇다면 결정이 된 셈이로구려. 본 맹주는 본래 계획대로 무림첩을 돌릴 것을 선언하오!"

엄세진이 크게 외치자 무거운 침묵이 내려앉았다. 모두들 고개나 약간 끄덕일 뿐, 입을 열지 않았던 것이다. 구파일방의 수뇌부에서 앞으로의 방향을 결정했으니, 앞으로 무림맹은 상당히 바빠질 터였다.

다시금 자리에 앉은 엄세진 역시 침묵을 지켰다. 그런 그의 머릿속에는 수만 가지 상념이 떠돌고 있었다. 그중 가장 큰 것을 고르라면, 역시 오절에 대한 생각이 될 터였다.

'암천이 오절을 쫓게끔 만들겠다는 은자의 말은 꼭 그 혼자만의 생각은 아닐 것이다. 천검이나 지도 역시 동의했겠지.'

엄세진은 오절의 별호를 하나하나 떠올렸다. 생각은 곧 당노태태에게 가 닿았다. 입즉사에 들었던 당노태태, 그녀가 아끼는 화공. 그것을 떠올리자 엄세진의 미간이 좁혀졌다.

"험, 험. 무경 상인께 묻고 싶은 것이 있소이다."

"무엇이오?"

무경 상인이 엄세진을 흘끗 바라보자 엄세진은 부드러운 미소를 지었다.

"허허, 신진 고수의 출현에 대한 것이오. 무연 진인의 서신에 따르면, 무학을 모른다던 화공이 실은 놀라운 고수였다고 하더이다만……."

무경 상인이 무뚝뚝한 얼굴로 대답했다.

"무량수불. 화산은 그에 대해서는 더 이상 언급할 것이 없소이다. 명천회에서 언급했던 것이 곧 화산의 입장이오."

그 순간 엄세진의 눈이 반짝 빛났다. 무경 상인의 말속에 무언가가 숨어 있다는 것을 느낀 것이다. 어쩌면 무연 진인은 화산에 따로 서신을 보냈을지 모른다.

하지만 그것을 내색할 수는 없었다.

"하하하! 내가 공연한 것을 물었나 보구려. 좋소이다! 그 화공은 당노태태와 친분이 깊으니 언제고 또 볼 날이 있겠지요."

그렇게 말하는 맹주의 입가에는 알 듯 모를 듯한 미소가 어려 있었다.

2

일행과 헤어진 것도 벌써 머칠 전 일이건만 자명은 청성산에서 벗어나지 못했다. 그 역시 혜운처럼 몇 번이나 뒤를 돌아보곤 했던 것이다.

무인들에 대한 상념이 머리를 채울 때마다 고개를 돌렸고, 산기가 조금씩 회복하는 것을 보기 위해 고개를 돌렸다. 마치 청성산이 자명의 발목을 붙잡고 있는 듯했다.

'한바탕 꿈을 꾼 것 같구나.'

무림맹에 가게 된 것도, 파파를 만난 것도, 청성산에 오게 된 것도 모두 한순간의 꿈같았다. 눈 깜짝할 사이에 모든 시간이 지난 것도 같고, 몇십 년은 지난 것처럼 오래된 기억 같기도 했다.

'무연 진인, 혜운 소저, 운곡 도고……'

문득 생사를 같이했던 일행의 얼굴이 떠올랐다. 그들을 핍
박하던 무서운 흑의인들도 마찬가지였다. 암천을 생각하니
가슴 한구석이 답답해졌다.

암천의 예와 법이 도대체 무엇이기에 이처럼 많은 피를 부
른단 말인가! 도무지 이해할 수가 없었다. 뜻을 세웠으면 꺾
이지 말라는 말처럼, 그저 말려야겠다는 생각을 한 것이 전부
였다.

"후우—"

청성산을 바라보던 자명이 한숨을 내쉬며 몸을 돌렸다. 시
원한 물 내음이 자명의 코끝을 간질였다.

자명은 어느새 도강언(都江堰)에 도착해 있었던 것이다.

'아름답다.'

도강언은 민강(岷江)의 범람을 막고 농지에 물을 대기 위해
촉군(蜀郡)의 태수 이영(李泳)과 그의 아들 이랑(二郎)이 만든
인공적인 물길이었다. 민강(岷江) 상류에 만들어진 섬을 따라
두 갈래로 나뉜 푸른 물줄기는 자명의 심정이 어떻든 간에 은
은하게만 빛날 뿐이었다.

자명의 얼굴에 슬픔 어린 미소가 배어들었다.

'화란 아가씨와 함께였으면 좋으련만.'

화란 아가씨는 이 풍경을 본 적이 있을까? 무심한 표정으
로, 하지만 볼에 홍조를 떠올린 채로 흥취에 젖은 적이 있

을까?

자명은 눈을 지그시 감았다. 문득 그녀의 얼굴이 손에 잡힐 듯이 떠오르며 마음 한구석이 텅 비어버린 기분이 들었다.

'하지만 나는 혼자일 뿐이로구나.'

잠시 물줄기를 바라보던 자명이 관도를 따라 걸음을 옮겼다. 수많은 상념이 떠올라 자신이 걷고 있다는 것도 의식하지 못하였다.

'할아버지는 사람을 그리워하는 마음도 풍류라고 하셨지.'

도강언은 이왕묘(二王廟)나 복룡관(伏龍館) 등의 명승지가 많아 시인묵객들이 즐겨 찾는 곳이었다. 무심코 하산한 곳이 이토록 아름다운 풍경이라는 것이 자명의 마음을 더욱 아프게 했다.

'그 말을 이해했다고 생각했는데, 역시 나는 아둔한가 보다.'

자명이 시무룩한 얼굴로 고개를 떨어뜨렸다. 지금도 화란 아가씨를 그리워하고 있지만, 그것은 조금도 달갑지 않은 일이었다. 그리워할 필요가 없었다면, 그녀가 지금 옆에 있다면 얼마나 좋을까.

'화란 아가씨는 괜찮으실까?'

또다시 불안감이 들었다. 파파가 확언하셨으니 큰일은 없을 텐데도 마음 한구석이 불안하고 초조했다.

　겨울을 맞으신 아버지, 어머니처럼 화란 아가씨가 겨울을 맞았을까 두려웠다. 할아버지는 겨울이 지나면 다시 봄이 온다고 했지만, 자명은 봄의 모습이 무엇인지 알지 못했다.

　'안 돼. 이래서는 안 돼.'

　자명은 제자리에 곧게 선 채로 눈을 질끈 감았다. 잠시 그렇게 서 있던 자명은 한참 뒤에야 걸음을 옮겼다.

　해가 서쪽 끝에 걸릴 즈음, 자명은 작은 마을에 도착했다.

　장수하는 이가 많아 학수촌(鶴壽村)이라 불리는 마을이었는데, 풍광이 좋고 온후하여 문인(文人)이 많아 목숨[壽]이라는 글자를 머리[首] 자로 바꾸어 학수촌(鶴首村)이라 불리기도 하는 마을이었다.

　마을 입구에서 아이들이 까르르, 뛰어노는 소리가 들렸다.

　"그 꽃은 먹으면 안 돼. 풍접초(風蝶草:족두리꽃)잖아. 잘못 먹으면 배탈 난다고."

　소년 하나가 일행을 타박하고는 어딘가로 마구 달려갔다. 길가의 꽃을 따먹으려던 아이가 깜짝 놀라 자리에서 일어나더니 소년을 따라 달음박질했다.

　자명은 아이들이 사라진 빈자리에 앉아 꽃을 어루만졌다. 꽃이 바람에 흔들릴 때마다 그리움이 한가득 차올랐다. 어느

날엔가 화란 아가씨와 나누었던 대화가 떠올랐던 것이다.

그때도 이 꽃을 보았었다.

"…여기에도 풍접초가 있어요, 화란 아가씨."

신기한 듯 꽃을 구경하던 화란 아가씨의 모습을 떠올린 자명이 조그맣게 중얼거렸다.

"그렇군요. 처음 보는 꽃입니다."

화란 아가씨의 목소리가 귀에 들리는 것 같아 자명은 고개를 떨구고 말았다. 화란 아가씨는 그때 꽃을 보았지만, 자신은 그런 그녀를 훔쳐보았었다. 바람이 화란 아가씨의 볼을 스치고 지나가는 모습을 자명은 잊을 수가 없었다.

자신의 시선을 민망하게 여겼던 것일까? 그녀는 차가운 얼굴 속에서나마 쑥스러워했다.

"…저는 꽃 이름은 잘 모릅니다, 은인."

민망하게 대답하던 화란 아가씨를 떠올린 자명은 저도 모르게 키득거리고 말았다. 하지만 웃음과는 달리, 눈에는 눈물 한 방울이 맺혀 있었다.

시간 가는 줄 모르고 풍접초를 쓰다듬던 자명은 한참 뒤에야 자리에서 일어났다.

그때처럼 지금도 노을이 져 있었다. 자명은 문득 모든 것을 잊고 홀린 듯이 노을을 바라보았다. 노을이 마음속으로 파고드는 것만 같았다.

'…오방색(五方色)이야말로 색의 모든 것이라 했던가?

흔히 태극(太極)에서 음양(陰陽)이, 음양에서 오행(五行)이 나왔다고 한다. 서화의 세계에서도 그러한 이치는 마찬가지다.

태극은 곧 먹이다. 먹은 색이자 비색(非色)으로, 만물의 근원을 뜻한다. 음양의 기운이 나뉘어 만들어진 오행처럼, 오방색도 있다. 황(黃), 청(靑), 백(白), 적(赤), 흑(黑)이 바로 그것이다.

노을은 태양에게서 비롯되니 양(陽)이요, 오행으로 따지면 화(火)이니, 오방색 중 붉은색에 해당한다. 노을이 붉은 까닭은 그래서일 터였다.

'하지만 저것은 오방색이 아닌걸.'

머리 위는 거무스름하고, 서쪽 끝은 불타는 것처럼 붉다. 그 사이에는 주홍빛 아름다운 색상이 층층이 배어 있었다. 그것은 오방색에서 비롯되었으되, 오방색과는 다른 색이었다.

오행이 만물을 이룬 것처럼, 오방색이 섞이고 나뉘어 저러한 색을 만들었을 테다.

자명은 눈을 지그시 감았다.

노을의 한가운데에는 여전히 화란 아가씨가 서 있었다.

"와아……!"

자명이 탄성을 토해냈다. 화란 아가씨 때문일까, 노을 때문일까? 문득 가슴속에 가득 들어찬 색이 넘칠 듯 일렁거렸다. 색을 토해내지 않으면 견딜 수가 없을 것 같았다.

자명은 그제야 한 가지를 깨달을 수 있었다.

'나는, 나는 어쩔 수가 없나 보다.'

할아버지가 말씀하신 진짜 화공은 아닐지도 모르겠지만, 누가 뭐래도 자신은 화공이었다. 그리움이 풍류라는 슬픈 사실을 인정하기 싫으면서도, 자명은 그리워하고 그럼으로써 아름다워지고 있었다.

자명의 눈에서 눈물이 새어 나왔다.

"나는……."

무어라 중얼거리려던 자명의 몸이 멈칫했다.

젖은 눈가를 닦을 생각도 못한 채 멍하니 서 있던 자명은 불현듯 달음박질을 시작했다. 지금 자신에게 없는 것, 하지만 그 어느 때보다도 필요한 것을 찾아야 했던 것이다.

그렇게 얼마나 달렸을까?

연신 학수촌 내부를 훑던 자명은 허름한 문방(文房) 하나를 발견했다. 쉬지 않고 달려온 탓에 가슴이 쿵쾅쿵쾅 뛰었다.

"허억, 허억!"

“음, 손님이신가?”

문방의 주인인 듯한 촌부(村夫) 하나가 의아한 표정으로 헐떡이는 자명을 바라보았다. 자명은 주인에게 작게 목례해 보이고는 다짜고짜 그 안으로 걸어갔다.

“허어, 이보게. 돈은 있는 게야? 옷차림도 추레해 보이는데…….”

청성산에서 벗어난 후 새로 옷을 구한 적이 없었던 자명이었다. 당연한 일이지만, 청성산에 들어서면서 화구들도 몽땅 잃어버렸다. 남아 있는 것은 소매에 있는 은자 반 냥과 구리돈 몇 문이 전부였다.

하지만 자명은 그것에 만족했다.

“돈이라면 있습니다.”

“그, 그래? 그렇다면 옷이나 한 벌 해 입지 않고. 난 또 동냥인 줄 알았지 뭔가.”

주인장이 머쓱하게 중얼거렸지만 자명은 대답 대신 화선지와 안료, 벼루와 천 따위의 화구들을 어루만지는 데 여념이 없었다. 구석에 앉아 있던 주인장의 부인이 호기심 어린 시선으로 지켜보는 사이, 자명은 그럴 듯한 화구를 골라내었다.

“허어, 무얼 이리 많이 골랐누.”

자명이 고른 화구들을 바라보던 주인장이 말했다. 벼루와 문진, 화선지와 광목천, 갖가지 색상의 안료들까지 아예 화구상이라도 차리려는 모양새였다.

자명은 은자 반 냥을 넘기고서 다짜고짜 질문을 던졌다.

"근처에 묵을 곳이 있습니까?"

"응? 손이 적은 마을인지라 근방에는 반점이나 객잔이 없다네. 문방도 문인이 많아 세운 것뿐이지, 여기가 번화해서가 아니야. 나도 장사가 잘 되지 않아 고민이라네."

주인장이 주저리주저리 말했지만, 자명은 그것을 듣고 있지 않았다. 벌써부터 주위를 둘러보며 유숙할 민가를 찾고 있었던 것이다.

"허허, 것참."

주인장은 부지불식간에 헛헛한 웃음을 짓고 말았다. 한낱 문방이나 꾸려 살고 있지만 사람 보는 눈만은 뛰어난 편이라고 자부했다. 순진한 눈망울을 보아하니, 이 소년은 누구에게 당하면 당했지, 해를 끼치지는 않을 사람이었다.

문득 주인장의 마음에 호의가 깃들었다.

"좋아! 내 비록 한낱 촌부에 불과하지만 어찌 곤궁에 처한 사람을 모른 척하겠는가! 혹여 머물 곳이 마땅찮다면 여기서 묵게."

그 말에 주인장의 부인 되는 사람이 도끼눈을 뜨고 주인장을 노려보았다. 마누라가 무서웠던 주인장이 헛기침을 두어 번 내뱉었다.

"험, 험. 하지만 거스름돈은 받을 생각 말게. 나도 사정이 있는지라……."

자명은 대답 대신 고개를 꾸벅 숙여 보였다. 주인장은 '이 제 됐지?' 하는 표정으로 마누라를 흘겨보고는 제법 깨끗한 방으로 자명을 안내했다.

자명은 방 안에 들어가는 대신 주인장에게 근처 우물가가 어디에 있는지 물었다. 주인장이 설명해 주자 자명은 대뜸 그리로 달려나갔다.

노을이 가득 깃든 탓에 물은 붉게 달아올라 있었다.

'나는 왜 화구를 산 것일까?

조심스레 물을 길어 올린 자명은 생각에 잠겨들었다. 한순간의 충동이었지만 자명은 그 답을 알 수 있었다. 화구를 산 이유는 그림을 그리고 싶었기 때문이 아니겠는가.

'그렇다면 나는 왜 그림을 그리려 하는 것일까?

방 안에 들어선 자명이 멈칫했다. 하지만 그것도 잠시, 자명은 곧바로 벼루 앞에 앉아 한가득 물을 담았다. 그토록 신산스럽던 마음도 벼루를 마주하자 평온해졌다.

'설명할 수는 없겠지만, 왜인지 알 것 같아.'

굳이 말하자면, 가슴속에 색이 가득 찼기 때문이리라. 색을 풀어내지 못하면 견딜 수 없을 것 같았기 때문이고, 타는 듯한 그리움을 토해내지 못하면 버티지 못할 것 같았기 때문이다.

"후우―"

자명은 심호흡을 몇 번 하고는 천천히 먹을 들어 묵도로 가져갔다. 흔한 송연묵(松煙墨)이었지만, 그윽한 묵향이 향기롭기만 했다. 자명은 한참 동안이나 먹을 갈았다.

그다음에는 화선지를 한 장 펼쳐 문진으로 꾸욱 누른다. 경영하필(經營下筆)이라, 그림을 그리기 전에는 그 구상을 철저히 하여야 하건만, 자명은 곧바로 붓을 들어 먹에 담갔다.

무엇을 그려야 할지는 정해져 있는 것이나 마찬가지였다.

'화란 아가씨.'

마침내 자명의 붓끝이 움직였다. 세필채색화(細筆彩色畵)를 그리려는가? 선이 머리카락처럼 가늘고 얇게 이어져 나갔다. 그러나 가늘지언정 정묘하며, 치밀하고도 섬세하다. 자명은 인물화(人物畵)를 그리고 있었던 것이다.

일 획(一劃) 안에 화란 아가씨의 모든 표정이 들어있는 듯했다. 문득 남궁세가에서의 일이 떠오른 자명이 저도 모르게 웃음을 지었다.

'처음에는 화란 아가씨가 무섭기만 했었지.'

남궁세가가 답답하게 느껴진다는 혼잣말을 한 죄로 자명은 거의 매일 화란 아가씨의 방문을 받아야 했었다.

화란 아가씨는 그때마다 어려운 유가(儒家)의 가르침을 늘

어놓곤 했는데, ‘그런가요?’ 라고 물으면 무심한 가운데 새치
름한 표정을 숨겨놓고는 자신을 노려보곤 했다.

자기도 모르는 새에 화란 아가씨를 놀린 것일지도 모른다
는 생각이 들자 또다시 미소가 배어 나왔다.

‘어쩌면 화란 아가씨는 화가 났던 걸지도 모르겠어요.’

자명은 잠시 키득거리며 웃고는, 이번에는 세필로 곱게 빗
은 머리카락을 그려 나갔다. 머리카락 한 올, 한 올을 모두 그
려내듯 자명의 손이 바쁘게 오갔다.

그다음은 옷을 그려 나갈 차례였다.

소매가 길고 하늘거리는 비단 화의를 그려 나가는데, 때로
는 가지런한 금현묘(琴弦描:금의 줄처럼 가지런한 선)의 법을, 때
로는 부드러운 고고유사묘(高占遊絲描:고풍스럽고 부드러우며
가느다란 선)의 법을 따랐다. 몇몇 부분은 작게나마 구인묘(蚯
蚓描)의 법을 따르기도 했다.

그것은 무림맹에서의 기억을 불러왔다. 죄송하다며 머리
를 숙이는 모습, 사과만으로도 충분했는데도 미안해서 어쩔
줄 모르던 모습이었다.

‘사실 나는 아무렇지도 않았는데.’

노리개를 선물하지 못한 까닭은 그래서였을지도 모른다.
미안해하는 그녀를 생각하면 노리개를 건네기가 쉽지 않았던
것이다. 청성산으로 가던 길에야 겨우 기회가 닿아 선물할 수

있었다.

'그렇게까지 미안해할 필요는 없었는데.'

마지막으로 수실이 달린 봉황 모양의 노리개를 그려낸 자명은 쓸쓸하게 웃으며 붓끝을 거두었다. 자명은 가느다란 세필(細筆)을 들어 비어버린 얼굴의 내부를 채워 나갔다.

도톰한 입술 위로 오목한 인중을 그려 나간다. 인중 위로 오뚝하게 솟은 콧날 다음에는, 차가워 보이지만 알고 보면 여린 눈매도 모습을 드러냈다.

이제는 입매를 그려 나갈 차례였다.

'화란 아가씨가 웃었던 적이 있던가?'

정신없이 손을 놀리던 자명은 천천히 세필을 거두었다. 기억이 명확하지가 않았던 것이다.

그녀는 언제나 차가운 표정을 하고 있거나 아니면 정중한 표정을 하고 있을 뿐이었다.

'아니야. 웃었던 적이 있어.'

자명의 가슴이 찌르르 울렸다. 자명은 떨리는 손을 들어 그녀의 입매를 그려 나갔다. 별다를 것 없는 획이었지만, 그 획은 어느 미인(美人)의 미소보다 아름다웠다.

그녀의 미소가 슬픈 목소리로 자명을 불렀다.

"은인, 진 화공."

자명은 입술을 질끈 깨물고는 그림을 내려다보았다.

아직 점정(點睛)과 채색이 되지 않은 미인(美人)의 그림이 자명의 앞에 펼쳐져 있었다.

자명은 이번에는 안료들을 개어나갔다. 노을을 보았을 때 받았던 충격이 다시금 떠올랐다. 가슴 가득히 색이 들어와 토해놓지 않으면 견딜 수 없을 것 같았다.

유리석(琉璃石)을 갈아 만든 고운 군청색 안료를 갠 자명은 여인의 치맛자락을 칠해갔다. 꼼꼼히 칠한 후에는 색이 마르기를 기다리며 진사(辰砂)에서 얻은 주홍(朱紅)과 백토(白土)를 섞은 살색으로 남궁화란의 얼굴과 손을 칠해 나갔다.

그다음으로는 점정만이 남은 셈이었다.

그때, 화란 아가씨의 눈빛이 어땠더라?

걱정스러운 듯 자신을 바라보던 그녀의 눈빛이 또다시 말을 걸었다.

"이제는 외롭지 않은가요?"

자신이 사랑하던 이는 모두 다 떠났다. 부모님도, 오채문 할아버지도 겨울을 맞았다. 겨울이 지나면 봄이 온다지만, 그때까지 자명은 외로울 것이었다.

어쩌면… 그때도 외로워하고 있었을지도 몰랐다.

왜 그때는 몰랐을까? 그녀가 지치고 힘들어 몸을 가누기 어려운 상태였음을, 그녀가 자신을 걱정하고 있었음을 왜 그녀가 사라지고 나서야 알았을까?

자신을 부를 때에 노리개를 꼬옥 움켜쥐고 있었다는 것을, 그녀는 알고 있을까?

"이제는, 이제는 괜찮은 건가요?"

자명이 떨리는 목소리로 그때와 같은 대답을 중얼거렸다.

"…나는 괜찮습니다."

그러자 화란 아가씨가 웃어 보였다. 그녀가 웃을 때에야 자명은 붓끝을 움직일 수 있었다.

언뜻 보면 차가운, 하지만 따듯함을 속에 숨겨놓은 눈동자가 슬프게 빛났다.

"예전에는 외로웠지만 이제는… 이제는 괜찮아요."

눈동자를 모두 그려낸 자명이 그렇게 중얼거리며 그림을 내려다보았다. 어느새 눈물이 새어 나온 것일까? 자명은 시야가 흐릿해 그림을 제대로 보지 못하였다. 자명은 소매로 몇 번이나 눈을 훔친 다음에야 그림을 제대로 볼 수 있었다.

"화란 아가씨."

그림 속의 미인은 은은한 미소를 짓고 있었다. 세상에서 가장 소중한 것을 바라보듯 따듯했고, 연인(戀人)을 그리듯 애처로웠다. 그림을 보는 이의 안녕을 기원하는 듯도 했고, 그가 행복하다는 사실에 기뻐하는 듯도 했다.

자명은 이제야 자신이 슬픔을 지울 수 없음을 알았다. 그리움이 아름다운 한 자명은 아무것도 지울 수가 없을 터였다.

참으려고 애를 써보았지만 자명의 눈에서 또다시 눈물이 새어 나왔다. 자명은 무릎 어림의 옷자락을 꼬옥 움켜쥐었다.

"…머지않아 만나러 가겠습니다."

파파는 마음을 다스리면 화란 아가씨를 볼 수 있을 거라고 말했다. 자명도 그 말이 옳음을 알 수 있었다. 하지만 그것은 파파의 기대와는 다른 것일 터였다.

자명의 마음은 곧 화공의 마음이었으니까.

"머지않아……."

왜일까?

그림을 모두 완성했는데도, 자명은 또다시 붓을 들었다.

떨리는 손을 화폭의 왼쪽 하단에 가져간 자명은 아주 천천히 진자명(陳自明)이라는 이름을 써 내려갔다. 난생처음 찍는 낙관이었다.

여태껏 실력이 모자란다 하여 피해왔으나 지금의 그림만큼은 자명이 부정할 수가 없는 것이었다. 그것은 온전히 자신의 것이었으므로.

명(明) 자 위로 떨어져 내린 눈물 두어 방울을 인(印)으로 삼아, 자명은 붓끝을 내려놓았다.

화인(畫人)의 그리움은 그렇게 그림이 되었다.

다음날의 일이었다.

문방을 꾸리던 학수촌의 촌부는 길손에게 끼니라도 대접해야겠다는 생각에 방에 찾아가 자명을 불렀다. 아무리 불러도 대답이 없자 촌부는 난감해하며 문을 열었다.

그 안에는 사람은 없고 한 폭의 미인도(美人圖)만이 놓여 있을 뿐이었다.

第三章
천지가 불인(不仁)하여

畵工
道談

화공
도담

1

묵월랑 진자명에 대한 풍문은 그야말로 끝도 없었다.

어린 나이에 천하에 드문 실력을 가졌다는 점도, 정착하지 않고 세상을 떠돈다는 점도, 낙관을 찍지 않는다는 점도 하나같이 기이하게만 여겨졌던 것이다.

때문에 묵월랑 진자명의 낙관이 찍힌 미인도가 세상에 나왔을 때에 그것이 위작이나 헛소문으로 여겨진 것도 이해 못할 일은 아니었다.

하지만 그림을 본 사람들은 하나같이 감탄을 감추지 못했다. 보는 이를 사모하듯 애절하게 미소 지은 미인의 그림은 그 어떤 미녀보다도 아름다웠던 것이다.

혹자는 그 그림의 주인공이야말로 천하제일미녀가 틀림없다며 호언장담했고, 혹자는 미인도의 여인은 현실에 존재하는 것이 아니라 화공이 상상한 선녀일 것이라고 주장했다.

미인도의 주인공은 어느 무림인에 의해 밝혀졌다.

한 검객이 크게 감탄하며 '이 여인은 남궁세가의 장녀로, 빙설화(氷雪花) 남궁화란이라 불리는데, 현재 병을 얻어 남궁세가에 칩거해 있다'고 말했던 것이다.

곧이어 그녀가 묵월랑과 함께했다는 사실까지 알려지자 낙관이 찍힌 미인도가 진품이라는 것을 부정할 수 있는 사람은 아무도 없었다. 사람들은 묵월랑이야말로 천하제일화공이고, 남궁화란이야말로 천하제일미녀라고 떠들어댔다.

발 없는 말이 천 리를 간다던가? 소문은 점점 몸집을 불려 나갔다. 묵월랑은 사실 선동(仙童)이며, 어느 이름 모를 화선(畵仙)의 제자라는 말이 나올 정도로.

자명이 미인도를 그린 것도 벌써 석 달 전의 일이었다.

어느새 가을이 한창이었다. 아니, 늦가을이라 말해야 옳을 터였다. 농부들이 노릇하게 익은 벼들을 거둬들인 것이 벌써 며칠 전 일이니 말이다. 일을 마친 농가의 아낙들은 산이나 들에 맺힌 과실을 주우러 다니고 있었다.

충현(忠縣) 어림의 관도에 서 있던 자명은 하늘을 올려다보며 감탄을 터뜨렸다.

"하늘이 높네."

새파란 하늘은 끝을 알 수 없는 바다처럼 깊기만 했다. 가을 풍경이 본래 그렇다지만, 오늘의 하늘은 유난히 마음을 끄는 데가 있다. 오래지 않아 첫눈이 내릴 테니 말이다.

할아버지를 잃었던 겨울은 아픈 상처로 기억되지만, 화란 아가씨와 만날 겨울은 기대되기만 했다.

"조금만 더 기다리면 만날 수 있을 거야."

옅은 미소를 지으며 중얼거린 자명은 바랑을 한 번 추슬러 메고는 걸음을 옮겼다. 며칠째 노숙을 한 터라 자명의 얼굴에는 피로가 서려 있었다.

'중경(重慶)으로 갔으면 편했으련만.'

본래대로라면 어떻게든 중경으로 찾아갔을 터였다. 저잣거리 화공이 의뢰를 받으려면 역시 큰 도시가 좋은 것이다.

하지만 최근에는 이름만 말하면 소동이 일어나니, 큰 도시야말로 오히려 피해야 할 곳이 되고 말았다. 도시에만 들어가면 문인은 물론, 무인들마저 찾아와 유숙을 청하는 것이다. 끊임없이 파파의 별호를 거론하며 말이다.

'게다가 가짜라고 문전박대하는 것은 뭐람.'

꺼려지는 마음에 의뢰나 유숙을 사양했더니 '가짜였군' 이라는 소리와 함께 쫓아내 버리는 경우도 있었다. 자명이 모르는 사이, 중원에는 묵월랑을 사칭하며 끼니를 해결하고 다니는 방랑 묵객이 많이 늘어났던 것이다.

이쯤 되면 어쩌다 신세가 이렇게 되었나 싶다.

'어쩌면 잘된 일일지도 몰라.'

자명은 걸음을 멈추고 물끄러미 손을 내려다보았다. 최근에는 생각만으로도 새하얀 세계가 펼쳐지곤 했다. 큰 도시에서 새하얀 세계를 일으키면 어떻게 될지 상상만으로도 끔찍했다.

'이런 건 필요없는데.'

"하아―"

자명이 시무룩한 표정으로 한숨을 내쉬었다.

파파는 뜻을 세웠으면 꺾이지 말라 했다. 나의 뜻과 다른 이의 뜻이 상충되거든 힘으로 누르고 짓밟으라고도 했다.

처음 그 말을 들었을 때에는 다른 방법이 있을 거라 생각했거늘, 이제는 확신할 수가 없다. 청성산에서는 결국 힘으로 그들을 말릴 수밖에 없었던 것이다.

"이래서야 무림인이 아니라고도 할 수 없겠구나."

그렇게 중얼거린 자명은 잠시 주위를 둘러보고는 아무도 없음을 확인했다. 그리고 잠시 머뭇거리더니, 이내 결심을 굳힌 듯 눈을 지그시 감고 호흡을 골랐다.

호흡은 점점 느려지다가 마침내는 아예 쉬지도 않는 것처럼 변해 버리고 말았다. 마침내 무명도원도의 호흡이 일어난 것이다.

호흡은 자연스레 새하얀 세계를 불러왔다.

"되, 된 건가?"

어눌하게 중얼거린 자명은 천천히 눈을 떴다. 과연 오래된 지질(紙質)을 닮은 세계가 주위에 펼쳐져 있었다. 사물들도 마치 먹과 획으로 만들어진 것처럼만 보였다.

'마치 뭐가 덧씌워진 것 같구나.'

자명은 새하얀 세계를 바라보며 생각에 잠겨들었다. 도대체 이것이 무엇이란 말인가! 무명도원도도 그렇고, 새하얀 세계도 그렇고… 세상에는 이해할 수 없는 일이 참으로 많다.

'여암이라는 노인이 이것은 나의 화폭이니 매화를 그리든 제왕을 그리든 마음대로 해보라고 했었지.'

자명은 군침을 꿀꺽 삼켰다. 여암이라는 노인의 말이 옳다면 새하얀 세계는 그림만으로도 무공을 펼치게 해주는 공능이 있는 셈이다.

'어디 한번……'

자명은 크게 호흡을 고른 다음, 제왕의 형상 대신 매처학자(梅妻鶴子) 임포를 불러내었다. 명천회에서 그렸던 그림을 흉내 내어본 것이다.

한 자루의 검을 등에 진 임포가 장난스러운 표정으로 나타
나 발을 한바탕 크게 굴렀다. 자명은 무심코 그것을 따라 했
다.

쿵—!

"으아앗!"

자명은 화들짝 놀라며 뒤로 몇 걸음이나 물러났다. 자신이
디딘 곳을 제외한 땅이 한차례 크게 일렁였던 것이다.

마치 물결처럼 일렁이던 땅은 곧이어 바위라도 떨어진 것
마냥 움푹 파이고 말았다.

"이, 이게 뭐람?"

자명은 소름이 오싹 돋아 오르는 것을 느끼며 몸을 부르르
떨었다. 청성산에서 이미 경험해 본 적이 있었지만, 그때와
달리 냉정한 상태에서 상황을 보니 섬뜩해진다. 이것은 파파
나 양비자 어르신 같은 고수들이나 할 만한 진각(震脚)이었던
것이다.

"어, 엄청나게 조심해야겠구나."

파파의 말대로 남궁세가에서 보았던 것이 제왕검형이고,
명천회에서 그렸던 것이 매화검법의 본질이라면, 자신은 이
미 무공을 가지고 있는 셈이다.

잠시 겁을 집어먹은 얼굴로 바닥을 들여다보던 자명은 다
시 한 번 주위를 둘러보았다. 혹여 누가 이 광경을 보았다면

요괴를 보았다고 생각하고 말 터였다.

아무도 없다고 생각한 자명이 안도의 한숨을 내쉴 때였다. 근처 풀숲에서 부스럭, 소리가 들려왔다.

자명이 긴장한 표정으로 풀숲으로 고개를 돌렸다.

시선을 눈치챘음일까? 부스럭거리는 소리가 한층 더 커지는가 싶더니, 곧이어 누군가가 고개만 빼꼼 내밀었다. 그리고는 자명과 눈이 마주치자마자 재빨리 풀숲으로 몸을 숨긴다.

자명이 조심스럽게 입을 열었다.

"저기요?"

풀숲이 흠칫 떨리더니, 이내 잠잠해졌다.

자명은 울적한 얼굴로 고개를 숙였다. 누군가가 이 광경을 보고는 겁을 집어먹은 것이 분명했다. 자명은 천천히 풀숲으로 다가갔다.

"괜찮습니다. 아무 일도 아니에요."

움푹 파인 땅을 흘끔 바라본 자명이 떨떠름한 표정을 지었다. 아무 일도 아니라고 말했지만, 사실 보통 사람은 땅을 저렇게 헤집어놓을 수가 없는 것이다. 자명은 억지로 그쪽에서 시선을 떼었다.

"저기, 정말로 괜찮습니다. 저는 나쁜 사람이 아닙니다."

그렇게 말하며 풀숲을 헤집으니 비쩍 마른 청년이 몸을 오소소 떨며 황소마냥 커다란 눈으로 자신을 바라보는 것이 보였다. 자명은 일부러 미소를 지어 보였다.

"저는 합비 출신의 화공으로, 이름은……."

"자, 자, 잘못했어요!"

청년이 몸을 잔뜩 웅크린 상태에서 눈을 질끈 감았다.

"화, 화복(華福)이는 나쁜 짓 안 했어요! 때, 때리지 마세요!
잘못했어요!"

"때리지 않습니다. 겁먹지 않으셔도 괜찮아요."

"화복이는… 화복이는……."

"정말입니다. 저는 합비 출신의 화공으로, 성은 진가요, 이
름은 자명이라 합니다. 때리지 않을 테니 걱정 마세요."

자명이 안심하라는 듯 그렇게 중얼거리자 조심스레 자명
의 눈을 바라보던 화복이라는 청년이 큰 눈을 두어 번 끔뻑였
다.

"저, 정말이에요?"

"예, 그렇습니다."

자명이 손을 내밀자 화복이라는 청년이 경계하는 표정으
로 그것을 바라보더니, 아주 천천히 손을 맞잡았다.

손에서 온기가 전해진 탓일까? 경계하던 표정이 점점 사라
져 갔다. 잠시 후, 화복이라는 청년이 만족스러운 표정으로
히죽 웃어 보였다.

"저, 정말이지? 헤헤."

화복이 히죽히죽 웃으며 자리에서 일어났다. 땟국물이 줄줄 흐르는 얼굴로 자리에서 일어난 화복은 옆에 떨어진 망태기를 주워 들고는 다시 한 번 히죽 웃어 보였다.

자명은 어딘가 굼떠 보이는 청년의 동작을 의아한 듯 바라보았다. 경계심이 사라진 것은 좋은 일이지만, 너무 빨랐다. 청년은 벌써 완전히 안심한 얼굴을 하고 있는 것이다.

게다가 유난히 순박한 눈동자도, 더듬거리는 말투도 어딘가 어색하기만 하다.

"근처에 사시는 분인가요?"

"응, 응. 화복이는 저어―기 살아. 형아는 어디 살아?"

자기가 더 어린 것이 분명한데도 이 화복이라는 청년은 대뜸 자신을 형이라고 불렀다. 자명이 당황한 표정으로 말했다.

"아까 말씀드렸듯, 저는 합비 출신입니다. 저, 형장의 연배가 적지 않아 보이는데 그냥 말씀을 편히 하셔도……."

"저기 나 사는 네 있어. 우리 마을은 되게 좋은 마을이야. 우리 누나는 되게 예뻐. 초혜도 누나가 묶어줬어."

화복이 엉뚱한 소리를 하며 소중하게 신발을 다듬었다.

본래 화복은 어린 시절 사고를 겪어 생각을 제대로 할 수 없는 아이였다. 일고여덟 살에서 시간이 멈추었는지 마냥 아이처럼 굴기만 하는 까닭에 마을에서는 천덕꾸러기 취급을 받던 청년인 것이다.

천만다행히 약초를 찾는 재주가 있어 그것으로 호구하고 있지만, 친누나가 아니었다면 진작 굶어 죽었을 것이라는 게 마을의 중론이었다.

하지만 그 눈빛만큼은 참으로 맑았다. 마치 자연 그대로인 것처럼 청년의 눈동자는 검고도 순수하였다.

'신기한 눈을 하고 있구나.'

자명은 그렇게 생각하며 청년이 엉덩이를 툭툭 터는 모습을 지켜보았다. 엉덩이를 털어낸 청년은 망태기를 등에 지고 다짜고짜 자명의 손을 잡아끌었다.

"가자, 형아. 우리 마을은 되게 좋은 마을이야. 우리 누나는 예뻐."

"예?"

자명이 당황한 얼굴로 화복의 손을 내려다보았다.

"어디를 가자는 말씀입니까?"

"우리 마을에 가자, 형아. 우리 누나는 되게 예쁘고, 우리 마을은 되게 좋은 마을이야."

마을이 그리 멀지 않은지, 화복은 칭얼거리며 자명의 손을 이끌었다. 자명이 쉽사리 움직이지 않자 아예 두 손으로 자명의 손을 잡아 흔든다.

"가자, 형아!"

"근처에 사시는 분 같은데, 저는 갈 수가……."

“안 돼? 화복이랑 같이 못 가?”

자명이 채 말을 끝맺기도 전에 화복이 울먹이며 황소처럼 큰 눈을 끔뻑였다. 자명은 일순 말을 멈추고 잠시 머뭇거렸다.

자신은 동지까지 무한의 황학루로 가야 하기에 한군데서 오래 머물 수는 없는 처지다. 문인들이나 무림인들이 벌일 소동도, 새하얀 세계도 모두 꺼려지는 일이고 말이다.

하지만 그렇다고 마을을 아예 피할 수도 없는 노릇이다. 여로에서 먹을 건량이라도 구입해야 되지 않겠는가.

‘어차피 묵을 곳을 찾아야 하니… 괜찮겠지.’

이런 사람이 좋은 마을이라 할 정도면 틀림없이 인심도 좋고 후한 마을이리라. 어쩌면 간만에 편히 쉴 수 있을지도 모른다.

잠시 갈등하던 자명이 고개를 끄덕였다.

“초청에 감사드립니다. 치, 천천히 가서도 됩니다.”

“얼른 가야 돼. 약재상 할아버지는 늦으면 화를 내.”

화복이 마주 잡은 자명의 손을 앞뒤로 흔들며 신나게 걸음을 옮겼다. 뭐가 그리 좋은지 얼굴에는 웃음이 가득이다.

자명의 발걸음도 덩달아 빨라졌다.

2

충현으로 향하던 자명은 화복을 만난 탓에 남하하여 부육현(涪陸縣)으로 가게 되었다. 화복이 사는 곳이 바로 부육현이었던 것이다.

부육현에 들어선 자명은 작게나마 탄성을 터뜨렸다.

"와아!"

중경에 비하면 작게 보일지 몰라도, 부육현은 결코 작은 마을이 아니었다. 장강(長江)과 오강(烏江)이 만나는 곳인지라 수운(水運)의 요지였고, 당나라 때에는 부주(涪州)의 주도(州都)이기도 했던 곳이 바로 부육현이었던 것이다.

중경에 사람이 몰린 탓으로 당금에는 많이 작아졌지만, 속된 말로 있을 것은 다 있어 오히려 정감이 가는 도시라 할 수 있었다.

"우리 마을 되게 좋지? 응? 형아, 우리 마을 참 좋지?"

"예, 좋습니다."

자명은 은은한 미소를 지으며 화복과 함께 걸어갔다. 동지에 무한의 황학루에서 남궁세가의 가주와 파파, 화란 아가씨를 만나기로 되어 있지만, 겨울이 되기 전까지는 중원을 떠돌 팔자였다. 자명은 마을을 둘러보며 며칠은 족히 묵을 수 있지 않을까 하는 기대를 가져 보았다.

그때 어디선가 돌멩이 몇 개가 날아와 화복의 머리에 부딪

쳤다.

"화복이다! 화복이다!"

"바보야, 저리 가! 바보, 멍청이!"

자명이 고개를 돌려보니, 돌멩이를 쥐어 든 마을 아이들이 보였다. 아이들은 우르르 몰려 화복을 쫓으며 크게 외쳤다.

"바보가 누구를 데려왔네! 바보야, 너는 친구 없잖아!"

"헤헤."

화복은 아이들을 바라보며 히죽 웃어 보였다. 그의 웃음에도 불구하고 아이들은 다시 돌멩이를 집어 던졌다. 돌멩이에 이마를 호되게 얻어맞은 화복이 겁먹은 표정을 지어 보였다.

"그, 그러지 마."

"바보야! 멍청이!"

아이들은 또다시 돌멩이를 집어 던지더니, 화복이 주춤거리며 뒤로 물러나자 와, 하고 쫓아왔다. 잠시 그렇게 쫓아오던 아이들은 자명의 시선을 보고서야 머뭇거렸다.

"어, 저 사람은 누구지?"

"바보야, 외지인이잖아. 화복이는 외지인을 보면 꼭 데려온다고."

본래 외지인이 많은 마을이었지만, 아이들은 그래도 경계심을 쉬이 풀지 못했다. 낯선 사람 중에는 정말로 무서운 사람도 있는 것이다.

아이들의 시선을 한 몸에 받고 있던 자명이 한숨을 내쉬었다.

"하아―"

아이들이 아직 어리다는 것은 알고 있지만, 기왕이면 악의보다 선의를 품으면 얼마나 좋을까. 저렇게 돌멩이를 들고 던지면 크게 다칠지도 모르는데 말이다.

자명이 한소리를 할까 말까 고민하는 사이 아이들이 흥미를 잃고 어딘가로 달음박질을 시작했다. 화복은 아이들이 사라지자 신발을 어루만졌다.

"누나. 누나가 묶어준 초혜야. 단단하게 묶어야 해."

어떻게 신었는지 화복의 신발은 풀잎이 잔뜩 얽혀 있었다. 화복은 서툰 손놀림으로 초혜를 정리하고는 다시금 몸을 일으켜서 자명의 손을 잡았다.

"형아, 형아. 우리 누나는 되게 예뻐. 이따가 형도 보여줄게."

"…예."

자명이 고개를 두어 번 끄덕였다.

화복은 몇 마디를 더 중얼거리다가 이내 어딘가를 손가락으로 가리켰다.

"형아, 저기 꽃 있다. 되게 예쁘다."

자명은 무심코 화복의 손가락을 따라 고개를 돌렸다가 탄

성을 내뱉고 말았다. 어느 벽에 담쟁이넝쿨이 자라나 있었는
데, 계절에 맞지 않게 꽃이 머리를 들이밀고 있었다.

"저기 나무도 예쁘다. 그치?"

"예, 그렇군요. 저것은 갈참나무라고 부릅니다."

자명의 얼굴에 미소가 어렸다. 왜인지 모르겠지만, 문득 할
아버지가 떠올랐다. 할아버지와 손을 잡고 걸으며 새로운 아
름다움을 발견하던 때처럼 화복과 걷는 길에서도 아름다움을
보는 재미가 있었다.

보통은 꽃이나 바위가 있어도 시큰둥하게 지나가는 반면,
화복은 하나하나를 재발견하며 감탄을 터뜨리고 있었던 것이
다.

그렇게 얼마를 걸었을까?

어느새 약 냄새가 풍기는 건물 하나가 모습을 드러냈다. 화
복은 장가약재(張家藥材)라고 방문을 붙인 건물 속으로 자명
을 이끌었다.

"약재상 할아버지, 약재상 할아버지! 화복이 약초 가져왔
어요!"

"흥! 오늘은 늦었구나."

염소수염을 한 노인이 시큰둥한 표정으로 화복을 바라보
더니, 옆에 선 자명에게로 시선을 돌렸다. 처음 보는 인물이
라 그런지 경계하는 기색이 역력했다.

"험, 험. 화복이가 또 손님을 데려온 게로군. 야, 이 녀석아! 손님이 있더라도 여기 들어올 때에는 따로 떼어놓고 오라지 않든!"

염소수염의 노인이 고함을 빽! 지르자 화복의 어깨가 움츠러들었다.

"죄, 죄송해요."

"흥! 시끄러우니 약재나 내어보아라."

화복이 조심스럽게 망태기를 내밀자 노인장이 낚아채듯 망태기를 받아 들었다. 그러고는 우르르 쏟더니 하나하나 세어보며 중얼거렸다.

"추영(秋英)이 제법 많군. 화탄모초근(火炭母草根)도 있구만?"

"헤헤. 여, 여, 열심히 했어요."

"좋아! 오늘은 내 구리돈 좀 챙겨주지."

염소수염의 노인이 만족스러운 표정으로 외쳤다. 하지만 말과 달리 꺼낸 돈은 구리돈 다섯 문이 전부다. 양에 비해 액수가 너무 적자 자명이 의아한 듯 노인을 바라보았다.

"저기, 저야 약재에 관해 잘 모르지만, 값이 맞지 않는 것 같습니다."

"흥! 외지인이 어디서 왈가왈부 참견이오? 본래 이 마을에는 이런 약초가 허다하다오."

"하지만 그래도……."

노인이 콧방귀를 뀌고는 자명을 노려보았다. 바보에게까지 제값을 치러주면 어느 세월에 장사를 하겠는가! 노인은 한 번도 화복에게 제값을 치러준 적이 없었다. 가끔 외지인이 그 모습을 보고 시비를 걸면 노인은 오히려 배짱을 튕기곤 했던 것이다.

노인은 퉁명스러운 얼굴로 손사래를 쳤다.

"이 마을에서 저 바보의 약재를 사주는 사람은 나뿐이라오. 흥, 그것도 싫으면 그만두라지? 보아하니 학문하는 분인 것 같은데, 괜히 참견했다가는 이 녀석만 곤란해질 거요."

자명의 미간이 잔뜩 좁혀졌다. 약재에 관해 잘 모르는 터라 크게 할 말은 없었지만, 노인의 얼굴에서 탐욕이 엿보였던 것이다.

그때, 화복이 자명의 손을 잡아 이끌었다.

"혀, 형아, 싸우먼 안 돼."

구리돈 몇 문으로 만족한 화복이 걱정스러운 얼굴로 자신을 바라보고 있었다. 자명은 노인과 화복을 번갈아 바라보다가 한숨을 내쉬며 고개를 끄덕였다.

"알겠습니다. 가시지요."

"흥! 저 바보 녀석을 불쌍하게 여기는 모양인데, 그러면 저 녀석의 약재를 사주는 유일한 사람인 내게 이러면 안 되지.

외지인 주제에 뭘 안다고."

노인의 싸늘한 목소리가 들려오자 자명의 마음 한구석이 무거워졌다. 자명은 어두운 얼굴로 뒤를 돌아보았다가 다시 천천히 걸음을 옮겼다.

구리돈을 받아 신이 난 화복은 자명의 손을 잡아 이끌었다. 당과를 구워 파는 상인을 보았을 때는 잠시 걸음을 멈추고 침을 흘렸지만, 이내 용기를 내어 단호하게 시선을 떼고는 다시금 자명을 안내했다.

그렇게 일각이 지났을 때쯤, 화복이 당황스러운 듯 외쳤다.

"앗, 초혜가 벗겨졌어!"

화복의 초혜가 저만치로 튕겨져 나가 있었다. 화복은 달려가서 초혜를 신고는, 서툰 손놀림으로나마 다듬어보았다. 하지만 풀잎이 끊어져 제대로 묶이질 않았다.

"누나한테 해달라고 해야지. 여기에 우리 집 있어, 형아. 우리 누나는 되게 예뻐."

자명은 그만 할 말을 잃고 말았다. 화복이 사는 곳은 하촌(下村) 중에서도 하촌이었던 것이다. 번화가와 멀리 떨어진 것은 물론, 대충 거적으로 매워놓아 모옥이라고 할 수도 없는 집들만 가득한 곳이었다.

맨발로 걸어가며 화복이 떠들어댔다.

"오늘은 돈을 내야 되는 날이래, 형아. 나라에서 우리 마을을 잘살게 해주려고 현령님을 보내주셨거든. 현령님이 며칠 뒤에 생일인데, 마을을 잘살게 해줘서 고맙다고 우리가 돈을 줘야 된대.”

자명은 물끄러미 화복을 바라보았다. 가난하고 궁핍한 마을에 살면서도 화복은 좋은 마을에 산다고 믿고 있었다. 마을을 이렇게 다스린 현령의 생일을 축하하는 것도 좋은 일이라고만 여기고 있었다.

문득 파파께서 하신 말씀이 떠올랐다.

“겉으로는 태평성대이나 속은 곪아터진 난세다. 성내의 사람들이야 괜찮겠지만 성 밖에는 배곯고 가난한 위인이 많지. 그들의 마음은 어질고 순박한데 천지가 불인(不仁)하여 그들을 돌보지 않는다.”

자명의 표정이 울적해졌다. 이처럼 가난한 사람을 본 적이 없지 않은데도 마음 한구석이 천 근 돌덩이를 내려놓은 것마냥 무겁기만 했다.

‘그러고 보니 나는 저잣거리에서나 살았을 뿐이로구나.’

여비를 벌어 객잔에 묵고, 저잣거리를 돌며 그림을 그렸을 뿐이다. 민화(民畵)를 그리면서도 정작 모르는 것이 너무 많았던 것 같아 자명은 한숨을 내쉬었다.

그런 자명의 심정을 아는지 모르는지, 화복이 경쾌하게 떠들었다.

"우리 누나는 되게 예뻐. 있잖아, 우리 누나는 머리도 좋아서 돈도 잘 세."

자명은 화복의 이야기를 들며 주위를 둘러보았다. 팔다리는 얇은데 배만 개구리처럼 불룩 튀어나온 아이들이 저들끼리 돌멩이를 가지고 놀고 있었다.

아이들 얼굴에는 그래도 웃음이 적지 않다.

노인들의 깊게 파인 주름 속에는 아픔이 가득했다. 하루 넘기기가 천 년 보내는 것처럼 어려운 이들의 아픔이 그들의 얼굴에 떠올라 있었다.

"저기 우리 누나 있다!"

자명이 화복의 손가락을 따라 고개를 돌렸다. 그리고 곧 아무런 말도 하지 못하고 입을 다물고 말았다. 화복이 누나 품에 달려가 안기는 것을 보면서도 자명은 입을 열지 못했다.

"누나, 누나! 약초를 팔아왔어!"

"화복이 왔구나. 저기 계신 분은 누구시니?"

머리에 두건을 둘러쓴 아낙이 자명을 훔쳐보았다. 허름하지만 깨끗하고 단정한 학사의를 입은 자명이 귀한 집 사람으로 여겨졌는지, 아낙은 주눅이 든 표정이었다.

"응, 길가에서 바닥을 이렇게, 이렇게 쿵! 하고 밟던 형아야! 형아! 우리 누나 되게 예쁘지?"

누나의 앞에서 망태기를 내려놓은 화복이 신이 나서 제자리에서 두어 바퀴 돌았다.

자명은 눈시울이 붉어지는 것을 감추려 애썼다.

"저는 화영(華穎)입니다. 귀하신 분이 오실 줄은 몰라서……."

"…아니, 아닙니다."

자명은 고개를 떨어뜨렸다.

화복 누이의 얼굴에는 화상 흉터가 가득했다. 피부가 녹아 아무렇게나 말라붙은 얼굴은 누가 봐도 아름답다고 말할 수 없는 얼굴이었다. 게다가 목까지 상했는지, 목소리는 쇳소리처럼 카랑카랑히기민 했다.

"형아! 우리 누나 예쁘지? 우리 누나 예쁘지?"

"화복아, 손님이 오셨으니까 조용히 해야 해."

혹여 못생긴 자신의 얼굴을 보고 침을 뱉거나 욕설을 하지 않을까 싶었는지 화영은 겁먹은 얼굴로 자명을 훑어보았다. 자명이 아무런 말도 못하고 서 있자 화영은 지레짐작으로 머리를 숙여 보였다.

"죄, 죄송합니다. 화복이가 아무것도 몰라서 폐를 끼치고 말았습니다. 부디 용서를……."

"아니에요. 오히려 친절하게 안내해 주셔서 고마운걸요."

자명이 애써 목소리를 내어 마주 머리를 숙였다.

화영은 잠시 자명을 살펴보고는 그가 자신을 보고도 인상을 찌푸리지 않는 것을 확인했다. 그런 외지인을 본 적이 없었던 화영은 내심 그것이 기뻤다.

"저기, 보, 보잘것없지만 안에……."

자명의 눈치를 보던 화영이 조심스레 방 안으로 들 것을 권했다. 자명이 아무 말도 없이 서 있자 화영은 당황하여 연신 머리를 숙여 보였다.

"호, 혹시 불편하시다면 들지 않으셔도 됩니다."

"아니에요. 환대해 주셔서 고맙습니다."

다시금 자명은 화영에게 마주 머리를 숙여 보였다.

화영은 기쁜 표정으로 자명을 방 안으로 안내했다. 흙벽으로 대충 메운 방 안에는 퀴퀴한 냄새가 가득했고, 침상은커녕 그럴 듯한 탁자도 없어 바닥에 앉는 수밖에 없었다.

자명이 자리에 앉자 화영이 머리를 꾸벅 숙이고는 밖으로 나갔다.

자명의 귓가에 두 남매의 대화가 들렸다.

"누나! 누나! 형아는 오늘 자고 간대?"

"쉬잇, 손님이니까 조용히 해야 해. 오늘 약초는 많이 팔았니?"

"응! 구리돈을 다섯 문이나 주었어! 약재상 할아버지는 참

착해!"

"다섯 문……."

화영은 실망한 기색을 애써 감추었다. 돈도 돈이지만, 화복의 노력이 보상받지 못하는 것 같아 화영이 대신 약재상에 따져 본 적이 있었다. 하지만 도리어 욕설을 듣고 매를 얻어맞고 말았다. 다시는 화복의 약재를 사주지 않겠다는 말에 화영은 몇 번이나 굽신거리며 죄송하다고 빌어야 했었다.

그녀는 애써 웃음을 지어 보였다.

"그래, 많이 받았구나. 잘됐다. 초혜는 왜 이렇게 됐니?"

"응? 잘 신으려고 했는데, 떨어지고 말았어."

화복이 주눅 든 목소리로 말했다.

화영이 화가 난 듯 엄히게 외쳤다.

"초혜는 잘 신어야 한다고 했잖아! 언제까지나 누나가 챙겨줄 수는 없어. 말해봐, 약재상에 약초는 어떻게 해야 한다고?"

"매, 매일 팔아야 해."

"팔아서 돈을 얻으면 어떻게 해야 하지?"

"먹을거리는 하루 한 끼만큼만 사고, 남은 돈은 모았다가 현령님께 드려야 해."

화영이 하나하나를 언급할 때마다 화복이 조그맣게 대답했다. 화영은 양곡상이 어디 있는지, 가는 길은 아는지, 계산은 제대로 할 줄 아는지, 거스름돈을 받는 법은 아는지를 계속해서 물었다. 거스름돈을 셈할 때에는 틀렸지만, 화복은 하나하나 정성껏 대답했다.

화영은 그제야 인자하게 말했다.

"누나가 없어져도 너는 약재상에 약초를 팔고, 그 돈으로 먹을거리도 사고 세도 내야 해. 발 다치니까 초혜도 혼자 묶을 줄 알아야 하고. 혼자 할 수 있지?"

"누나, 어디 가?"

"아니야, 누나는 어디 안 가."

화영은 무릎을 꿇고 화복의 초혜를 다듬어주었다. 화복은 불현듯 슬픈 생각이 들었는지 '누나, 어디 안 갈 거지?' 하며 울음을 터뜨리고 있었다.

화복의 신발을 매만지던 화영은 허리를 펴고는 은은한 미소를 지었다.

"울지 마. 누나는 어디 안 갈 테니까. 손님이 와 있으니까 감자를 조금 쪄야겠구나."

그렇게 말하고는 화영이 절룩거리며 조방(竈房:부엌)으로 걸어갔다.

자명은 아무 소리도 하지 못한 채 그 소리들을 듣기만 했다. 곧이어 불을 지피는 소리가 들리자 자명은 아예 눈을 지그시 감고 말았다.

과거, 남궁세가가 답답하다 여겼던 적이 있었다. 사람들의 마음이 속박되었다 여겼던 것이다. 하지만 이 마을은 어떠한가. 이들이 가진 삶의 상처를 생각하면 오히려 남궁세가가 행복하게 보일 지경이다.

'화란 아가씨, 파파의 말씀대로 천지가 불인한 모양입니다.'

생각은 쉬이 이어지지 않았다. 화란 아가씨에 대한 그리움만큼이나 가슴이 아파왔던 탓이었다. 자명이 마음을 달래려 눈을 지그시 감을 때였다.

"보아라! 아무도 없느냐?"

누군가의 우렁찬 목소리가 들려왔다. 기운없고 지친 사람의 목소리가 아니라, 몹시 우렁차고도 호방한 목소리였다.

상념에 젖어 있던 자명이 고개를 들었다.

第四章

삭풍(朔風)

畵工
道談

화공
도담

1

모옥 밖은 소란스럽기 짝이 없었다. 못해도 두세 명은 될 만한 사람들이 찾아와 으름장을 놓고 있었던 것이다. 누군가는 아예 제가 주인인 것처럼 호통을 쳤다.

"대답이 없는 것을 보니 이 곽 어르신의 말이 귓등으로도 들리지 않나 보구나! 제집이라고 들어앉아 있으니 우리 같은 사람들은 보이지도 않는단 말인가?"

"아, 아닙니다, 어르신."

화영의 당황한 목소리가 들려왔다. 자명은 더 이상 참지 못하고 방을 대충 가린 거적때기를 열어보고 말았다.

　문밖에는 세 명의 사내가 서 있었다. 체구가 작고 단단한 두 명과 덩치가 산만 한 한 명이었다.

　사내들이 고개를 내민 자명을 보고 호기심 어린 표정을 지었다.

　"흥, 이제 보니 손님이 있었군. 저 사람은 누구냐? 너희들 동생이라도 되느냐?"

　"그냥 손님일 뿐입니다, 어르신. 저분은 우연히 들른 분이니 좋게 봐주세요."

　화영이 연신 허리를 굽혔다. 세 명의 사내는 자명에게는 별 관심이 없는지, 다시 인상을 구기며 화영 쪽을 바라보았다.

　한 명의 사내가 인상을 찌푸렸다.

　"허참, 그동안엔 머리카락으로 가려놔서 몰랐는데, 추물도 이런 추물이 없구나. 네 얼굴을 보기만 해도 이 어르신은 토악질이 날 것 같으니, 어서 얼굴을 치우지 못할까!"

　"우리 누나는 추물이 아니라 예쁜데."

　화영의 뒤에 숨어 있던 화복이 조심스럽게 입을 열었다.

　화영이 재빨리 화복을 꾸짖었다.

　"쉿! 조용히 해야 해. 죄송합니다, 어르신들. 머리카락을 팔아서 별수가……."

　화복을 꾸짖은 화영이 얼른 머리의 두건을 벗어 얼굴을 가렸다. 그러자 스님처럼 파르라니 깎은 머리카락이 보였다.

“그래? 머리카락을 팔았다면 돈이 제법 생겼겠구나! 잘했다, 잘했어! 우리들이 이처럼 백성들의 정성을 모으는 까닭은, 현령이란 무릇 고을의 어버이이기 때문이다. 그 자식인 백성들이 머리카락을 깎아 봉양하는 것은 매우 당연한 일이지. 그래, 어디 돈을 내놓아보아라.”

“예, 예.”

화영이 다시 한 번 허리를 굽혀 보이고는 구리돈 몇 문을 꺼내어 들었다. 머리카락을 깎아 얻은 구리돈 열 문과 화복이 벌어온 구리돈 다섯 문이었다.

사내들의 얼굴이 대번에 구겨졌다.

“이 연놈들이 장난질을 치는구나! 그래, 너희들이 감히 이 어르신을 무시한단 말이냐?”

“예? 무, 무시라니요.”

화영이 겁을 집어먹은 얼굴로 사내들을 바라보았다.

“고작 구리돈 열다섯 문을 내어놓은 것이 무시가 아니고 무엇이겠느냐! 네 연놈들은 정녕 관을 봐야 눈물을 흘리겠느냐?”

“죄, 죄송합니다. 그래도 현령님의 생신이신지라 최선을 다해 모은……”

“듣기 싫다!”

덩치가 커다란 사내가 손을 번쩍 들어 올렸다. 제 누이가 다칠까 싶었는지, 화복이 재빨리 앞으로 나서며 외쳤다.

"잘못했어요, 잘못했어요! 우리 누나를 때리지 마세요!"

"흥! 이 저능아가 어디를 나서느냐! 얼른 비키지 못할까!"

사내의 손이 다시 올라가자 자명이 다급히 방 밖으로 뛰쳐나오며 고함을 질렀다.

"잠깐!"

철썩―

자명의 외침에도 불구하고 사내의 손은 멈추지 않았다. 동생을 뒤로 잡아당기고 대신 뺨을 얻어맞은 화영은 아예 뒤로 나동그라지고 말았다. 화복이 놀란 표정으로 누나를 바라보다가 울음을 터뜨렸다.

"누나! 으허엉!"

"쳇, 별의별 놈들이 다 끼어드는군."

사내는 화복의 울음에는 신경도 쓰이지 않는 모양이었다. 바닥에 침을 퉤, 뱉은 사내가 인상을 찌푸리며 자명을 바라보았다.

"여봐라! 듣기로는 객이라던데, 오지랖 넓게 끼어들긴 왜 끼어드느냐? 보아하니 학사 나부랭이인 모양인데, 너는 강호의 일에 끼어들면 어떻게 되는지도 모른단 말이냐!"

자명의 미간이 좁혀졌다. 자신의 행사를 '강호의 일'이라 말하는 것을 보니, 관인이 아닌 모양이다. 복장 역시 관복이 아니라 홍색 무복이다.

자명이 확인차 질문을 던졌다.

"…관아의 분들이 아니십니까?"

"하하하! 관아의 사람들이면 관복을 입지, 이 홍색 무복을 입고 있겠느냐? 네가 외지에서 온 터라 잘 모르는 모양인데, 이 홍색 무복은 홍의무관(紅衣武館)의 관도라는 징표이니라! 그 말은 곧 부육현의 안녕과 평화를 지키는 사람들이란 뜻이지. 알아들었으면 공연히 끼어들지 말고 썩 물러나라!"

자명이 못마땅하다는 듯 그들을 바라보았다. 왜 관부가 아니라 무관에서 돈을 거둬간단 말인가? 아니, 애초에 현령의 생일이라 해도 이렇게 돈을 거둬가는 법은 없다.

"당신들의 이름이 무엇입니까?"

"으하하! 나는 곽여민(郭呂岷)이라 하고, 여기 있는 이 형제들은 이재구(李財久), 정병일(丁炳一)이라 한다! 왜, 이름을 알아내어 관아에 신고라도 하려고?"

두건으로 퉁퉁 부어오른 볼을 가린 화영이 재빨리 자명과 세 명의 사내 사이로 끼어들었다.

"저, 손님께서는 다시 방 안으로 들어가세요. 잘못하면 경을 칩니다. 어, 어르신, 저희가 가진 것이 이것뿐입니다. 나, 나중에 더욱 마련해 볼 테니……."

"시끄럽다고 하지 않았느냐!"

곽여민이라는 사내가 또다시 두터운 손을 하늘 높이 들어 올릴 때였다. 자명의 호흡이 대번에 사라졌다.

동시에 새하얀 세계도 떠올랐다. 그것이 두렵고도 무서운 힘이라는 것을 알면서도, 자명은 다급한 마음에 저도 모르게 그것을 불러일으키고 만 것이다. 한 자루 검을 등에 진 임포가 나타나 장난스러운 미소를 지으며 발로 바닥을 내려쳤다.

쿵―!

"으헉!"

곽여민은 몸이 한 치나 위로 떠오르자 화들짝 놀라고 말았다. 기름을 부은 화과에 물을 한 방울 떨어뜨린 것처럼 몸이 저절로 위로 떠오르고 만 것이다.

당황한 얼굴로 주위를 둘러보니, 이재구와 정병일 등도 몸이 뛰어오른 듯 놀란 표정을 짓고 있다.

"이, 이게 무슨 귀신의 조화란 말이냐?"

곽여민은 이번엔 화영과 자명을 번갈아 바라보았다.

화영은 물론, 자명 역시도 놀란 표정을 짓고 있었다. 아까처럼 바닥이 움푹 파이지도 않았는데 세 명의 사내가 공중으로 솟아올랐던 것이다. 마치 자신의 마음을 알기라도 한 듯, 새하얀 세계의 공능은 세 사내만을 향하고 있었다.

곽여민은 잠시 주위를 둘러보고는 순간적으로 땅이 울렸던 모양이라고 생각했다.

"허참, 세상에 신기한 일도 다 있군. 그러나 이 추악하게 생긴 계집아! 조금 전에 신기한 일이 있었다고 이 곽 어르신의 분노가 사라진 것은 아니다!"

곽여민이 다시금 손을 들어 올릴 때였다.

다급해진 자명이 다시 한 번 크게 발을 굴렀다.

"으헉!"

곽여민은 이번에는 거의 두 치 가까이 솟구치고 말았다. 전신에 소름이 주욱 돋아 올랐다. 억지로라도 우연이라고 생각하려고 했는데, 일이 이렇게 되고 보니 우연 같지가 않다.

"도대체 이게 무슨 일……."

"후우―"

곽여민이 말을 끝맺기도 전에 화공의 한숨 소리가 들려왔다. 곽여민이 고개를 들어 화공을 바라보니, 화공이 씁쓸한 표정으로 자신을 바라보고 있다.

"…돌아가십시오."

곽여민의 얼굴이 구겨졌다. 기이한 일을 두 번이나 접한 관계로 조금 겁이 났지만, 이런 데서 한 번 얕보이면 끝도 없이 얕보이게 된다. 사내라면 오히려 이럴 때야말로 대범하게 행동해야 하지 않겠는가!

"이놈이 실성을 했나. 아무리 이 곽 어르신의 몸이 공중으로 솟았다고 해도……."

하지만 자명이 발을 한 번 더 구르자 곽여민의 입은 꾸욱 다물어지고 말았다. 몸이 세 치나 공중으로 뛰어올랐던 것이다.

그제야 상황을 알아챈 곽여민은 공포스러운 눈으로 자명을 바라보았다.

"너는, 아니, 귀하는… 혹시 이게 다 귀하께서 하신 일이오?"

"돌아가십시오."

자명은 대답하는 대신 같은 말을 했다. 곽여민은 정신없이 고개를 끄덕였다.

"그, 그렇게 하겠소이다. 이 곽 모는 귀하의 말씀대로 돌아가겠소."

곽여민이 눈치를 슬슬 살피더니, 천천히 몸을 뒤로 뺐다. 괜히 성급히 움직였다가 해를 입지나 않을까 걱정하는 태도였다. 자명이 아무런 말도 하지 않자 곽여민은 죽어라고 달음박질을 시작했다.

그것은 이재구와 정병일 역시 마찬가지였다. 뒤통수가 간지러운지 연신 뒤를 돌아보는데, 그러면서도 속도를 늦추지는 않았다.

그들을 바라보던 자명이 눈을 지그시 감았다.

'나도 결국 무림인과 똑같구나.'

또다시 청성산에서처럼 힘으로 상대를 쫓아내고 말았다. 화복의 누이가 매를 맞는 것을 막으려면 어찌할 도리가 없었지만, 마음이 편한 것은 아니었다.

"방금 전의 일은 소, 손님께서 하신 일인가요?"

겁을 집어먹은 화영이 조심스럽게 물었다. 이제 세 명의 사내도 없는데, 화영은 여전히 두건으로 얼굴을 가리고 있었다. 자명이 그쪽을 돌아보니 흠칫 놀라기까지 했다.

자명은 잠시 고민하다가 거짓말을 해야겠다고 생각했다. 힘을 힘으로써 눌렀으니, 이제 자신 역시도 공포의 대상이 될 수밖에 없는 것이다.

"아닙니다. 저는 화공인걸요. 아마 우연히 벌어진 일인가 봅니다."

거짓말을 잘 못하는 까닭에 자명의 얼굴은 붉게 물들어 있었다. 혹시라도 들킬까 봐 조심스럽게 말한다는 것이, 오히려 말이나 더듬고 있다.

그러나 화영은 별다른 의심은 하지 않는 표정이었다.

자명은 내심 안도한 얼굴로 두건을 내리는 화영을 바라보다가 이내 걱정스러운 표정을 지었다.

"얼굴이 많이 상하셨습니다."

"…괜찮아요. 아무렇지도 않습니다."

말과는 달리, 화영의 얼굴은 퉁퉁 부어 있었다. 입술이 터져 피가 보이기도 했다. 화복이 엉엉 울며 화영에게 달라붙었다.

"누나, 피 나. 어떻게 해? 누나야, 아파?"

"아니야, 누나는 괜찮아."

화영은 그렇게 말하면서 자명의 눈치를 흘끔흘끔 살폈다. 자명이 걱정스러운 얼굴로 자신을 바라볼 뿐, 움직이지 않자 화영이 먼저 말을 건넸다.

"저는 정말로 괜찮으니 걱정하지 마세요. 저, 시장하실 텐데 이만 들어가시지요."

"예? 예."

자명이 당황한 표정으로 고개를 끄덕였다. 여전히 화영의 상처가 마음에 걸렸던 것이다. 하지만 화영이 엉엉 우는 화복의 손을 잡아끌고 자신이 먼저 집 쪽으로 향하자 결국 자명도 그 뒤를 따르는 수밖에 없었다.

어느새 밤이 깊어갔다.

화영은 자신들이 쓰던 큰방을 자명에게 내주고는, 화복과 함께 창고로 쓰던 작은방에 들어섰다. 손님이 감자를 잘 먹는 것 같지 않아 걱정이 많았다. 대접이 너무 소홀해서 그런 것 아닐까 싶어 화영의 마음이 무거워졌다.

화복은 여전히 화영의 얼굴만을 바라보고 있었다. 터진 입술이 못내 마음에 걸렸던 것이다.

"누나, 정말로 아픈 거 아니지?"

"응, 괜찮아. 걱정하지 않아도 돼."

화영은 차분한 얼굴로 고개를 끄덕였다.

화복은 이제야 안심이 되는지 고개를 몇 번 주억거리더니, 이내 시무룩한 표정을 지었다.

"누나, 우리가 잘못했나 봐."

"그게 무슨 소리니?"

화영이 의아한 얼굴로 화복을 돌아보았다.

"우리가 돈이 없어서 현령님 생신인데도 돈을 못 주었잖아. 그래서 저 사람들이 무섭게 화를 낸 거잖아."

"아니야. 기진 돈이 그게 전부였는데 어쩔 수 없었잖니."

화영이 고개를 절레절레 저었다.

하지만 화영의 안색은 어둡기만 했다. 화복은 사람들이 자기가 착하다고 하면 그 말을 믿어버리곤 했다. 누가 저더러 나쁘다고 꾸중하면 시무룩해져서는 잘못했다고 빌고, 부잣집 도련님이 괴롭히면 그 이유를 이해하지 못하고 황소처럼 큰 눈으로 쳐다보기만 하는 아이였다.

"가진 돈을 모두 드렸으니까 우리가 잘못한 게 아니야. 현령님도 알고 계실 거야."

"정말?"

“응, 정말이야.”

현령님이 못됐다고 하면 화복은 이해하지 못할 터였다. 나라에서 백성들을 다스리라고 보내주신 현령은 훌륭한 사람일 거라고 믿고 있었으니까 말이다.

어릴 적에 머리를 다쳐 세상을 보는 눈이 좁은 화복은 그 믿음을 버리지 못하고, 상처를 받으면 모두 자신이 나쁜 짓을 해서 그렇다고 생각하곤 했다.

화영은 슬픈 목소리로 말을 이어나갔다.

“오히려 착하다고 칭찬해 주실 거야.”

“그렇구나! 나중에 현령님께 가서 칭찬을 받아야지!”

화영은 눈물이 울컥 쏟아지려는 것을 애써 참아야 했다. 화영은 슬픔 대신 미소를 지어 보이며 화복의 머리를 쓰다듬어 주었다.

“현령님은 바쁘니까 찾아서 귀찮게 하면 안 돼. 칭찬은 다음에, 아주 다음에 받으렴. 자, 이만 자자.”

“응!”

침상을 설치하지도 못할 정도로 좁은 방인 까닭에 화복은 맨바닥에 그냥 몸을 뉘여야 했다. 구멍 뚫린 이불을 화복의 목덜미까지 덮어준 화영은 화복이 잠에 들 때까지 이불을 두드려 주었다.

그리 오래 지나지 않아 화복이 도로롱 코를 골며 잠에 빠져들었다.

화복이 잠에 빠져든 밤이야말로 화영의 시간이었다. 그녀가 불안해하면 화복은 견뎌내질 못하므로 그녀는 억지로나마 강한 체 마음을 다스려야 했던 것이다. 그녀는 화복이 잠에 빠져들었을 때에야 비로소 눈물지으며 한숨짓곤 했다.

오늘도 왈칵 눈물이 쏟아져 나왔다. 그녀는 손님이 들을까 봐 애써 울음소리를 죽였다.

‘어쩌지? 내일 또 올 거야.’

정말로 땅이 울린 것뿐이라면 그들은 내일이면 다시 돌아와서 어제보다 더 크게 윽박지를 것이 분명했다. 생각만 해도 겁이 났다.

‘열다섯 문으로 잘 사정해 봐야 하는데……’

그것 외에는 방법이 없다. 잘 사정하면 어쩌면 들어줄지도 모른다. 만약 들어주지 않더라도 돈이 없으니 포기하는 수밖에 없을 것이다.

‘엄마, 나 어떻게 해요. 나 무서워요.’

애써 담대한 척했지만, 사실은 홍의무관의 사람들을 보자마자 다리가 풀려 주저앉을 뻔했었다. 화복이 있었기 때문에 겨우 버티고 있었을 뿐이다.

그녀는 손바닥으로 입을 가리고 통곡했다.

어머니, 아버지가 살아 계셨더라면 얼마나 좋았을까. 갑작

스러운 화재로 부모님을 잃지만 않았어도 지금처럼 삶이 힘
겹지는 않았을 터였다.

화재로 인해 동생은 바보가 되어버렸다. 가진 돈을 모두 털
어 의원에게 보였더니, 독한 연기를 마신 끝에 이상이 생긴
거라고 했다. 동생을 구하기 위해 얼굴이 다 타버릴 때까지
집을 뒤졌는데.

문득 홍의무관의 사내가 외친 소리가 귓가에 맴돌았다.
'추물도 이런 추물이 없다'고 했던가. 그녀는 화상으로 인해
일그러진 얼굴을 어루만졌다.

'화복아, 이 바보야. 너 때문이야.'

문득 동생이 미워질 때가 있었다. 화복이 없었더라면, 그러
면 자신의 얼굴은 아직까지도 정상이었을 터였다. 동네 꼬마
들이 돌을 던질 때마다, 지금처럼 조롱을 받을 때마다 가슴
깊숙이 상처가 생기곤 했다.

어쩌면 불을 낸 것이 화복이 아니었을까 생각한 적도 있었
다. 화로를 자주 엎어 꾸중을 듣던 동생이었으니 말이다. 그
럴 때에는 힘든 삶조차 화복의 탓인 것 같아 남몰래 눈을 흘
기곤 했었다.

화복은 이불을 발로 걷어차며 잠꼬대를 하고 있었다. 그녀
는 소매로 눈물을 훔치고는 다시 화복에게 이불을 덮어주었
다.

'네가 바보가 아니었으면 좋았을 텐데.'

동생이 제 앞가림을 못하는 것도 미웠다. 만약 자기가 죽으면 동생은 어떻게 될까. 아무것도 하지 못하고 굶어 죽지 않을까. 죽은 뒤의 일까지 걱정하게 만들다니, 동생은 참 못된 아이였다.

하도 울어 지친 그녀는 벽에 머리를 기대고 멍한 시선으로 허공을 바라보았다. 밤이 지나면 또다시 버텨내기 힘든 하루가 시작될 터였다.

하지만 동생과 함께 버텨내야 할 것이다. 정말로 동생이 미운 것은 아니었으므로. 그저, 가끔만 원망할 뿐이므로.

'돈을 더 벌어야 해. 구리돈 몇 문이라도 더 벌면 봐줄지도 몰라.'

화영의 상념은 또다시 현실적인 걱정으로 돌아왔다. 그녀는 날이 밝으면 어디 삯바느질 일감이라도 구해봐야겠다고 생각했다. 포목점에 가서 일거리를 알아봐야겠다고 생각할 때쯤, 그녀의 눈꺼풀이 서서히 아래로 내려왔다.

그녀는 그렇게 잠에 빠져들었다.

2

다음날.

자명은 화씨 남매가 깨기도 전에 길을 나섰다. 아무것도 먹질 못해 허기진 배에서 꼬르륵 소리가 울려 퍼졌다. 감자 몇 알을 부럽게 바라보는 화씨 남매 앞에서 차마 그것을 먹을 수가 없었던 것이다.

잠 역시 잘 수가 없었다. 울음소리가 애달프게 울려 퍼지는데 어찌 잠을 잘 수 있겠는가. 결국 자명은 밤새 뒤척이다가 새벽닭이 울기도 전에 길을 나서고 말았다.

자명은 새벽이슬이 마르기를 기다리며 천천히 걸음을 옮겼다. 여러 들꽃들과 나무, 바위 등을 구경하며 느릿하게 걷다 보니, 저잣거리에 도착했을 즈음에는 어느새 아침 해가 떠올라 있었다.

'조금 지나면 습기가 좀 줄어들겠구나.'

자명은 잠시 하늘을 바라보다가 소면을 파는 노점 쪽으로 향했다. 노점을 개시하려던 아낙이 의아한 눈으로 자명을 돌아보았다.

"왜 그런 눈으로 보시우?"

"저는 떠돌이 화공인데, 여기서 여비나 좀 벌어볼까 합니다. 혹시 문인이나 학인들이 자주 지나는 길을 아십니까?"

아낙이 이제야 알겠다는 듯 고개를 두어 번 끄덕였다.

"저쪽에 백선다루(白扇茶樓)라고 다루가 하나 있수. 그쪽으로 가면 문인들이 제법 드나들지."

"고맙습니다."

자명은 고개를 꾸벅 숙여 인사를 해 보이고는 아낙이 가르쳐 준 방향으로 걸어나갔다.

평소 문인과 백성의 구분이 없었던 자명이었다. 백성들이 오면 민화를 그리고, 문인이 오면 문인화를 그렸던 것이다. 그러나 오늘만큼은 달랐다. 오늘의 그림은 꼭 문인에게, 그중에서도 너그러운 사람에게 팔아야 했다.

백선다루 앞에 자리를 잡고 앉은 자명은 근처 목재상에 가서 널찍한 나무판을 구해다가 바닥에 깔아두었다. 그리고 화선지를 한 장 깔아두고 문진으로 꾸욱 눌렀다.

'무엇이 좋을까?

미리 준비해 두었던 달이 빠진 물을 벼루에 부은 자명이 생각에 잠겨들었다. 경영하필이라, 그림을 그리기 전에는 구상을 확실히 하여야 한다.

'역시 문인화이니만큼 산수화가 좋겠시.'

파파의 그리움이 젖은 황산도 좋을 터였고, 그윽하나 슬픔이 가득 어린 청성산도 좋을 것이었다. 하지만 왜일까? 수많은 그리움에도 마음이 동하지 않는다.

'그렇다면 인물화가 좋을까?

자명은 눈을 지그시 감았다. 파르라니 깎은 누이의 머리카락, 세상이 저를 상처 입혀도 오로지 미안해하기만 하는 착한 아우.

자명이 천천히 눈을 뜨고 텅 빈 화선지를 내려다보았다. 자명의 얼굴에 부드러운 미소가 떠올랐다.

‘그래, 고사인물도가 좋겠어.’

자명은 천천히 붓끝을 들어 올렸다. 향긋한 묵향이 붓끝을 따라 세상 멀리까지 퍼져 나갔다. 자애로운 어머니의 향기처럼.

먼저 자명의 붓끝이 인자한 여인의 얼굴선을 그렸다. 그냥 인자하기만 한 얼굴이어서는 안 됐다. 깨달음을 얻어 세상의 시름을 모두 굽어보는 자비로운 얼굴이면서도 그것을 대신 슬퍼하고 미안해하는 이의 얼굴이어야 했다.

결국 자명이 그려 나가는 것은 여승의 모습이었다. 화복의 누이가 비구니는 아니었지만, 파르라니 깎은 머리가 불러온 심상이었다.

‘파르라니 깎은 머리도 복으로 돌아올 테지.’

자명은 은은한 미소를 지으며, 이번에는 여승의 손을 잡은 동자승을 그려냈다. 그 누구보다 행복한 얼굴을 한 동자승이었다.

동자승은 염소수염의 노인이 약초 값을 떼어먹어도, 아이들이 돌을 던져도 좋은 마을이라는 칭찬으로 돌려주었다. 현령님께 바쳐야 한다고 돈을 빼앗아가도 현령님이 좋은 사람이라는 믿음은 바뀌지 않았다.

어쩌면 자비도 그만한 자비가 없는 셈이다. 악의를 선의로 갚으니 동자승이야말로 보살이 아니겠는가?

그러나 그것은 또한 보통 사람의 얼굴이기도 해야 했다.

'화복이라는 청년이 그러했듯이.'

화복이 잘못된 것이 아니었다. 올바르지 못한 세상이 오히려 그들에게 죄를 짓고 있다고 해야 할 것이다. 화복은 그저 세상이 올바를 것이라고 믿고 있을 뿐이었다.

자명이 여승의 손을 잡고 어딘가를 바라보는 동자승의 미소를 그려 나갈 때였다. 다루를 향해 걸어가던 문인 하나가 호기심 어린 얼굴로 자명의 그림을 바라보았다.

잠시 그림을 바라보던 문인은 곧 숨을 죽이고 몸가짐 하나하나를 조심스럽게 했다. 화공의 청정을 깰까 두려운 듯이 말이다.

그것은 뒤늦게 도착한 다른 문인도 마찬가지였다.

자명이 차갑고 냉정하게만 보이는 바위를 그려 나갈 때에는, 벌써 다섯 명의 문인이 그림을 구경하고 있었다.

"허어, 운두준법(雲頭皴法)이라……?"

"쉿! 조용히 하게!"

젊은 문인이 감탄을 터뜨리자 깡마르고 늙은 문인 하나가 날카롭게 속삭였다. 젊은 문인은 머쓱한 듯 뒷머리를 긁적였다.

운두준법이란 풍화된 바위를 마치 구름이 피어오르듯 그린다 하여 붙은 이름이었다. 과연 자명이 그린 바위는 담묵(淡墨)으로 흐릿하고 선이 끊겼다 이어지고 있었다.

바위를 다 그린 자명은 한 송이 매화가 낙화하는 것을 그려내고는 붓을 거두었다. 그리고는 주위에 사람이 모여 있다는 것은 하나도 모르는 것처럼 호흡을 정리했다.

실제로 자명은 아무것도 느끼지 못하고 있었다. 그림을 그릴 때만은 외골수도 그런 외골수가 없는 것이다. 자명은 차분한 눈으로 그림을 내려다보았다.

여승과 동자승이 풍화되고 삭은 바위를 바라보고 있었다. 아니, 엄밀히 따지면 바위를 바라보는 것이 아니라, 낙화하는 매화를 바라보고 있다고 해야 옳았다. 바위가 아니라 한 송이 매화를 바라보는 그들의 모습은 어딘가 처연하고 슬펐다.

"기운이 생동하는구려. 처연하고 슬픈 것이……."

"어찌 저만한 나이에 저런 재주를 얻었을까?"

"조용히 하라고들 하지 않았나."

깡마른 노문사가 다시 한 번 날카롭게 속삭였다. 노문사는 눈을 반짝이며 그림 대신 화공을 내려다보았다. 하지만 화공은 시선을 느끼지도 못했는지 안료를 열심히 개고 있을 뿐이었다.

자갈을 갈아 얻은 회색 안료로 여승의 가사와 관, 동자승의 옷을 칠한다. 바위는 여승의 가사보다 옅은 회색인데, 백색인지 회색인지 구분할 수가 없다.

자명의 손이 점점 바쁘게 움직였다. 바위에는 드문드문 소나무가 솟아나 있는데, 늘 푸른 나무답지 않게 잎이라고는 하나도 없다.

그것을 갈색으로 칠하고 나니, 이제 남은 것은 떨어지는 매화뿐이다. 사실 그림에서 살아 있는 사물은 오로지 그것뿐이었다.

모두가 숨죽이고 바라보는 사이, 자명은 떨어지는 매화에 분홍빛 색채를 칠해내고는 부드러운 미소를 머금었다.

"후우—"

"완성인가?"

노문사가 대표적으로 질문을 던졌다. 자명은 그제야 문인들을 발견한 듯 놀란 표정을 시었다.

"예, 그렇습니다."

자명이 붉어진 얼굴로 고개를 두어 번 끄덕이고는 다시 그림을 내려다보았다. 처음에는 그림을 완성한 다음에야 문인들을 불러 모을 수 있을 줄 알았는데, 예상 밖으로 벌써부터 문인들이 몰려들어 있다. 참으로 다행인 일이었으나, 왠지 모르게 부끄럽기도 했다.

'나도 참 둔하구나. 사람이 모이는 것을 하나도 몰랐네.'

자명은 멋쩍게 뒷머리를 긁적였다.

"허허, 것참."

그 모습에 노문사는 실소를 머금고 말았다. 깜짝 놀랄 만한 신품을 그려놓고 아이처럼 부끄러워하며 뒷머리를 긁적이는 모습이 너무나 어리숙하고 순진하게만 보였던 것이다.

미소 지은 얼굴로 자명을 관찰하던 노문사가 그림으로 시선을 돌렸다.

"이보게, 화공. 기운이 생동하지만, 여승의 기쁨이 너무도 처연하네. 까닭이 있는가?"

"그것이… 세상이 자비롭지 않은 까닭입니다."

"운두준법이라… 낡고도 낡았구먼. 고산도 아닌 듯한데, 무엇 하러 운두준법을 썼는가?"

자명은 대꾸없이 웃어 보였다. 조금 전에 말한 이유와 같은 까닭이라는 뜻이었다. 노문사는 자명의 뜻을 알아챘는지, 고개를 두어 번 끄덕였다.

노문사는 잠시 생각하는 듯한 얼굴로 그림을 내려다보더니 나직한 목소리로 질문했다.

"봄이 오겠는가?"

"매화가 피었으니 곧 오겠지요."

노문사는 눈을 지그시 감고 한탄을 내뱉었다. 먹과 안료가

마르기를 기다리던 자명은 그림에 습기가 잦아들자 그 위에
우측 상단에 한 폭의 시를 적어냈다.

　　종일 봄을 찾았어도 봄은 보지 못했네.
　　짚신 신고 산 너머 구름 위까지 가보았지.
　　돌아올 때 우연히 매화 향기 맡으니
　　봄은 가지 위에 벌써 와 있었네.

　　終日尋春不見春
　　芒鞋踏破嶺頭雲
　　歸來偶把梅花臭
　　春在枝上已十分

　　좌중의 분인들은 그제야 노문사와 화공의 대화를 알아챘
다는 듯 탄성을 터뜨렸다.
　　"아아! 그래서였군!"
　　"과연 그렇군. 고해는 끝이 없지만 고개만 돌리면 피안이
라던가[苦海無邊 回頭是岸]."
　　자명이 그린 것은 송나라 시대의 고사였다. 한 명의 여승이
해탈에 이르고자 천지를 돌아다녔으나, 깨달음을 얻지는 못
하였다. 그녀가 해탈을 포기하고 지친 몸을 이끌어 자신의 선

방으로 돌아왔을 때, 바로 그곳에 도가 있었다고 한다. 그녀는 법열에 이르며 한 수의 시를 남겼는데, 자명이 적은 시가 바로 그것이었다.

한 명의 젊은 문인이 달뜬 목소리로 물었다.

"자네는, 자네는 누구인가?"

"저는 합비의 사람으로……."

자명의 말을 끊고 노문사가 대신 대답했다.

"성은 진가요, 이름은 자명이고, 호는 묵월이겠지. 자네만 한 나이에 신품의 그림을 그리는 사람은 그밖에 없다더구먼."

"…예, 그렇습니다."

자명이 민망하다는 듯 고개를 숙여 보였다.

주변의 문인들이 감탄한 듯 외쳤다.

"허어, 설마했는데 정말로 저잣거리 화공이었군. 그림을 판다는 이야기도 정말인가?"

"그것 역시 사실입니다."

"그렇다면 내게 파시게!"

젊은 문인이 당장 소매춤을 뒤지며 외쳤다. 옆의 문인이 '학문하는 이가 너무 경박하구먼' 이라고 중얼거리더니 헛기침을 큼큼 내뱉었다.

"돈을 주고 살 만큼 저급한 재주가 아닌 것을 알고 있으나,

자네가 기인이라는 것 역시 알고 있네. 꼭 돈을 받아야겠다면 내 원하는 만큼 줌세."

"허어, 경박하긴 자네도 마찬가지로구먼. 결국 그림을 사겠다는 소리 아닌가?"

조금 전에 타박을 들은 사람이 무어라고 투덜거렸다.

좌중의 문인들이 하나같이 소란스러워지기 시작했다. 어떤 이는 그림을 팔라고 했고, 어떤 이는 문인화를 의뢰하겠다고도 했다. 묵월랑 진자명의 그림이라 하면 천금을 주고도 얻을 만한 가치가 있는 것이다.

자명은 조금은 기쁜 듯한 얼굴로 고개를 저었다.

"죄송합니다. 이 그림은 지금은 팔 수가 없습니다."

"허어, 그게 무슨 소리인가?"

문인 중 하나가 의아한 듯 자명을 바라보았다. 자명은 목덜미까지 붉어진 얼굴로 헛기침을 흠흠, 내뱉었다. 그림을 가지고 흥정을 해보기는 이번이 치음이니, 부끄럽지 않을 도리가 없었던 것이다.

"…저는 한낱 저잣거리 화공일 뿐입니다만, 이 그림만큼은 사람을 가릴 수밖에 없습니다. 유시(酉時)에 하촌으로 오시면 그때에 사람을 가려 그림을 팔겠습니다."

"사람을 가린다? 묵월랑은 겸허한 사람이라 들었는데, 이제 보니 그렇지도 않군."

문인 하나가 못마땅하다는 듯 중얼거렸다. 문인의 자존심이 있는데 사람을 가리겠다는 것이 웬 말인가.

그렇잖아도 부끄러웠던 자명이 고개를 꾸벅 숙여 보였다.

"죄, 죄송합니다. 어찌할 도리가 없어서……."

자명은 그렇게 말하고는 입을 다물어 버렸다.

문인들은 잠시 자명을 살펴보다가 저마다 한숨을 내쉬었다. 설마했거늘, 화공은 진심으로 사람을 가려 그림을 팔 계획인 것이다.

"유시라… 오래 기다려야 되겠구먼."

가장 먼저 어떤 문인 하나가 그렇게 말하고는 몸을 돌려 버렸다. 재주가 뛰어나다 하나 사람이 경박하다고 생각했던 것이다. 장사치로 대해주길 바란다면 그렇게 대해주면 될 일이다.

다른 문인들도 그림과 자명을 번갈아 바라보고는 한숨을 내쉬며 자리를 비워갔다. 저들끼리 돈을 얼마를 준비해야 할까 토론하는 모습도 보였다. 아직 떠나지 않은 사람은 노문사뿐이었다.

자명은 노문사에게 장읍(長揖)해 보였다.

"어르신께서도 유시에 왕림해 주시길 바랍니다."

"허허허! 그래, 내 꼭 그리함세."

노문사는 그렇게 말하고는 뒷짐을 지고 성큼성큼 걸음을

옮겼다. '하촌이라…' 하고 중얼거리며 너털웃음을 터뜨리는 것이, 그만은 무엇인가를 짐작한 듯했다.

자명은 물끄러미 그 모습을 바라보다가 다 마른 그림을 둘둘 말아 조심스럽게 품에 안았다. 다시금 화씨 남매의 집으로 돌아가려는 것이다.

그날 장사를 공치고 만 다루의 주인이 못마땅하다는 듯 그런 자명을 돌아보았다.

3

그림을 안고 걸어가던 자명은 노문사를 떠올리고는 고개를 갸웃했다. 어딘가 할아버지를 떠올리게 하는 사람이었다. 깡마르고 날카로워 보이는 노문사가 매일 웃음만 달고 사셨던 할아버지를 떠올리게 하니 기이한 노릇이다.

'봄이 오겠느냐고 물었지. 마치 내 의도를 알고 있는 것 같았어.'

자명은 추운 겨울을 그렸다. 비록 눈을 그리지는 않았지만 여승도, 동자승도 두터운 솜옷을 입고 있었던 것이다. 그것은 어제 느꼈던 심정이 고스란히 배어 있는 것이었다. 세상은 가을이지만, 두 남매에게는 삭풍이 부는 겨울이었다.

'하촌으로 부른 것만으로도 무엇인가를 짐작하신 것일까?

자명은 고개를 갸웃거렸지만, 노문사의 심정을 어찌 알겠
는가! 한참 동안 생각하던 자명은 이내 고개를 절레절레 저어
생각을 떨쳐 버렸다.

'유시가 되면 알 수 있겠지. 꼭 오시겠다고 하셨으니.'

그렇게 생각하며 걸음을 걸으니 어느새 하촌이다. 자명의
걸음이 조금씩 바빠졌다. 아무런 이야기도 하지 않았으니, 두
남매는 밤사이 자신이 떠났다고 생각하고 말 것이었다. 그리
고 아마 그들은 자신을 욕하기보다 자신들이 제대로 대접하
지 못했다는 사실을 미안해할 터였다. 그 생각을 하니 마음이
쓰리다.

"어, 어라?"

어느새 하촌의 한가운데까지 접어든 자명이 신음을 내뱉
었다. 두 남매의 집이 유난히 소란스러운 것이다. 그렇지 않
아도 빨라졌던 자명의 발걸음이 숫제 달음박질로 변했다.

그렇게 달려가다 보니 누군가의 우렁찬 목소리도 들려왔
다.

"이 계집이 끝까지 이 곽 어르신을 농락하는구나! 누가 네
년의 더러운 구리돈이나 받자고 온 것으로 보이느냐?"

"잘못했어요, 잘못했어요. 흑, 우리 누나 때리지 말아요.
으허엉."

곽여민이라는 사내의 목소리였다. 뒤이어 화복의 목소리

도 들려왔다.

자명은 어제 왔던 사람들이 또다시 찾아왔다는 것을 알고 인상을 찌푸렸다. 무림과 함부로 얽히고 싶지 않았으나, 일이 이렇게 되었는데 가만히 있을 수는 없었다.

"말하지 않으면 크게 경을 치게 될 것이다! 그놈은 어디에 있느냐?"

"떠났습니다. 정말입니다. 저는 아무것도 모릅니다."

"잘못했어요. 우리 누나 때리지 말아요. 우리는 나쁜 사람 아니에요."

곽여민의 목소리 뒤로 화영과 화복의 목소리가 연이어 들려왔다.

자명이 다급히 고함을 질렀다.

"그만! 그만하십시오!"

곽여민의 행동이 멈추었다. 그는 고개를 돌려 자명이 달려오는 것을 확인하고는 히죽 미소를 지어 보였다.

"왔구나, 왔어! 저놈이 바로 그놈입니다, 소관주."

"훙! 이제 보니 비루먹은 학사 놈이로군. 너는 그래, 저만한 놈도 감당해 내지 못하고 도망을 했단 말이냐?"

소관주라 불린 청년이 곽여민을 노려보았다. 곽여민이 죄송하다고 외치며 머리를 숙였지만, 소관주의 마음은 좀체 풀리지가 않았다. 고수가 나타나서 사업을 방해했다는 말에 서

른 명이나 되는 관도들을 데려왔는데, 이제 보니 고수가 아니
라 애송이인 것이다.

"이 빌어먹을 자식아, 지금 부육현이 어떤 줄도 모르느냐?
붉은 도(刀)를 든 미친 마두(魔頭)가 떠돌아다닌단 말이다! 정
의를 숭상하는 우리 홍의무관이 그 마두를 상대해야 하는데,
너희들은 어찌 이렇게 생각이 없느냐!"

"죄, 죄송합니다!"

직접 발걸음을 했던 것도 혹시 상대가 마두와 관련있는 사
람일까 싶었기 때문인데, 일이 이렇게 되고 보니 허탈하기만
하다. 소관주는 연신 머리를 숙이는 곽여민을 보고 고개를 절
레절레 저었다.

"되었다. 혹시 네 말대로 고수일지도 모르니, 지금은 넘어
가마. 하나 그렇지 않다면 너는 큰 벌을 각오해야 할 것이
다."

소관주가 그렇게 말할 때였다.

자명이 그림을 소중히 품은 채 두 남매의 집으로 뛰어들었
다. 화영이 화들짝 놀란 얼굴로 자명을 바라보았다.

"소, 손님께서는 왜 다시……."

"시끄럽구나, 이년아! 저 녀석이 온 탓에 너희들이 살게 되
었으니, 천만다행으로 여겨라!"

소관주에게 호되게 꾸중을 들은 곽여민이 화영의 뺨을 후

려쳤다. 자명의 몸이 움찔하더니, 이내 노기 어린 눈으로 곽여민을 노려보았다.

"당신들은 누구신가요?"

"흥! 여기 계신 이분은 부육무림의 일인자이신 홍의권사(紅衣拳士) 한유림(韓流林) 노사의 장남으로, 성함은 무영(武影)이라 한다! 이분은 정의를 숭상하고 사마를 벌하시는 무림의 영웅이시니, 너는 얼른 엎드려 지난날의 과오를 고해야 할 것이다!"

곽여민이 크게 발을 구르며 나섰다. 자명이 이해할 수 없다는 듯한 목소리로 중얼거렸다.

"저들은 아무 힘도 없습니다. 저들을 이렇게 괴롭히는 것이 정의를 숭상하는 것입니까?"

"닥쳐라! 이 연놈들은 사특한 네놈과 사통을 했으니 이리될 수밖에 없느니라! 무엇 하느냐, 어서 무릎을 꿇고 죄를 고하지 않고!"

자명은 할 말을 잃었다는 듯 그들을 바라보았다. 도대체 무림이 무엇인가! 저들은 힘을 가지고 약한 이들을 핍박하고 있었다. 마치 그것이 옳고 정당하다는 듯이 말하면서 말이다.

자연스레 반발심이 일어났다. 자명은 억지로 그것을 억누르고는 억눌린 목소리로 중얼거렸다.

"돌아가십시오."

"흥! 네놈이 끝까지 홍의무관을 무시할 참인 모양이로구나! 오냐, 어디 두고 보자! 네가 고수일지라도 서른 명의 관도를 상대할 것이라고는 생각지 않는다!"

곽여민이 우렁차게 외쳤다. 소관주 한무영은 자명을 물끄러미 바라보고 있을 뿐, 별다른 반응이 없었다. 만에 하나 화공이 고수일 때를 대비해 경계하고 있었던 것이다.

자명이 천천히 눈을 떴다.

"관이 두렵지도 않습니까?"

"흥! 현령께서도 우리 홍의무관이 의롭다는 것을 인정하고 적극적으로 밀어주고 계신데 너 같은 마두가 무슨 헛소리를 지껄이는 게냐!"

자명은 시선을 내려 화영과 화복을 바라보았다. 화복은 아무것도 모르는 눈치로 울먹이고 있었고, 화영은 자명의 시선을 피해 고개를 숙였다.

그 간단한 행동만으로도 자명은 많은 것을 짐작할 수 있었다. 관은 더 이상 이들을 돌보지 않는 것이다.

'그를 어버이처럼 여기는 백성들이 있는데.'

자명이 울적하게 고개를 숙였다. 어쩌면 암천의 예와 법이 옳을지도 모른다는 생각이 들었다. 법이 강력하다면, 현령은 그것이 두려워서라도 이처럼 무심하지 못할 터였다. 예가 서 있다면, 저들은 이처럼 무도하게 굴지 못할 터였다.

세상에는 선인(善人)만 있는 것이 아니었다.

'세상 천지에 아름답지 않은 것이 없는데, 오직 사람만이……'

자명의 가슴이 부글부글 끓어올랐다. 소망이 변하면 욕망이 된다고 했다. 저들은 욕망에 취해 있었다. 그 욕망이 다른 이의 소망마저 괴롭히고 있었다. 천지만물에 아름답지 않은 것이 있다면, 오로지 사람뿐일 터였다.

그렇다면 예와 법으로라도 강제해야 하는 것이 아닐까?

'아니, 아니야.'

자명의 시선이 또다시 화씨 남매에게로 향했다. 오직 사람만이 아름답지 않지만, 또한 사람만이 아름다웠다. 자명은 마음을 가라앉히려 애썼다.

'대도로써 대하면 다툼이 없다 했지.'

"돌아가십시오."

자명이 말하는 것을 가만히 듣고만 있던 소관주 한무영이 천천히 몸을 일으켰다.

"더 이상 말할 필요가 없겠군. 보아하니 겁을 집어먹은 모양이다. 잡아다 내게 무릎 꿇려라."

"소관주의 말씀을 들었느냐? 네가 끝내 권주를 마다하고 벌주를 자청하였으니, 내 손속이 독하다고 원망하지 마라!"

곽여민이 서른 명의 힘을 믿고 제일 먼저 달려들었다.

자명은 눈을 질끈 감았다.

새하얀 세계가 두려워 불러내지 않으려 했던 자명이었다. 그것으로 다투는 것은 아예 상상을 해본 적도 없었다. 하지만 이제는 어찌할 도리가 없다. 화씨 남매가 핍박을 당하는 것을 더 이상 두고 볼 수가 없는 것이다.

자명이 다시 눈을 떴을 때에는 새하얀 세계 속에서 매처학자 임포가 미소를 짓고 있었다. 검을 들어 올린 임포가 허공을 향해 천천히 검로를 펼쳤다. 검이 없는 탓에 자명은 검지와 중지로 검결지를 맺어 그것을 흉내 내야 했다.

"크헉!"

곽여민의 명치에 자명의 손가락이 파고들었다. 달려오던 속도가 워낙에 빨랐던 탓일까? 손가락은 곽여민의 커다란 덩치 속으로 움푹 파고든 것처럼 보였다.

곽여민이 입을 쩍하니 벌린 채 무릎을 털썩 꿇었다.

"으음, 숨겨둔 한 수가 있는 놈이었군."

소관주 한무영의 눈에 이채가 떠올랐다. 방금 전의 일수(一手)는 그로서도 확인할 수가 없었던 것이다. 한무영이 고개를 끄덕이자 이번엔 세 명의 무인이 달려들었다.

자명은 쓰러진 곽여민을 흘끔 바라보고는 고개를 돌렸다.

"이 악적아! 오늘로 너의 악행은 끝이 나고 말 것이다!"

이름 모를 누군가가 크게 외치며 자명에게로 덤벼들었다.

본래 홍의무관은 권을 가르치는 무관으로, 전설에 따르면 송나라 시절 한가(韓家)의 선조가 무왕(武王)의 권보(拳譜)를 얻어 극의권(極意拳)을 창시한 이래로 계속되어 왔다고 한다.

그러나 전설에 걸맞지 않게 관도의 주먹은 느릿하기만 했다. 청성산에서 흑의인들의 검날을 피해냈던 자명에게는 더더욱 그렇게 느껴졌다.

자명은 부지불식간에 임포를 따라 매화일로(梅花一路)를 펼쳤다. 검결지 대신 손바닥을 부드럽게 펼쳐서 관도의 주먹을 걷어낸 것이다.

"야, 이놈아! 나를 치면 어떻… 커흑!"

관도의 주먹은 동료의 턱으로 날아갔다. 본인의 힘에 자명의 힘까지 더해지자 동료는 속절없이 턱을 얻어맞고는 쓰러지고 말았다.

주먹을 걷어낸 자명은 관도의 쇄골 어림을 호되게 후려갈겼다.

"끄, 끄으윽."

주먹을 날렸던 관도가 거품을 물며 바닥에 쓰러졌다. 자명은 그의 뒤에 서 있던 사내의 명치에 검결지를 내리꽂았다. 뒤에 서 있던 사내는 아예 비명조차 지르지 못하고 쓰러졌다.

자명은 더 이상 자신이 임포를 따라 하고 있는지 알 수가 없었다. 새하얀 세계가 자신의 화폭이라면, 임포가 움직이는 것 역시 자신의 의지일 터였다. 어쩌면 자신의 마음에 미움이 싹튼 것일지도 몰랐다.

그것이 더욱 자명의 마음을 아프게 했다. 저들처럼 욕심 어린 사람들을 보면 화가 났다. 화란 아가씨는 자신더러 화를 낼 줄 모르는 사람이라고 했었지만, 그때 대답했던 대로 자신도 사람이었다.

"아름다움으로 대하면 다툼이 없다던데, 바로 내가 다투고 있구나."

자명이 슬픈 목소리로 속삭이며 손을 내릴 때였다. 소관주 한무영이 어깨를 으쓱하더니, 천천히 앞으로 걸어나왔다.

"너희들은 물러나라! 이 마두의 재주가 뛰어나니, 본 소관주가 친히 나서 이놈의 악행을 막아야겠다."

한무영은 어깨를 으쓱했다. 처음에 곽여민의 명치에 검결지를 쑤셔 박을 때에는 미처 보지 못했으나, 그 뒤의 수는 모조리 읽을 수 있었다. 그만하면 자신의 능력으로 충분히 감당이 가능한 것이다. 이 기회에 관도들에게 자신의 무위를 선보일 수도 있을 터였다.

그러나 한무영은 잘못 생각하고 있었다. 도에 가까워질수록 어수룩한 바보와 같이 보인다고 했다. 자명의 검로는 본래 지극한 이치를 담고 있는 것으로, 비록 간단해 보일지언정 그 검의(劍意)는 결코 가볍지 않았던 것이다.

"나는 홍의무관의 한무영이라고 한다! 강호의 친구들은 소권왕(小拳王)이라고 부르지! 네 이름은 무엇이냐?"

"…진자명입니다."

"홍, 좋다! 어디 내게도 재주를 보여보아라!"

한무영이 호탕하게 외치며 극의현정(極意顯正)의 초식을 펼쳐 갔다. 발을 한걸음 옆으로 비키는 것만으로 한무영의 권로를 피해낸 자명은 손바닥을 기묘하게 뒤집었다.

"으음!"

상대의 권로가 심상치 않다는 것을 느낀 한무영이 뒤로 껑충 뛰어 물러나려 했다. 하지만 공중으로 뛰어오르자마자 상대가 검결지를 맺어 단전을 찔러오지 않는가! 자칫하다가는 단전을 크게 다치게 될 터였다.

"이놈의 술수가 야비하구나!"

한무영이 우렁차게 외치며 자명의 검결지를 잡아갔다. 극의금나수(極意擒拿手)의 초식이었다.

자명은 손을 뒤로 빼더니, 도리어 한무영의 팔꿈치를 잡아 바닥으로 내려쳤다.

"크허윽!"

바닥에 패대기쳐진 한무영이 비명을 토해냈다. 넘어진 등짝이 아프기도 아팠지만, 팔꿈치를 잡히자 힘이 모조리 빠져나가는 듯한 기분이 든 것이다.

무엇보다 그는 화공의 손속을 아예 보지도 못했다.

"노, 놓아, 놓아라!"

무릎을 꿇은 채 여전히 한무영의 팔꿈치를 잡고 있던 자명이 차가운 눈빛으로 그를 내려다보았다. 이들의 마음을 어찌하면 바꿀 수 있단 말인가! 자명은 자신이 무공을 가지고 있음을 알았지만, 조금도 즐겁지 않았다. 오히려 상처만 더욱 커져 간다고 할 수 있을 것이었다.

"이, 이 악적아! 소, 소관주를 놓아주지 않으면 이, 이 계집을 죽이고야 말 테다!"

자명이 다급히 고개를 돌렸다.

이재구라는 이름의 사내가 단검을 들고 화영의 목을 겨누고 있었다. 이재구는 자신으로서는 감히 상상을 할 수도 없는 고수인 소관주가 나가떨어지자 겁을 집어먹고 만 것이다.

다급해진 자명이 눈을 커다랗게 뜨고는 손바닥으로 바닥을 내려쳤다.

쿵―!

손바닥이 바닥에 닿자 이재구의 몸이 껑충 뛰어올랐다. 이재구는 비명과 함께 바닥을 뒹굴었다가 애써 화영에게 다가가 다시 그녀의 목을 겨누려 했다.

자명이 부지불식간에 고함을 내질렀다.

"그만―!"

"으헉!"

이재구가 화들짝 놀라며 또다시 단검을 떨어뜨렸다. 자명의 목소리가 불문(佛門)의 사자후(獅子吼)마냥 커다랗게 울려 퍼졌던 것이다. 미처 덤벼들 엄두도 내지 못한 채 자명을 바라보고 있던 다른 관도들도 놀라긴 마찬가지였다.

고함 소리가 귓가에 윙윙 울리는가 싶더니, 저절로 무릎이 굽혀진다. 갑자기 화공에게서 섬뜩한 기세가 느껴졌던 것이다. 마치 황상 폐하를 마주한 듯 엄중한 기세가 그들의 머리를 짓눌렀다.

제왕의 기세.

자명은 한무영의 팔꿈치를 놓고는 천천히 자리에서 일어났다.

"으, 으아악!"

가장 가까이서 자명의 기세를 마주했던 한무영이 기다시피 하여 뒤로 물러났다. 자명은 그쪽은 바라보지도 않은 채 화영과 화복의 주위를 바라보았다.

"뒤로 물러나."

자명은 조그맣게 중얼거렸지만 홍의무관도들은 천명(天命)이라도 들은 것처럼 후다닥 뒤로 물러났다. 화씨 남매가 안전해진 것을 확인한 자명이 그제야 안도한 듯 어깨에서 힘을 빼었다.

한무영이 놀란 얼굴로 더듬더듬 입을 열었다.

"지, 진자명, 진 대협. 저는……."

한무영의 얼굴은 그야말로 공포에 질려 있었다. 상대의 기세를 느끼고서야 비로소 감히 자신이 상대할 수 없는 사람이라는 것을 깨달은 것이다.

공포는 또 다른 기억 하나를 불러왔다. 강호의 소문이었는데, 처음 들었을 때에는 말도 안 되는 일이라고 생각해 대수롭지 않게 넘겼던 것이다. 그 소문에도 진자명이라는 이름자가 섞여 있었다.

"지, 진자명이라면… 호, 혹시 명천회에 참석했던 화공 묵월랑……?"

자명의 고개가 천천히 한무영에게로 돌아갔다. 자명은 아무런 말도 하지 않았지만 한무영은 그것이 긍정이라는 것을 알 수 있었다.

'아뿔싸! 오늘의 일로 인해 홍의무관이 멸문지화를 당할지도 모르겠구나!'

한무영의 얼굴이 새파랗게 질려갔다. 화공 묵월랑의 뒤에는 천하오절 중에서도 가장 괴팍하고 독랄하다는 독괴 당노독파가 있다고 한다. 그녀라면 홍의무관은 씨도 남겨놓지 않고 지우리라.

창백한 얼굴로 어쩔 줄 몰라 하는 한무영의 귓가에 화공의 목소리가 들려왔다.

"돌아가십시오."

"아, 아니, 당노태태……."

한무영이 어쩔 줄 모르겠다는 듯 중얼거렸다. 자명은 파파의 별호가 들리자 의아한 표정으로 한무영을 바라보았다.

의아함은 곧 실망으로 바뀌었다.

"당노태태께서 근처에 계, 계신지요?"

자명의 안색이 변해갔다. 파파의 별호만으로 상대의 태도가 완전히 바뀐 것이 허탈했던 것이다.

저처럼 강한 자에 대한 두려움을 느끼는 사람이 어떻게 다른 이를 핍박할 수 있을까.

문득 파파의 목소리가 귓가에 울리는 듯했다.

"명분이 옳다면 호로잡놈의 부탁이라도 들어주어야 하고, 존사의 체면을 위해서라면 그리한 명분마저 꺾어야 하는 곳이 바로 무림이다. 믿음과 신의를 지키고 사는 무인도 적지 않지만, 세상이 탐욕스러운데 어찌 그와 같은 의인이 많겠느냐?"

자명은 입을 꾸욱 다문 채 한무영을 바라보았다.

그것을 긍정으로 받아들인 한무영이 재빨리 무릎을 꿇고 머리를 바닥에 찧었다. 당노태태께서 근처에 계신다면 한무영 자신은 물론 홍의무관마저도 사라지고 마는 것이다.

"소인은 당노태태께서 친히 왕림해 계실 줄은 몰랐습니다. 소인이 아무리 대담하기로서니 어찌 감히 당노태태께 득죄할 리 있겠나이까?"

당노태태도 당노태태였지만, 두렵기는 화공이 더더욱 두려웠다. 홍의무관을 살리기 위해 굽신거리고 있지만, 화공이 갑자기 마음이 바뀌어 자신을 공격하지나 않을까 두려웠다.

"소인이 미처 몰라뵙고 그런 것이오니, 묵월랑께서는 널리 용서하여 주십시오."

자명의 가슴이 답답해졌다.

도대체 무림이 무엇인가! 약한 이들을 잔인하게 핍박하던 이들이 더 강한 힘을 맞이하자 비겁하리만치 굴종을 표시하고 있었다. 이것이 무림이라면, 이것이 세상의 법도라면…….

'아니, 아니야.'

자명은 고개를 살짝 저어 생각을 떨쳐 버렸다.

"돌아가십시오."

"예, 예! 도, 돌아가……."

한무영이 다급히 중얼거렸다. 홍의무관의 다른 관도들은 아예 아무런 말도 하지 못했다. 자명은 물끄러미 그들을 바라보다가 고개를 돌렸다. 미처 노기가 사라지지 않았던 것이다.

"그리고 다시는 오지 마세요."

“우, 우리는, 우리 홍의무관은⋯⋯.”

한무영이 무어라고 중얼거릴 때였다. 자명이 억지로 마음을 다스리려는 듯 눈을 감았다.

“다시 온다면, 만약 그렇게 한다면⋯⋯.”

만약 저들이 다시 온다면 어떻게 될까? 자명은 앞으로의 일을 예상할 수 없었다. 그저 화를 잔뜩 낼지도 모르겠다는 생각을 한 것이 전부였다.

자명의 마음이 일어나자 무명도원도의 호흡이 한층 거세게 일어났다. 제왕의 기세가 커짐은 당연한 일이었다.

한무영은 바지를 축축하게 적시며 기다시피 자명에게서 멀어지더니, 조금 떨어져서야 범을 본 승냥이처럼 달려나가기 시작했다.

“으아악! 으아아악!”

“기, 같이⋯ 으아악!”

소관주인 한무영이 그렇게 물러났는데 그보다 무위가 낮은 다른 관도들이 버틸 도리가 있으랴? 다른 관도들도 부들거리는 다리를 열심히 놀려 한무영의 뒤를 쫓았다.

자명은 물끄러미 그들을 바라보다가 천천히 고개를 돌려 화영과 화복을 바라보았다. 자명은 억눌린 목소리로 그들을 불렀다.

“괜찮아요? 다치지 않았어요?”

"혀, 형아······."

무서웠음일까? 화복은 감히 자명에게 다가올 생각을 하지 못하는 듯했다. 화복은 몸을 오소소 떨면서 자명을 한참 동안 바라보더니, 다시 한 번 자명을 불렀다.

"형아, 형아 울어?"

자명은 불현듯 손가락을 들어 얼굴을 어루만져 보았다. 눈물이 몇 방울 흘렸던 모양인지, 손가락이 축축하게 젖어 있다. 자명은 소매로 눈을 훔치고는 침착하게 말했다.

"아니, 아닙니다."

세상은 어차피 차갑기만 하다. 어쩌면 자신 역시 무림인처럼 힘으로 누르고 짓밟아야 될 때가 올지도 모른다. 하지만 그것은 옳은 길이 아니었다. 화공에게는 화공의 길이 있을 터이므로. 다만 그 길을 찾을 때까지는 어찌할 도리가 없을 것이었다.

자명은 신기할 정도로 빠르게 눈물을 거두었다.

어느새 무림은 자명의 옆자리에까지 다가와 있었다.

第五章
고개만 돌리면 봄이거늘

1

자명을 살펴보던 화복은 곧 누이에게로 시선을 돌렸다. 바닥에 주저앉아 엉망이 된 얼굴로 흐느끼는 누이를 보니 가슴에서 무엇인가가 북받쳐 올랐다.

"으허엉, 누나! 누나야!"

"울지… 울지 마."

화영의 눈도 축축하게 젖어 있었다. 얼마 있지도 않던 세간이 다 망가지고 말았다. 포목점에 나가 일거리를 알아보기도 전에 홍의무관 사람들이 들이닥쳐 집 안을 엉망으로 만들어 놓았던 것이다.

화영은 작은 주먹을 꼬옥 쥐었다. 까끌한 모래의 감촉이 느껴졌다. 앞으로 어떻게 지내야 할지 감도 잘 오지 않았다.

"누나, 아파? 누나 어떻게 해!"

"울지 말라고 했잖아. 난 괜찮아."

문득 서글프고 서러웠다. 세상이 원망스럽기만 했다. 화영은 울음을 삼키려 애썼다.

"누나, 우리가 돈이 없어서 그런가 보다. 으허엉, 우리가 나쁜 사람들인가 보다. 어떻게 해. 홍의무관의 어르신들은 착한 사람이라고 했는데… 나쁜 사람들한테 마을을 지켜주는 사람이라고 했는데."

화복도 나름대로 좌절을 한 모양이었다. 평소 같으면 달래 주었을 화영이었지만, 좌절감이 그녀의 마음을 뒤틀어놓았다. 그녀의 얼굴이 형편없이 구겨졌다.

"그래, 우리가 나쁜가 보다! 현령님도, 홍의무관도 다 착한데 우리만 나쁜 사람들이다, 이 바보야!"

화영의 어깨가 크게 흔들렸다. 흐느낌 소리도 커져 갔다. 화복은 누이가 참았던 울음을 터뜨리자 제 울던 것도 멈추고 황소처럼 큰 눈을 더욱 크게 떴다. 그리고는 곧 히끅거리며 누나에게로 걸어갔다.

"누나, 울지 마. 흐윽, 울지 마."

"이 바보야, 세상은 그렇게 좋은 곳이 아니야! 바보야, 왜 그걸 모르니? 너 미워. 이 바보야, 너 밉다고!"

그 말이 얼마나 서러웠던 것일까. 화복이 바닥에 엎드려 크게 울음을 토해냈다.

"누나, 미안해. 누나, 미안. 화복이가 잘못했어. 화복이 미워하지 마. 으허엉!"

"너 미워! 너, 너……."

화영은 아무런 말 없이 주먹을 더욱 꽉 쥐었다. 하지만 주먹에 실린 힘은 곧 사라지고 말았다.

잠시 침묵이 흘렀다.

멍한 표정으로 허공을 바라보던 화영이 정신을 차린 듯 고개를 돌려 화복이 우는 것을 바라보았다. 동생이 우는 것을 보니 가슴이 터들이길 것만 같았다. 방금 내가 무슨 소리를 한 걸까? 너무 화가 나서 해서는 안 될 소리를 한 것 같다.

마음속에 담아두었던 동생에 대한 원망을, 동생의 잘못이 아닌데도 쌓아놓았던 그것을 쏟아내고 말았다. 그녀는 천천히 고개를 저었다.

"아니, 아니야. 화복아, 미안해. 아니야."

"누나, 화복이 미워하지 마. 화복이가 잘못했어."

"아니야, 미워하지 않아."

화영이 바닥에 엎드린 화복의 등을 어루만졌다. 아이는 어른의 감정을 가장 먼저 읽는다던가? 화복은 누나의 손이 닿자

마자 몸을 움찔했다. 제 누이가 때리기라도 할 것처럼 말이
다.

화영은 충격을 받은 얼굴로 움직임을 멈추고는 아랫입술
을 질끈 깨물었다.

"화복아."

"두 분, 모두 죄송합니다."

침울하게 서 있던 자명이 입을 열었다. 홍의무관은 자신을
찾아 이 집을 다시 찾은 것이니, 자신의 책임이 가장 컸다. 아
니, 그뿐만이 아니었다. 차가운 세상이 모두 자신의 죄인 것
만 같았다.

"모두 제 잘못입니다."

"아니, 아니에요. 손님 때문이 아닙니다. 손님이 없었어도
이랬을 거예요."

화영이 멍한 얼굴로 고개를 저었다. 조금 전에는 손님을 원
망하기도 했지만, 지금은 아니었다. 작년 현령님의 생신 때,
돈을 얼마 주지 못했다고 홍의무관에서 집을 들쑤셔 놓은 적
이 있었던 것이다. 그때도 지금처럼 매를 맞았고, 가재도구를
잃었다.

아니, 어쩌면 그때가 지금보다도 더욱 심했을지도 모른다.
손님이 막아준 것 덕택에 그나마 피해가 적었다는 생각이 들
정도이니 말이다.

"오히려 감사드립니다. 은혜를 입었습니다."

하지만 자명은 더 이상 할 말을 찾지 못하고 고개를 숙일 뿐이었다.

시간이 반 시진이 넘게 흘렀는데도 화복의 울음은 멈출 생각을 않았다. 한참 동안 충격에 잠겨 있던 화영은 화복이 조금이나마 정신을 차리자 지친 듯 두건을 둘러맸다. 화복에게서 피하고 싶었던 것일까, 아니면 현실적인 문제에 눈을 돌린 것일까.

그녀는 어깨를 늘어뜨리고 그나마 사용할 만한 세간들을 주워나갔다.

화복은 끅끅거리며 그런 제 누이를 눈으로만 쫓았다.

"형아, 히끅, 내가 누나를 화나게 했어."

"괜찮을 거예요."

자명이 화영 대신 화복에게 말해주었다. 화복은 연신 눈가를 훔치며 어수룩한 어조로 말을 이어나갔다.

"화복이가 나쁜 짓을 해서 그런 거야. 히끅. 누나는 착한데, 화복이가 잘못한 거야."

"착하고 나쁜 것은 마음에 달린 문제래요. 마음에 아름다움이 있으면 착한 사람이고, 아름답지 않은 것이 있으면 나쁜 사람이지요. 형장은……."

화복과 시선이 마주치자 자명은 입을 다물고 말았다.

'이 사람의 구분은 참으로 단순하구나.'

이 사람에게 세상은 모조리 선한 것뿐이었다. 잘못한 사람이 있다면 그것은 자신일 따름이다. 자신이 더 잘해주고 더 착해지면 아무런 문제도 없을 터였다. 어쩌면 이 사람이야말로 대도(大道)에 가까운 것일지도 모른다.

"…다 괜찮을 거예요."

자명이 조그맣게나마 미소를 지었다. 화복은 시무룩하긴 했지만, '괜찮을 거다' 는 말에 안심이 되는지 조금은 안도한 눈치였다.

자명은 이번에는 볼이 퉁퉁 부은 화영에게로 다가갔다. 화영은 자명이 왜 자신을 바라보는지 몰라 당황한 눈으로 머뭇거렸다.

"손님, 왜 그러시는지요?"

"다친 곳은 괜찮나요? 아무래도 의원에게 보여야겠어요."

"괜찮습니다. 아무렇지도 않아요."

화영은 자명이 억지로 자신을 의원에게로 데려갈까 두려웠는지 시선을 돌리고는 자리를 떠나 버렸다. 자명이 그 뒤로도 몇 번이나 권했지만 화영은 도무지 의원을 찾을 생각을 하지 않았다.

결국 자명은 혼자 남겨진 채로 한숨을 내쉴 수밖에 없었다.

그러는 사이, 시간은 계속해서 흘러가고 있었다. 자명은 하늘을 바라보고는 대충 시간을 가늠해 보았다.

'유시가 다 되었구나.'

이제 슬슬 문인들이 찾아올 때가 되었다. 자명은 한참 동안 해의 위치를 살펴보다가 하촌의 입구로 시선을 돌렸다. 아니나 다를까, 몇 명의 문인이 하인들을 데리고 하촌으로 다가오고 있었다.

홍의무관을 맞이했던 화영이 겁을 집어먹고는 조그맣게 중얼거렸다.

"저, 저분들은 뉘시지? 귀한 댁들 같은데 왜 이런 곳에……."

"이곳으로 오시는 분들입니다."

"예?"

화영이 당황한 눈으로 자명을 바라보더니, 이내 곧 허둥지둥댔다.

"우, 우리가 무얼 잘못했나요?"

"저 때문이에요. 제가 이곳으로 저분들을 모셨거든요."

화영은 의아하다는 듯 자명을 바라보았다. 궁핍한 살림을 보고서도 손님들을 이리로 부르지는 않았을 것이다. 혹시 무슨 다른 이유가 있는 걸까?

"왜 그러셨는지 여쭈어도 되나요?"

"나쁜 일은 아니니 걱정하지 않으셔도 됩니다."

화영은 의아함이 가득 배인 얼굴로 자명을 살펴보다가 이내 시선을 돌렸다. 집 안은 아직도 엉망진창이었던 것이다. 화영이 뒤늦게 옷가지와 작은 탁자, 불쏘시개 등을 한데 끌어모아 보았지만 이미 늦었다.

벌써 문인들 몇이 다가와 있었던 것이다.

"험, 험. 이보시게, 묵월. 자네 뜻대로 왔다네. 이런 곳으로 부른 저의가 궁금하구먼."

문인 하나가 모욕이라도 받은 표정으로 자명을 바라보았다.

자명은 일단 장읍하여 예를 표했다.

"먼 길 오시게 하여 송구스러울 따름입니다. 다른 분들도 오실 터이니 잠시만 기다려 주시지요."

"그리하겠네. 허참, 앉을 곳도 없구먼. 집은 왜 이리 엉망인지."

문인은 그렇게 말하고는 뒷짐을 지고 근엄하게 서산 너머를 바라보았다.

화복은 어느새 울음도 멈추고 두려운 눈으로 문인을 흘끔흘끔 훔쳐보았다. 저런 분들은 자기를 보면 혀를 끌끌 차고 가니 조심해야 한다. 자칫하면 꾸중을 들을지도 모르는 것이다.

화영은 얼른 조방으로 달려가 남은 감자를 몽땅 털어 넣고 찌기 시작했다. 그러나 감자로는 택도 없다는 것을 알고 있는지 불안한 얼굴로 여기저기를 서성이기도 했다.

그러는 사이, 벌써 몇 명의 문인들이 더 모였다.

"허참, 묵월에게 괴팍한 면이 있다더니, 과연 그러하군. 이런 곳에 묵고 있었단 말인가?"

"흐음, 그러게 말일세."

문인 두어 명이 자명에게 인사를 해 보이고는 주변을 둘러보며 저희들끼리 담소를 나누었다. 개중에는 열악한 하촌의 사정을 보고서 씁쓸해하는 사람도 있었다.

"애민(愛民)하지 않으면 학문할 까닭이 어디 있단 말인가……."

어떤 문사의 입에서 튀어나온 한탄이었다.

반 각쯤 지났을 때에 마지막으로 노문사가 도착했다. 벌써 이삼십 명 가까이 되는 문인들이 몰려들었으니, 근방의 문인들이 모조리 모여들었다고 해도 좋을 정도였다.

노문사가 좌중을 한번 둘러보고는 헛기침을 두어 번 내뱉었다.

"이만하면 다 모인 것 같군. 그래, 그림은 언제쯤 팔 계획인가?"

"아니지요, 윤 어르신. 그림을 본 사람도 있지만 보지 못한 사람도 많지 않습니까? 저자가 묵월이라는 것이 쉬이 믿어지질 않으니, 그림을 먼저 보고…….”

소문만 접하고 뛰어온 젊은 문인이 말하자 노문사가 못마땅하다는 듯 그를 노려보았다.

“쯧쯧, 그림을 본 사람에게서 그것이 어떠했는지 들었을 터인데.”

“흐흠, 그렇긴 하오나…….”

젊은 문인이 헛기침을 해 보였다. 자명은 노문사를 조심스럽게 한 번 바라보고는 젊은 문인에게 시립하여 예를 표했다.

“이분 문사님의 말씀이 옳습니다. 그림을 보지 못한 분들이 계시니 먼저 그림부터 보이겠습니다.”

자명은 그렇게 말하고서는 그림을 천천히 펼쳐 문인에게 건네었다. 근처의 문인들이 우르르, 그림을 건네받은 문인에게로 몰려들었다. 아직 표구하지 않은 것이니만큼 쉬이 손상될 터, 혹시나 그림이 잘못될까 두려웠던 것이다.

서너 명의 문인이 보물 다루듯 그림의 귀퉁이를 잡고, 다른 문인들은 바람이 새어들지 않게끔 촘촘히 몰려 그림을 바라보았다. 당장에라도 살아 움직일 것 같은 여승과 그녀의 손을 맞잡은 동자승이 문인들을 맞이했다.

“과연 묵월랑! 신품이로다!”

“처연하구만, 처연해. 허허, 여승의 미소가 자비롭고도 처연하오."

　문인들이 조그마한 목소리로 중얼거렸다. 감탄을 금치 못하겠는지, 연신 탄성을 터뜨리는 문인들도 있었다.

　한참 동안 그림을 바라보던 문인들은 그것을 소중히 말아 다시 자명에게 건네었다.

　자명은 그림을 받아 들고는 문인들을 주욱 훑어보았다.

　"부족한 솜씨인지라 부끄럽기만 합니다."

　"과례일세. 내 이만한 재주는 오채문 대화백 이후로 보지 못했으이."

　문인 하나가 당치도 않다는 듯 말했다. 자명은 문인에게 가볍게 목례해 보이고는 조심스럽게 입을 열었다.

　"그럼 미거한 화공이 말씀을 올리오리다. 근방의 학식있는 분들을 모은 까닭은, 이 그림을 사실 분을 결정하기 위해서입니다."

　"험, 험. 돈이 문제인가?"

　액수를 묻는 문인의 말에 자명은 고개를 저어 보였다.

　문인은 수긍했다는 듯 수염을 쓰다듬었다. 하긴 돈 때문이라면 가격을 흥정했으면 했지, 이런 허름한 곳으로 자신들을 부를 리가 없었다.

　"하면, 표구가 문제인가? 내 표구에는 재주가 없지 않으니, 자네의 그림이 쉬 상하지 않도록 최대한 노력함세."

“그것 역시 아닙니다.”

자명은 이번에도 고개를 절레절레 저었다.

화공 중에는 자신의 그림이 세세토록 이어지기를 바라는 사람도 있지만, 모두가 그런 것은 아니다. 어차피 영원한 것은 없는데 무엇에 집착하겠는가? 할아버지는 내일이면 사라질 그림을 그려놓고도 허허롭게 웃고는 했었다.

“그럼, 학식이 문제인가? 허어, 도무지 알 수가 없…….”

“집이 엉망이로군.”

문인의 말을 끊고 노문사가 말했다. 노문사는 그림이 아니라 집을, 그리고 주변에 서서 겁먹은 눈으로 자신들을 구경하는 화영과 화복을 바라보고 있었다.

“아낙의 얼굴도 엉망이야. 쯧쯧, 의원에게 보여야겠군.”

자명은 알 듯 모를 듯한 표정으로 노문사를 바라보았다.

“홍의무관이라는 곳에서 왔었습니다.”

“그러했던가?”

노문사는 별다른 관심이 없다는 듯한 표정으로 무심하게 중얼거렸다. 자명의 미간이 살짝 좁혀졌다. 도무지 노문사의 의중을 알 수가 없었던 것이다.

잠시 머뭇거리던 자명은 몇 마디를 더 첨언했다.

“현령께 드릴 선물을 마련해야 한다며 수금을 하였지요.”

“허허허, 백성들이 바라던가?”

"그렇게 보이지는 않았습니다."

"그래, 그러했군."

노문사는 짧게 한번 웃어 보이더니 다시 시큰둥한 표정을 지었다.

자명은 노문사를 물끄러미 바라보다가 고개를 절레절레 저었다. 사실 노문사께 기대한 바가 없지 않았는데, 일이 이렇게 되었으니 어쩔 수 없이 면(面)을 팔게 되었다.

자명은 한숨을 길게 내쉬고는 조심스레 입을 열었다. 스스로도 면구스러운지 목덜미까지 붉어진 얼굴이었다.

"학문을 하시는 분들이시니, 모두들 인자한 성품이시리라 기대합니다."

"음, 그렇지."

가장 먼저 도착했던 문인이 당연하다는 듯 고개를 끄덕였다.

자명은 조금 떨리는 목소리로 말을 이어나갔다.

"그러니까, 그것이… 저는 가장 인자하신 분께 그림을 드리고자 합니다."

"그게 무슨 소리인가? 여기서 성품을 어찌 판단하겠다고……."

"배움은 인격 또한 성장시킨다 들었습니다. 성품이 인자하신 분들이라면 많이 배워 지혜로우실 터, 이미 답을 알고 계시리라 생각합니다."

자명은 그렇게 말하고는 민망한 듯 고개를 떨어뜨렸다. 지난밤, 잠을 못 이루며 생각한 것이 바로 이것이었다. 그림을 팔아 그 돈으로 화씨 남매를 돕는 것은 간단한 일이었다. 하지만 만에 하나, 홍의무관과 같은 돈에서 그 돈을 빼앗아 가면 어찌하겠는가! 순박하고 순박한 두 남매는 또다시 세상에 돈을 돌려주고 평소와 같은 삶을 영위할 것이었다.

그 계산에는 다른 하촌 사람들에 대한 마음도 숨어 있었다. 자명은 화씨 남매만 돕고 다른 하촌의 사람들은 내버려 둘 수가 없었던 것이다.

'하지만 말이 쉽지, 결국에는 그림을 팔 테니 이 사람들을 두고두고 도와달라고 강짜를 부리는 것밖에 안 되는걸.'

자명은 한숨을 길게 내쉬었지만 어찌할 도리가 없었다. 기왕 일이 이렇게 되었으니 얼굴에 철판을 깔고 장사치마냥 구는 수밖에 없었다.

"허허허! 약았다, 약았어! 천하의 묵월랑의 성품이 이리 약았을 줄이야!"

노문사가 갑자기 홍소를 터뜨렸다. 그는 재미있다는 듯 껄껄 웃으며 문인들을 돌아보았다. 하지만 문인들은 어리둥절한 얼굴로 노문사를 바라볼 뿐이었다.

"윤 어르신께서는 짐작 가는 바가 있으신 모양입니다."

“허허허, 약았구나, 약았어. 하지만 밉지 않으니 이상한 노
릇일세. 자네는 약았지만 괜찮은… 그래, 괜찮은 사람이야.”

노문사는 그렇게 말하고는 코를 쿵쿵거려 냄새를 맡는가
싶더니, 곧 감자가 익어가는 것을 알고 화영을 돌아보았다.

“이보시게, 소저. 보아하니 객이 온다는 말에 감자를 찌는
것 같은데, 맞는가?”

“예? 예, 그렇습니다.”

화영이 어쩔 줄 몰라 하며 대답하자 노문사가 너털웃음을
터뜨렸다.

“허허허, 내 마침 허기가 지던 참인데, 간만에 성찬을 맛보
게 생겼구먼. 어디, 괜찮다면 맛이나 좀 봄세.”

“다, 당장 내오겠습니다.”

화영이 그렇게 머리를 조아려 보이고는 황급히 달려가 이
빨 빠진 사발 그릇에 감자 몇 알을 가져 내왔다. 그리고는 어
쩔 줄 몰라 하며 서성이다가 아예 무릎을 꿇고 노문사에게 그
릇을 들어 올렸다.

“가, 가진 것이 없어 이것밖에는 없습니다. 죄, 죄송해요.”

“아니야, 아니야. 냄새가 좋구먼, 냄새가 좋아.”

노문사는 마주 무릎을 꿇고 감자 한 알을 주워 들어 호호
불고는 한입을 베어 물었다. 그리고 우물거리며 문인들에게
로 고개를 돌렸다. 문인들은 노문사가 이처럼 경박하게 굴 줄

은 몰랐다는 듯 의아하게 그 모습을 바라보고 있었다.

"자네들도 하나 들겠나?"

"저희들은 사양하겠습니다."

"허허, 그래. 자네들이라면 그렇겠지."

노문사는 그렇게 말할 때에 꼬르륵, 소리가 들려왔다. 노문사는 꼬르륵거리는 배를 숨기려고 허둥대는 화복을 바라보고는 짐짓 엄한 표정을 지어 보였다.

"네놈은 어르신이 왔는데 그래, 인사도 안 한단 말이냐?"

"자, 잘못했어요. 나, 나는 화복인데 아주 착해요. 어른들을 보면 인사도 잘하고요, 약초도 매일 캤고요, 현령님 생신이라서 가진 돈도 전부 드렸어요. 아까 누나를 화나게 했지만, 저는……."

다 큰 청년이 횡설수설하는 모습이 누가 봐도 모자라 보였다. 문인들은 한심하다는 듯 화복을 바라보았다. 하지만 노문사는 여전히 화복을 대하는 데 어색함이 없어 보였다.

"에이, 현령님 생신이라서 돈을 드린 것이 아니라 무서워서 준 게 아니냐?"

노문사가 수상쩍은 척 바라보자 화복이 고개를 절레절레 저었다.

"아니에요. 무서워서가 아니에요. 현령님은 나라에서 마을을 잘 다스리게 해주려고 보내주신 사람이에요. 현령님은 우

리 마을의 어버이 같은 거라고 했어요. 화복이는 아주 착해
요."

노문사가 할 말을 잃은 듯 화복을 바라보았다. 잠시 그렇게
바라보던 노문사는 빙그레 웃음을 지으며 자기보다도 키가
큰 화복의 머리를 쓰다듬어 주었다.

"그래, 아주 착하구나. 정말로 착해."

"저, 정말요? 와아."

화복에게 그것은 어쩌면 최고의 상이었을지도 모른다. 화
복은 기쁜 듯 머리를 어루만지며 배시시 웃었다. 다 큰 청년
의 웃음이 그처럼 순수하게 보일 줄은 아무도 몰랐으리라.

"네 누이가 눈치도 없이 가진 감자를 몽땅 삶아버린 모양
이다. 이것, 너 먹으려?"

"네! 고맙습니다."

머리를 꾸벅 숙여 보인 화복이 감자를 받아 들고는 아귀아
귀 먹기 시작했다. 노문사는 그런 화복의 머리를 한 번 더 쓰
다듬어 주고는 좌중의 문인들에게로 시선을 돌렸다.

"그러면 그림의 주인이 결정 난 셈이로구먼. 부끄럽다, 부
끄러워. 선인(善人)이 오기 전까지 아무것도 몰랐으니, 윤 모
야, 윤 모야. 너는 참으로 헛된 삶을 살았구나."

"그림의 주인이 결정 나다니요? 아무리 윤 어르신께서 한
림학사를 지내신 명사시라지만 이렇게 허투루 그림을 가져가

실 수는 없습니다!"

"그게 무슨 소린가? 그림의 주인은 내가 아닐세."

묵월의 그림을 가지고 싶은 탐욕 때문에 감히 노문사에게 덤벼들었던 문인이 어리둥절한 표정을 지었다. 그에 노문사가 잔뜩 인상을 구기고는 혀를 찼다.

"에잉, 이런 한심한 사람들을 보았나. 묵월이 말하기를, 가장 인자한 사람에게 그림을 준다고 하지 않았나! 자네들은 아직도 이 중에서 가장 인자한 사람이 누구인지 모르겠단 말인가?"

노문사가 고개를 절레절레 저으며 중얼거렸다.

"이런, 정말 모르나 보군. 그래, 자네들은 학문을 한다는 사람이 논어도 읽지 않았단 말인가?"

"물론 읽었습니다만……."

"그렇다면, 덕은 외롭지 않다[德不孤], 반드시 이웃이 있다[必有隣]라는 말을 알고 있다는 말인가?"

"허허, 그것을 모르는 사람도 있겠습니까?"

순간 노문사가 허허로운 표정을 거두고 갑자기 고함을 질렀다. 깡마른 노인이 인상을 구기자 문인들의 몸이 움찔했다.

"그렇다면 네놈은 소경이고, 귀머거리로구나! 선현의 말씀을 들어놓고도 어찌하여 이웃을 돌보지 않는단 말이냐! 눈이 멀어 이들의 궁핍함이 보이지도 않느냐!"

젊은 문인은 단숨에 꿀 먹은 벙어리가 되었다.

노문사는 이번에는 좌중의 문인들에게로 시선을 돌렸다. 그리고는 화가 잔뜩 난 목소리로 버럭버럭 고함을 쳤다.

"이 사람들은 가진 모든 것을 털어 이웃을 대접했으니 덕이 있는 것이요, 나라를 존경했으니 충이 있는 것이요, 현령을 어버이처럼 따르니 효가 있는 것이다! 이 중에서 이들보다 어진 사람이 있으면 나와보아라! 아직도 이들이 그림의 주인임을 인정하지 못하겠단 말인가!"

좌중의 문인들이 그제야 탄성을 내뱉었다. 마음에 탐욕이 사라지지는 않았으나, 배운 학식이 그들을 부끄럽게 했던 것이다. 문인들은 아무런 말도 하지 못하고 고개를 숙였다.

"그림의 의미를 이제야 알아차린 표정이로구나. 고개만 돌리면 봄인데 위정자가 고개를 돌리지 않아 삭풍만이 불고 있음을 어찌 이제야 알아차린단 말인가."

노문사는 그렇게 말하고는 다시 자명 쪽으로 시선을 돌렸다.

예상치 못한 일을 맞이한 자명은 놀란 눈으로 노인을 바라보고 있었다. 설마하니, 노문사가 그림을 화씨 남매에게 넘길 줄은 상상도 하지 못했다. 자명은 그림을 빌미로 하촌을 돌보겠다는 약속을 받으려 했던 것이다.

하지만 노문사는 대번에 그들보다 인자한 사람은 없다고

공언하고 말았다. 단번에 화씨 남매의 성품을 알아보았다는 뜻이다. 그림을 보자마자 '봄이 오겠는가?' 하고 물은 것도 그렇고, 지금도 그렇고… 노인의 안목에는 감탄을 금할 수가 없다.

'큰 사람이로구나.'

자명이 그렇게 생각할 때였다. 노문사가 은은하게 미소를 지으며 입을 열었다.

"자네가 큰 선물을 주었구먼. 그래, 그림의 주인이 결정되었으니 이제 셈을 할 차례일세. 자네는 돈을 받으려는가?"

"바, 받지 않겠습니다."

애초부터 돈을 받을 생각이 없었던 자명이 장읍하며 말하자 노문사가 만족스럽다는 듯 크게 고개를 끄덕였다.

"좋네, 좋아. 저 남매만 허락한다면 내 자네의 그림을 보러 하루 한 번은 이곳에 들름세. 좋은 그림을 보게 해주는 값을 쳐주어야 하니, 내 빈손으로 오지는 않을 걸세."

문인들은 여전히 입을 꾸욱 다물고 있었다. 노문사의 호통에 부끄러우면서도 묵월의 그림에 탐욕을 버리지 못한 모양새였다.

하지만 어쩔 도리가 있겠는가? 억지를 부리고 싶어도 명분이 없다. 노문사의 말은 구구절절 옳기만 했던 것이다.

결국 문인들도 같은 말을 주워섬기는 수밖에 없었다.

"나 역시 그렇게 함세. 하루 한 번은 못 되어도, 자주 보러 옴세. 묵월의 이름값이 있으니 부육 근방의 문인들은 하나같이 자주 찾아오겠지."

그것만으로도 하촌은 구원을 얻은 셈이었다. 노문사의 말대로 그림을 보게 해주는 값으로 빈손으로 오지는 않을 터였으니 말이다.

"험, 험. 좋은 구경을 했으니 내 이만 가보아야겠네. 묵월께서는 강녕하시게."

문인은 그렇게 말하고는 멋쩍게 노문사를 바라보다가 먼저 자리를 떠났다. 미련도 남거니와, 부끄럽기도 부끄러워서 견딜 수가 없었던 것이다. 그렇게 한 명이 떠나자 다른 이들도 서둘러 자리를 벗어났다.

"나 역시 가보아야겠네. 묵월께서는 강녕하시게. 올 때는 자네를 욕했는데 이제는 그럴 수가 없게 되었군."

문인들은 아쉽다는 듯 노문사와 화씨 남매, 그리고 자명을 번갈아 바라보다가 고개를 절레절레 젓고는 총총걸음으로 하촌을 벗어났다.

한동안 통쾌하게 웃으며 그런 문인들을 바라보던 노문사가 헛기침을 내뱉으며 자명을 돌아보았다. 그 역시 자리를 비울 참이었던 것이다.

"나 역시 가보아야겠군. 자네 덕분에 당분간 말이 많게 생겼어."

"죄송합니다."

"되었네, 되었어."

자명이 머리를 숙였지만 동료 문인들이 투덜거리는 것쯤
은 충분히 감수할 생각이 있던 노문사였다. 그는 손사래를 휘
휘 저어 보이고서는 소매를 휘적휘적 휘날리며 걸음을 옮겼
다.

"현령으로 견자가 왔나 했더니, 선인(善人)이 와서 백성들
을 돌보는구면. 묵월의 명성이 이미 높으나 이후에는 더더욱
높아지리라."

노문사가 감히 감당치 못할 칭찬을 중얼거리며 조금씩 멀
어져 갔다. 민망한 듯 고개를 떨어뜨리고 있던 자명이 다급히
그를 불렀다.

"어르신! 제가 미욱하여 여태 존함을 여쭙지 않았습니다!"

"음?"

걸어가던 노문사가 문득 뒤를 돌아보았다. 그러더니 곧이
어 장난스러운 미소를 지어 보였다.

"나는 윤가(尹家)의 사람으로, 이름은 여평(餘平)일세. 만
추(晚秋)라고 부르시게."

"아아!"

자명이 감탄을 터뜨렸다. 윤여평이라는 이름을, 만추라는

호를 어디선가 들어본 적이 있었던 것이다.

윤여평은 본래 한림학사 출신으로 상서(尙書) 벼슬을 하던 사람이었는데, 황상 폐하의 내탕금을 수해(水害)를 입은 백성들을 구휼하는 데 사용하는 것이 어떻겠냐며 주청을 올렸다가 파직을 당한 사람이었다.

낙향한 후에도 백성들을 구휼하는 데 재산을 퍼부은 통에 가난하게 사는 의인(義人)이라는 소문이 자자했다.

과연 화영이 감탄을 터뜨렸다.

"유, 윤여평 어르신은 겨울에 구휼미를 내어주신 분인데."

지난겨울, 윤여평의 도움이 없었다면 하촌은 굶어 죽거나 얼어 죽은 사람투성이였으리라. 화영은 당혹한 표정으로 윤여평의 뒷모습을 바라보다가 엎드려 오체투지를 해 보였다. 감자를 주워 먹던 화복은 무엇도 모르고 누이를 따라 엎드려 오체투지를 했다.

자명은 멍하니 휘석휘적 걸어가는 윤여평을 바라보았다.

'예와 법보다 중요한 것이 마음이라면……'

예와 법과 체계로써 백성들을 도울 수도 있을 터였다. 하지만 체계로 묶는다 해서 마음마저 진실되지는 않을 터였다. 법이 무서워서 원치도 않는데 돈을 내어놓는다면 억울한 마음만이 가득하지 않겠는가!

어쩌면 윤여평 어르신의 마음이야말로 아름다운 것일지도

모른다. 세상에는 홍의무관처럼 탐욕스러운 사람들도 있지만 저와 같은 아름다운 사람도 있는 것이다.

'그런데 현령으로 견자가 왔다니.'

자명이 씁쓸한 얼굴로 한숨을 내쉬었다. 듣지 않아도 현령이 덕이 없음은 짐작하던 차였다. 제아무리 눈치가 없는 자신이라도 홍의무관이라는 곳과 결탁하여 재물을 거둬들인다는 것은 짐작할 수가 있었던 것이다.

그런 자명의 생각을 알기라도 한 것일까?

문인들이 대부분 떠났거늘, 아직까지 떠나지 않은 한 사람이 입을 열었다.

"험, 험. 백성들을 돌보는 그대의 마음은 참으로 감동스럽구려."

"뉘신지요?"

자명이 예를 다하여 질문했다. 상대의 태도도 조심스러웠다.

"본인은 관의 사람으로, 부육현령을 모시고 있다오. 이틀 뒤에 부육현령의 생신이 있는데, 마침 묵월이라는 명사께서 와주셨다 하니 어찌 초청하지 않을 수 있겠소이까?"

자명의 얼굴이 구겨졌다. 홍의무관이 그토록 치부하려던 이유가 바로 현령 때문이었다. 하촌이 이렇게 광범위하게 커지고 백성들이 굶어가는 이유가 바로 현령 때문이었다. 화복이 그토록 어버이처럼 모시는 사람이 바로 현령이었다.

현령이라는 말만으로도 심사가 복잡해지는 것은 어쩌면 당연한 일이었다.

"부디 묵월께서 꼭 참석해 주시기를 바라오. 부육현령께서 이번에 제형안찰사가 되신 양승호(楊丞虎), 양 대인을 초청하셨는데, 그분께서 서화에 특별히 관심이 있으시다 하오. 하니 반드시 왕래하여 자리를 빛내주심이……."

관인의 태도는 유난히 정중했다. 실은 그는 무학을 연마한 자로, 이름은 귀검(鬼劍) 장운(張雲)이라 했다. 평소 재물에 관심이 많았던 귀검은 포쾌 직을 맡아 부육현령의 뒤를 봐주는 일을 하였는데, 홍의무관과 결코 남이 아닌 사이였던 것이다.

몇 시진 지나지 않았지만 그는 홍의무관이 무슨 일을 당했는지 알고 있었다. 자명의 정체 역시 마찬가지였다. 그의 태도가 정중한 것은 당연한 일이었다.

"제형안찰사께서 부육에 계십니까?"

"그렇소이다."

자명의 질문에 귀검이 얼른 고개를 끄덕였다. 그리고는 곧 조심스럽게 한 가지 제안을 건네었다.

"현령께서는 이번에 와주시기만 한다면, 적어도 이 년간은 이곳의 세금을 면제해 주겠다 하셨소이다."

그것은 귀검의 허언이 아니라 현령의 약속이기도 했다. 자명의 정체를 알게 된 귀검이 적극 권하기도 했거니와, 안찰사에게 잘 보이기만 한다면 출세가 보장되어 있기도 한 탓이었다.

잠시 생각하던 자명이 고개를 끄덕였다.

"예, 알겠습니다. 그날 찾아뵙겠습니다."

무엇을 생각하는 것일까? 자명의 말투에는 주저함이 없었다. 관리는 호탕하게 웃으며 고개를 끄덕였다.

"좋소이다, 좋소이다! 묵월랑께서 허언을 하지는 않으시리라 믿소."

그렇게 말하더니, 관리는 따라온 하인에게 턱짓을 해 보였다. 하인은 우렁차게 '예!' 하고 대답하고는 등에 진 짐을 내려놓았다.

"현령께서 보내신 화구와 학사의라오. 실례가 되지 않았으면 좋겠소이다만……."

짐 속에는 그럴듯한 거북이가 조각된 벼루와 비단결처럼 고운 한지, 튼실하게 꽉 찬 붓 등이 들어 있었다. 백색 학사의 역시 먼지 한 톨 묻어 있지 않은 깨끗한 것이었다.

자명은 물끄러미 그것을 내려다보며 한숨을 내쉬었다.

"화구는 마음대로 바꿀 수가 없습니다. 가지고 돌아가십시오."

"허어, 소관이 무례하였구려. 죄송하외다. 하나 의복만은 갖춰주실 수 없겠소이까? 아무래도 귀하신 분들이 모이는 자리인지라…….”

귀검은 민망하다는 듯 자명에게 깊숙이 머리를 숙여 보였다.

자명은 물끄러미 그런 귀검을 바라볼 뿐이었다.

第六章
진정으로 두려워해야 할 사람은

공
화 도담

書工
道談

1

　자명의 그림은 엄연히 화씨 남매의 것이었지만, 표구를 해야 하는 관계로 당장은 그림을 내걸 수가 없었다. 문인들의 방문도 아직은 시작되지 않은 상태였다.

　평소처럼 화영은 포목점에서 삯바느질감을 얻어 밤새도록 바느질을 했고, 화복은 약초를 캐러 다녔다. 약간의 변화가 있다면, 집에 돌아온 화복이 자명에게 찰싹 달라붙어 떨어지지 않는다는 점이었다.

　사흘이 지난 어느 날, 화복이 약초를 캐러 나가지 않겠다고 고집을 부렸다. 자명과 함께 노는 데 정신이 팔렸던 것이다.

어쩌면 그것은 단순히 자명이 좋아서라기보다 무언가 불안함을 느꼈기 때문일지도 몰랐다.

지금도 화복은 자명과 함께 그림을 그리며 노는 중이었다.

"형아, 나 잘 그렸지?"

"예. 아주 좋은 그림입니다."

포목점에 바느질감을 돌려주고 돌아왔던 화영이 어색한 얼굴로 귀를 기울였다. 모옥 속에서 웃음소리와 함께 두런두런 이야기를 나누는 것이 들려왔던 것이다.

"근데 형아 그림이 더 예쁘다. 이거 우리 누나지, 그치?"

"예. 저는 정말로 형장의 누이를 그린 거예요."

"우리 누나 예쁘다, 예쁘다!"

화복이 좋아서 깡충깡충 뛰는지, 쿵쿵! 소리가 들려왔다.

화영은 어두운 안색으로 얼굴을 어루만졌다. 화상 자국이 손끝에 선연히 만져졌다. 이런 얼굴이 예뻐보아야 얼마나 예쁘겠는가. 저 안에 자신의 얼굴이 그려져 있다고 생각하니 마음이 불편하기만 했다.

잠시 그렇게 서 있던 화영은 애써 표정을 관리하며 모옥을 가린 거적때기를 치워보았다.

"어… 저기……."

얼굴에 먹을 가득 묻힌 자명이 당황한 표정으로 화영을 바라보았다. 조금 전까지만 해도 화복과 함께 서로의 얼굴에 먹을 칠하며 놀았던 것이다. 엉망이 된 얼굴을 생각하니 부끄러워도 이렇게 부끄러울 데가 없다.

게다가 방 안은 왜 이렇게 어지러운가! 조심한답시고 비싼 종이를 깔아두었지만 이미 군데군데 먹이 튀어 있었고, 벽지에는 화복이 제멋대로 그린 그림이 가득했다.

"아아……!"

하지만 화영은 방 안을 보고 있지 않았다. 자명이 그린 그림을 보고 감탄하고 있을 뿐이었다. 누렇게 빛바랜 벽지에 그려진 화공의 그림이 눈이 부실 정도로 아름다웠던 것이다.

"어? 누나다! 누나, 이 그림 속의 여자가 바로 누나야. 우리 누나 참 예쁘다."

깡충깡충 뛰던 화복이 화영을 발견하고는 히죽히죽 웃으며 머리를 들이밀었다. 화영은 난감한 얼굴로 고개를 저었다.

"화복아, 저건 누나 아니야."

"…맞습니다."

붓을 들고 멋쩍게 서 있던 자명이 난감한 표정으로 고개를 끄덕였다. 화영은 믿을 수 없다는 듯 고개를 저었다.

"저는 저렇게 아름답지 않아요."

벽지에 그려진 미인은 흑단처럼 고운 머리카락을 가지고 있었다. 입술은 도톰하고, 피부는 맑고 깨끗하기만 하다. 화상으로 얽어진 피부도 아니었고, 뭉개진 콧날도 아니었다.

“두상(頭狀)으로 미루어 짐작한 그림입니다. 죄, 죄송합니다. 방 안을 이렇게 엉망으로 만들어놓은 것으로도 모자라 함부로 그림을 그리기까지 했으니…….”

화복이 누이를 예쁘게 그려 달라고 떼를 써서 그린 그림이었지만, 당사자에게는 큰 모욕이 될지도 몰랐다. 외모 때문에 고초를 겪은 사람이라면 이것을 놀림으로 받아들일 수도 있는 것이다.

화복의 부탁을 받았음을 짐작했던 것일까? 화영은 그것을 탓하지 않았다. 그림 속의 아름다운 여인 탓에 무엇인가가 떠올랐는지 어두운 얼굴로 고개를 숙일 뿐이었다.

잔뜩 신이 났던 화복의 어깨가 축 늘어졌다.

“누나, 저거 누나 맞아. 누나는 세상에서 제일 예쁘잖아.”

“고마워, 화복아.”

화영은 화복에게 아릿한 미소를 지어 보였다.

자명은 그런 화영을 물끄러미 바라보다가 연신 벙긋벙긋 웃고 있는 화복에게 말했다.

“이제 한참 놀았으니까, 저는 이만 가볼게요.”

“어? 형아, 어디 가?”

“예. 약속이 있어서 나가보아야 해요.”

그렇지 않아도 무언가 불안함을 느끼고 있었던 화복이 울상을 지었다. 그는 재빨리 자명의 옷깃을 틀어쥐었다.

"형아, 안 가면 안 돼? 가지 마."

"죄송해요. 꼭 가야 하는 일이니 형장께서 양해해 주시길 바라요."

화복은 그래도 가지 말라고 칭얼대더니, 이내 울음을 터뜨리고 말았다. 옷자락을 잡아당기며 다리를 버둥거리기까지 했다. 그 모습을 본 자명이 담담한 목소리로 말했다.

"형장께서는 착한 사람이니까, 꼭 다시 보러 올 거예요. 하지만 그때까지는 기다리셔야 해요."

"으허엉! 형아, 가지 마."

화복의 울음소리가 더욱 커졌다. 자명이 떠나서 다시는 돌아올 것 같지가 않다는 예감이 든 것이다. 화복은 울다가 끅끅거리며 소매로 눈을 훔쳤다.

자명은 그런 화복을 바라보다가 실소를 머금고 말았다. 사실 화복의 예감은 그다지 틀린 것이 아니었다. 만남이 있으면 이별도 있다던가? 이제 서서히 작은 인연이 끝을 맺고 있었다.

"정말이에요. 꼭 다시 보러 올 겁니다."

자명의 목소리 속에도 아쉬움이 섞여 있었다. 이처럼 맑은 사람은 강호를 떠돌면서도 몇 만나지 못했던 것이다. 세상이 그를 욕하고 침을 뱉어도 미소로 돌려주는 사람, 세상에서 가장 필요한 사람이었다.

“흑, 흐윽.”

자명의 담담한 목소리 때문일까? 화복이 어쩔 수 없다는 듯 손을 놓았다. 그리고 화영의 품에 안겨들었다.

“울지 마, 화복아. 금방 다시 돌아오실 거야.”

화영이 능숙하게 화복의 등을 두드려 주는 사이, 자명이 조심스럽게 모옥을 빠져나와 바랑을 메어 들었다. 오늘은 다름 아닌 현령의 생일이니 연회에 참석해야 하는 것이다.

그리 오래 지나지 않아 화복을 달랜 화영이 홀로 모옥 밖으로 걸어나왔다.

자명은 바랑을 메고서 어색하게 웃어 보였다.

“어서 출발해야 할 것 같습니다. 아직 연회가 시작하지는 않았을 테지만 더 지체했다가는 늦을 수도 있겠어요.”

“예, 손님. 마중하겠습니다.”

화영이 서둘러 허리에 메어두었던 두건을 머리에 썼다. 자명은 고맙다는 듯 목례해 보이고는 천천히 걸어갔다. 며칠 묵었다고 정이 들었는지, 하촌의 풍경이 정겨워 보인다. 하촌의 백성들 중에는 자명에게 머리를 숙여 보이는 사람도 있었다.

하지만 화영은 아무런 말도 하지 않았다.

“저기, 너무 멀리까지 마중 나오신 것 같습니다. 이만 들어가서요.”

어색한 침묵이 불편했던 자명이 걸음을 멈추고 말했다. 화영은 잠시 머뭇거리더니 고개를 절레절레 저었다.

"조금 더 마중할게요, 조금만 더."

화영의 애처로운 모습에 자명은 더 이상 만류할 수 없었다. 자명이 바랑을 한 번 추스르고 길을 나서자, 화영은 고개를 숙이고서 다시 자명의 뒤를 쫓았다.

또다시 어색한 침묵이 감돌았다. 자명은 흘끔흘끔 화영을 살펴보았지만, 화영은 무엇을 생각하는지 푹 숙인 고개를 들지 않았다. 잠시 뒤, 화영이 어두운 목소리로 말했다.

"떠나면 다시 돌아오지 않으실 거지요?"

"예?"

"아침 일찍부터 짐을 챙기는 모습을 보았어요."

자명이 걸음을 멈추고는 밋쩍은 미소를 지었다. 화복이 보고 서운해할까 봐 몰래 짐을 챙겼었는데, 그 모습을 들켰나 보다.

"…예, 맞습니다. 지체할 수 없는 사정이 있거든요."

불안한 예감을 느낀 것은 화복뿐만이 아니었다. 간만에 사람 사는 온기를 느끼게 해준 화공이 떠나가 버릴 것 같아 화영은 간밤에 잠도 이루지 못했었다.

자명은 그런 화영의 심정을 모르는지 밝은 얼굴이었다.

"그간의 환대에 감사드립니다. 덕분에 푹 쉬고 갈 수 있었습니다."

“조금 전의 그림은……."

자명이 물끄러미 화영을 바라보았다. 침울한 어조를 보니 무엇인가 마음에 걸리는 것이 있는 모양이었다. 자명이 고개를 끄덕이자 화영이 조심스레 말을 이어나갔다.

“벽의 그림은 왜 그렇게 그리신 건가요?"

자명이 꿀 먹은 벙어리마냥 입을 다물었다. ‘어떻게' 가 아니라 ‘왜' 라고 질문한 것이니 쉬이 대답할 수 있을 리가 없다.

‘그러고 보니 왜 그랬을까?

그저 화복이 누이를 그려 달라 조르기에 붓을 들었던 자명이었다. 자명은 눈을 지그시 감고는 자신이 그렸던 그림을 떠올렸다.

자명의 그림은 백묘인물화(白描人物畵)에 가까운 것이었다. 백묘인물화는 색채나 음영이 없이 오로지 윤곽선만으로 이루어진 인물화로, 북송(北宋)의 이공린(李公麟)에 의해 전통이 확립된 화풍이었다. 벽지에 그리는 것이니만큼 자명은 일부러 윤곽선만을 그렸던 것이다.

나름 빛을 이용하기도 했는데, 거적문을 스쳐 지나온 햇살이 움직일 때마다 그림 속 여인의 얼굴에는 살아 있는 듯 음영이 질 터였다.

한동안 그림을 떠올리던 자명은 곧 고개를 저었다.

‘어떻게 그렸느냐는 것은 설명할 수 있겠지만, 그 이유를 설명하는 것만은 참으로 어렵구나.’

그냥 마음이 동했을 뿐이라고 말할 수는 없는 노릇이다.

자명이 쉬이 대답하지 못하고 머뭇거릴 무렵이었다. 화영이 조금 전과 같은 말을 주워섬겼다.

“저는 그렇게 예쁘지 않아요.”

“하지만 동생분께서는 늘 누이의 미모를 자랑하던걸요.”

자명이 장난스럽게 말했다. 말끝마다 ‘우리 누나는 예뻐’ 하고 말하던 화복을 떠올린 것이다.

처음에는 그 말을 이해하지 못했으나, 이제는 이해할 수 있었다. 사람의 아름다움은 외모에만 있는 것이 아닐 터였다. 외모는 형상일 뿐이니까. 서화는 형상을 그림으로써 형상 이상의 것을 표현하는 것이어야 했다.

자명이 문득 걸음을 멈추었다.

‘도는 무형이고 무상이나 전시만물에 있다고 했던가?

어쩌면 나무도, 바위도 마찬가지일지도 모른다. 나무의 형상 속에 무언가 다른 것이 숨어 있지 않을까? 사람의 형상 속에 마음이 숨어 있듯, 천지의 사물 속에도 무언가가 숨어 있지 않을까?

하지만 자명의 생각은 금방 끊어지고 말았다. 화영이 또다시 입을 열었으므로.

“저는 정말로 그렇게 예쁘지 않아요.”

자명은 아무 말 없이 화영을 돌아보았다.

화영의 눈에는 이슬이 몇 방울 맺혀져 있었다.

“정말이에요. 저는 추악해요.”

“아, 아니에요. 그렇지 않습니다.”

“나는 동생을 미워한 적이 있어요.”

화영을 달래려던 자명은 아무런 말도 하지 못했다. 화영은 손바닥으로 얼굴을 가리며 눈물을 흘렸다.

“동생 때문에 부모님이 돌아가신 게 아닐까 의심한 적이 있어요. 동생 때문에 내 얼굴이 이렇게 되었다고 미워하고 원망한 적이 있어요. 동생이 바보라서 귀찮고 싫던 적이 있었어요.”

화영은 다리에 힘이 풀리는지 아예 바닥에 주저앉아 버리고 말았다. 목이 메는지 목소리마저도 떨려왔다.

“동생과 함께 죽으려고 한 적도 있었어요. 너무 힘들어서 끝내 버리려고 한 적이 있었어요. 저렇게 착한 아이인데, 나를 너무 사랑해 주는 아이인데…….”

왜 낯선 손님에게 이런 말을 하는지는 화영 스스로도 알지 못했다. 어쩌면 그림 때문일지도 모르겠다. 그녀는 아이처럼 울며 꽁꽁 숨겨왔던 속내를 내보였다.

“이제는 다 들켜 버리고 말았어요. 화복이가 내 손길을 피

했어요. 화복이도 아는 거예요. 옛날에는 외모가 추악해도 마음이 예쁘면 괜찮을 거라고 생각했어요. 하지만 나는 외모만 추악한 것이 아니에요. 나는, 내 마음은…….”

화복에게 소리를 지른 것이, 화복이 화영의 손길을 피해 몸을 움찔한 것이 내내 마음에 걸렸나 보다. 자명의 얼굴에 안쓰러운 미소가 떠올랐다.

자명은 화영의 앞에 마주 주저앉았다. 감히 자기가 해도 되는 말인지는 모르겠지만, 화영에게 해줄 이야기가 있었다.

“정말로 동생을 미워한 것은 아니잖아요.”

“아니에요, 나는 정말로 원망했어요. 어쩌지요? 화복이가 계속 내 손길을 피하면…….”

화영이 아이처럼 울음을 터뜨렸다.

자명은 얼마 전의 일을 떠올렸다. 화영의 마음에 미움이 없는 것은 아닐 터였다. 어쩌면 그녀의 말대로 때때로 동생을 미워했던 것일지도 모른다.

하지만 그것은 일시적인 것일 뿐이었다. 그 이상으로 동생에 대한 애정이 컸으니까 말이다. 동생에게 소리를 지른 것이 미안해서 이렇게 속을 새카맣게 태울 만큼 컸으니까.

“저는 아둔한 편이라 세상 이치는 잘 모릅니다. 하지만 미움은 일시적인 것이고, 애정은 오래가는 것이라는 생각이 듭니다.”

화영이 눈물범벅이 된 얼굴로 자명을 올려다보았다. 화영과 눈을 마주치자 자명은 환한 미소를 지어 보였다.

"아까도 말씀드렸지만, 정말로 동생을 미워한 것은 아니잖아요."

자명은 문득 화란 아가씨의 질문이 떠올렸다.

'나더러 미움이 없는 사람 같다고 했었지요, 화란 아가씨.'

자신이 아니라 어느 누구라도 오욕칠정이 없는 사람은 없을 것이다. 분노나 미움 역시 사람의 마음인데 어찌 그것이 없는 깨끗한 상태를 바랄 것인가.

때때로 미워하고 때때로 사랑하는 것이 인생일 터였다. 거기에 너무 죄책감을 가질 필요도 없고, 너무 억울해할 필요도 없을 것이다.

하지만 무엇이 주를 이루느냐에 따라 그 사람의 삶이 갈릴 것이다. 미움이 너무 커서 세상을 증오하는 사람도 있을 테고, 그 반대의 사람도 있을 것이다. 그중 무엇이 더 아름다울까.

잠시 무엇인가를 생각하던 자명이 천천히 몸을 일으켰다.

"저는 동생분이 바보가 아니라고 생각합니다."

"…예?"

화영이 멍하니 자명을 올려다보았다. 자명은 웃차, 소리를 내며 바랑을 추슬러 메었다.

"동생분은 아마 화영 소저의 마음을 알고 있을 거예요. 머칠 전에 소저를 두려워했다면, 지금은 어떨까요?”

화영은 아무런 말도 하지 못했다.

“소저 역시 마찬가지입니다. 일시적인 미움이야 있을 수 있지만, 저는 소저께서 동생분을 아끼시는 마음이 더 클 것이라 믿습니다.”

“그것을 어떻게 알지요?”

자명은 대답 대신 은은한 미소를 지어 보였다.

화영은 무심코 그 미소가 동생을 닮았다고 생각했다. 동생이 내 마음을 알아줄까? 내가 미안하다고 하면 동생은 어떻게 대답할까?

화영의 눈에서 다시 눈물이 쏟아졌다. 동생은 오히려 자기가 더 미안해할 것이다. 그 아이는 사신을 미워한 적이 한 번도 없는 아이였으니까.

자명은 화영을 물끄러미 내려다보다가 예를 다하여 장읍하였다.

“그간의 환대에 감사드립니다. 후일 다시 뵙겠습니다.”

저들은 저들 나름대로의 삶을 계속해 나갈 것이다. 미워하고, 미워한 것을 미안해하며, 다시 사랑하며 살아갈 것이다. 그렇다면 그 외모는 어떻지 몰라도 그들의 삶만은 아름다우리라. 자명은 오래도록 그렇게 되기를 기원했다.

세상에 대한 희망을 버리지 않고 사는 저 남매가 오래오래

행복하기를. 언제나처럼 앞으로도 그렇게 아름답기를.

"부디 보중하십시오."

자명은 아직까지 주저앉아 있는 화영에게서 몸을 돌렸다. 어린아이처럼 엉엉 울고 있던 화영이 제 오라비에게 하듯 고함을 질렀다.

"손님, 아니, 은인께서도 보중하세요!"

"감사합니다."

걸어가던 자명이 뒤를 흘끔 바라보고는 머리를 숙였다. 화영은 가슴 한구석이 허전해지는 것을 느꼈다. 화복만큼이나 화영 역시도 자명에게 정을 품고 있었던 것이다.

"보중하세요! 어디 아프지 마시고 건강하세요! 그리고 화복에게 약속한 것 꼭 지켜주셔야 해요!"

"예, 약속하겠습니다."

자명의 목소리가 이제는 제법 먼 곳에서 들려왔다.

화영은 멀어져 가는 자명을 하염없이 바라보았다. 자명의 모습이 시야에서 보이지 않게 될 때까지 그녀는 망부석처럼 가만히 움직이지 않고 서 있을 뿐이었다.

"그리고 고마워요."

그렇게 말하는 그녀의 눈에는 눈물이 가득 고여 있었다.

2

부육현의 중통(中通)에 들어선 자명은 놀란 표정으로 주위를 둘러보았다.

'화려하네.'

저잣거리는 벌써부터 불야성을 이루고 있었다. 아직 해가 꺼지지도 않았는데 등불이 매달려 있었고, 어디선가 희극단이 와서 인형극을 벌이기도 했다.

그러나 백성들의 표정은 결코 밝지 않았다. 원치 않는데도 나와서 연회를 즐겨야 했던 것이다. 몇몇 백성들은 이것이 두 배의 수탈로 돌아올 것임을 벌써부터 짐작하고는 긴 한숨을 내쉬고 있었다.

그리 오래 지나지 않아 관아가 모습을 드러내었다. 자명은 그 앞에 서서 무심한 표정으로 관아를 올려다보았다. 문을 지키고 서 있던 정용(丁勇) 한 명이 자명에게 물었다.

"무슨 볼일이냐?"

"저는 합비 사람으로 성은 진가요, 이름은 자명, 호는 묵월이라 합니다. 부육현의 지현대인(知縣大人)께 부름을 받아 이렇게 오게 되었습니다."

"…그대가 바로 묵월랑이라는 화공이로구려."

정용의 표정은 떨떠름하기만 했다. 나이는 어리지만 뛰어난 화공이라기에 영준한 청년을 기대했더니, 갓 시골에서 올라온 듯한 어리숙한 소년이 나타난 것이다.

"뭐, 일단은 들여보내라는 지시가 있었으니, 들어가시오."

자명은 정용에게 고개를 꾸벅 숙여 보이고는 천천히 관아 안으로 들어섰다. 몇 걸음 채 걷지도 않았는데 기름진 냄새와 향긋한 주향이 퍼져 나왔다.

현령을 어버이처럼 모시던 이들은 감자 몇 알이 끼니의 전부인데, 백성을 자식처럼 여겨야 할 현령은 그야말로 호화로운 생활을 하고 있었던 것이다. 정갈하게 꾸민 후원도, 으리으리한 건물도 모두 아프게만 다가왔다.

자명은 고개를 절레절레 젓고는 안내하는 시비를 따라 걸음을 옮겼다. 안내를 따르다 보니 자신을 초청하러 왔던 포쾌, 귀검 장운이 당황한 얼굴로 서 있는 것이 보였다.

"이런, 허름한 학사의 그대로구려."

"보내주신 것이 저의 옷이 아니기에 입고 올 수가 없었습니다."

비록 현령의 초대는 승낙했지만 그렇다고 무작정 현령 마음대로 움직일 생각은 없던 자명이었다. 관인이 난감한 표정으로 수염을 쓰다듬었다.

"귀하신 분들이 계신데… 허어―"

"죄송할 따름입니다."

말은 죄송하다고 하는데 태도에는 민망한 기색이 없다. 귀검은 할 수 없다는 듯 고개를 끄덕였다.

"묵월랑께서는 기인이라 알려져 있으니 옷차림쯤이야 이해해 주시겠지요. 하지만 안찰사께서 자리하신 자리이니 언행에 있어서만큼은 예를 다하여주서야 합니다."

"말씀대로 따르겠습니다."

자명은 순후한 태도로 장읍했다.

귀검과 만난 다음, 자명은 어느 객실로 안내되었다. 향긋한 차와 다과가 나왔는데, 자명은 거의 손을 대지 않았다. 목이 마를 때마다 차 몇 모금만을 마셨을 뿐이었다. 설마하니 연회에 화공을 불러놓고 밤까지 기다리게 하지는 않을 터, 머지않아 연회장에 불려 나가게 되리라.

연회에 몇 번 참석해 봤다고 이제는 제법 익숙해진 자명이었다.

힌편, 연회장에서는 안찰사를 맞이한 현령 최유찬(崔有燦)이 호탕하게 웃음을 짓고 있었다.

"하하하! 그렇습니다. 정말 큰 기근이었지요. 제가 백성들에게 구휼미를 풀지 않았다면 아사자가 속출했을 것이외다."

"그랬구려."

안찰사 양승호는 시큰둥한 표정을 지으며 술잔을 들이켰다. 누가 봐도 현령의 이야기를 한 귀로 듣고 한 귀로 흘리는 모양새였다. 그의 관심사는 모조리 한쪽에 돌려져 있으니 당연한 일이었다.

하지만 현령 최유찬은 그것도 모르고 열심히 자신의 치적을 자랑하고 있었다.

"이번에는 아예 백성들의 세를 면해주기로 하였습니다. 현령이라 함은 무릇 백성들의 고난을 살피는 어버이인데, 어찌 가만히 두고 볼 수가 있겠습니까!"

어디 그게 선의에서 나온 것이었던가! 그저 자명을 초청하기 위해 미끼로 삼은 것인데 말이다. 그간의 사정을 모르는 안찰사가 처음으로 최유찬에게 관심을 보였다.

"허어, 세를 어찌 지현의 마음대로 면한단 말이오?"

"하하하! 그것이 걱정이라면 안심하십시오. 사재를 털어서라도 빈 부분은 채워 넣을 터이니."

지현 최유찬의 눈이 반짝였다. 안찰사의 눈이 호의적으로 변했던 것이다. 이 년간 세를 걷지 못하게 된 것은 안타까웠지만, 안찰사의 마음에 들 수 있다면 아쉬운 것만은 아닐 것이다.

"그렇구려. 장하시오, 장해!"

양승호가 마음에 든다는 듯 무릎을 쳤다. 하지만 그것이 전부였는지, 곧 시큰둥한 표정을 짓고 만다.

"과찬이십니다. 그저 백성들의 고통이 마음 아팠을 뿐인 것을요. 그리고 또한……."

현령 최유찬이 그렇게 말할 때였다. 어디선가 안색이 새파랗게 질린 전사(典史) 하나가 다급히 들어오더니, 헛기침을 큼큼 내뱉으며 조심스럽게 걸어왔다.

"음, 무슨 일이냐?"

최유찬이 인상을 가득 구기며 전사를 돌아보았다. 전사가 귀를 가까이 대고 무어라 속닥대자 최유찬의 얼굴이 구겨졌다.

"젠장, 하필이면 이때에……."

"무슨 일이시오?"

"아니, 공연히 신경 쓰실 것 없습니다. 하하하!"

"표정이 심각해 보이시오."

양승호가 시큰등한 표정으로 말했다. 표정은 시큰등한데 눈빛만은 예사롭지 않다. 그는 최유찬의 태도가 어딘가 이상하다는 것을 깨달은 것이다.

최유찬은 애써 표정을 관리하며 수염을 쓰다듬었다.

"그것이… 실은 최근 부육현 어림에 붉은 도를 든 살인귀가 나타났습니다. 듣기로는 노인이라 하던데, 무공이 제법 뛰어난지라 고생이 이만저만이 아닙니다. 무림에 관련된 일 같은데 양민마저도 피해를 보니, 원."

양승호가 물끄러미 최유찬을 바라보았다. 호북에서 살인귀가 건너왔다는 소문은 이미 들은 바가 있었는데, 무학이 제법 뛰어난 정도가 아니라 신의 경지에 달했다는 말이 있었다.

"최근에 지현이나 지부 벼슬을 하는 이들이 암살을 당하는 일이 많다고 하오. 거상(巨商)이나 지주들도 마찬가지지. 그 역시 붉은 도를 든 살인귀의 짓일지 모르니 조심하셔야 할 것이오, 지현."

"여부가 있겠습니까! 이 일은 제가 포쾌와 정용들을 모두 풀어서라도 처리할 터이니, 너무 심려치 마십시오. 그나저나 공연한 소식 탓에 흥이 깨지고 말았군요."

최유찬은 그렇게 말하고는 재빨리 포권하여 예를 취해 보였다.

"다시 흥을 돋우기 위해 묵월랑을 불러올릴까 합니다만……."

"오오! 드디어 묵월랑을 볼 수 있겠구려."

양승호의 얼굴이 활짝 피어났다. 애초부터 그가 기대하던 사람은 현령이 아니라 묵월랑이었던 것이다.

"하하하! 역시 안찰사께서도 묵월랑의 높은 명성을 알고 계셨던 모양입니다! 실은 저 역시 마찬가지입니다. 묵월랑의 그림 한 점을 보고 그 재주에 반하여 몸살을 앓았는데, 마침 부육현에 묵월랑이 들었다지 뭡니까. 당연히 예를 다하여 초빙하였지요."

현령 최유찬이 그렇게 말하고는 일부러 소매를 크게 떨치며 외쳤다.

"가서 묵월랑을 모셔오너라!"

"예, 지현대인!"

전사 한 명이 고개를 꾸벅 숙여 보이고는 총총걸음으로 연회장을 빠져나갔다. 최유찬은 확인차 양승호를 훔쳐보았다. 양승호는 술잔이 빈 것도 모른 채 전사가 물러간 자리만 바라보고 있었다.

긴가민가했던 최유찬은 크게 안심했다. 세금을 이 년이나 면제한 효과가 드디어 빛을 발하는 것이다. 양승호와 같은 사람에게는 금전이나 미주가효(美酒嘉肴)보다도 묵월랑이 나았다.

곧이어 묵월랑을 부르러 갔던 전사가 총총걸음으로 걸어나와 안찰사에게 큰절을 해 보였다. 전사의 뒤에는 양승호가 그렇게 기대하던 묵월랑이 서 있었다. 허름한 옷차림에 이제 갓 도착한 것처럼 바랑을 메고서.

"합비 사람 진자명이 안찰사 양 대인과 지현 최 대인께 인사를 올립니다."

"허어, 하늘 아래 자네만 한 예인이 없다고 들었는데… 이거, 앉아서 예를 받아도 되는 것인지 모르겠으이."

자명이 정례(正禮)대로 장읍하니 양승호가 크게 기뻐했다.

"과찬이십니다."

"아니지, 아니야. 이것은 결코 과찬이 아닐세. 혹여 자네는 이전에 원릉(沅陵)에서 그렸던 학수송령도를 기억하는가?"

양승호의 질문에 자명이 곰곰이 생각에 잠겨들었다. 원릉에 언제 갔었는지 제대로 기억이 나질 않았던 것이다. 하지만 조금 더 기억을 더듬어보니, 곧 옛 추억 하나가 떠올랐다.

"아아……."

파파와 함께 원릉에 머물렀던 적이 있었다. 자명은 바로 그곳에서 파파의 손가락으로 그림을 그렸던 것이다. 그리고 그 직전에 어떤 노문사의 의뢰를 받아 그림 두 점을 그렸던 일이 떠올랐다.

"표정을 보아하니 기억하는 모양일세."

"예, 어느 노문사께서 청하시어 산수화 한 점과 학수송령도 한 점을 그렸습니다만……."

"허허허, 그 노문사는 사실 나의 오랜 벗이라네. 묵월의 그림을 한 점 받아 들고 먼 데 있는 나를 찾아와 크게 자랑을 하더군. 내 평생 그 친구를 부러워해 본 일이 없었는데, 자네의 그림을 보자 어찌할 도리가 없었지. 정말로 부럽더군."

"송구합니다."

"과례일세. 능히 부러움을 살 만한 그림이었네. 내 그 그림을 가지고 싶어 혼이 났었지."

청렴하기로 이름이 높았으나 예악과 서화에 있어서는 사

족을 못 쓰는 양승호였다. 천금을 들여서라도 묵월랑의 그림을 얻겠다며 이리저리 수소문을 해보았지만, 묵월랑은 구름 속의 신룡처럼 종적이 모호하기만 했다. 그러던 와중 이렇게 묵월랑을 만나 그의 그림 한 점을 얻게 되었으니 얼마나 기쁘겠는가!

"이런. 내가 말이 많았던 것이로군. 화인을 만났으니 당연히 그림으로 대화를 해야지. 어디 보자, 시제로는 무엇이 좋을꼬."

"안찰사 대인께 드릴 말씀이 있습니다."

그때까지 예를 갖추어 서 있기만 하던 자명이 차분한 어조로 입을 열자 양승호가 의아한 표정으로 자명을 돌아보았다.

"무엇인가? 기탄없이 말해보시게."

"연회에 불려온 화공이 어찌 시제를 논하겠습니까마는, 이번만큼은 유난한 부탁을 한 가지 하려 합니다. 시제를 자유로이 하시면 어떻겠는지요?"

본래 문인들은 시제를 두고 시를 지은 다음, 서로의 것을 비교하거나 감상하며 흥취에 젖곤 한다. 화공을 부르는 경우에도 그것은 크게 다르지 않았다. 시제를 두어 그림을 그리게 한 후, 문인들은 그 재주의 고하를 보며 즐기는 것이다. 때때로 문인들이 직접 그림을 그릴 때도 있지만 말이다.

때문에 자명의 부탁은 예의에 어긋난 것이라 할 수 있었다.

"하하하! 좋네, 좋아. 기왕 묵월을 부른 바에야 어찌 재주를 시험하겠는가! 나는 그것을 감상하는 것만으로도 족하니 자네의 뜻대로 그리시게. 그래, 마음에 둔 시제라도 있는가?"

"잔치 연(宴), 한 글자면 어떨까 합니다만……."

"좋네, 좋아."

지금 이 자리가 바로 연회 자리이니 더 생각할 것이 없었다. 양승호가 무릎을 치며 고개를 끄덕였다.

"좋네. 화공은 어디 재주를 보여보시게."

양승호의 허락이 떨어지자 자명은 연회장 한가운데 무릎을 꿇고 앉아 대례를 표한 다음, 화선지를 펼쳐 문진으로 꾸욱 눌렀다. 그리고 벼루에 물을 부으려는데, 양승호가 한 가지 질문을 던졌다.

"내 묵월이라는 호가 어찌 생겼는지 기억하네. 그 물이 소문의 그 물인가?"

"예. 달을 담은 물입니다. 새벽녘에 준비해 두었지요."

묵월이라는 호가 부끄러웠던 자명이 얼굴을 붉히며 말했다. 양승호는 공연한 말로 화인의 집중을 방해했나 싶었는지, 머쓱하게 웃으며 어서 그리라는 듯 손사래를 쳤다.

자명은 천천히 송연묵을 꺼내어 먹을 갈았다.

'무엇을 그려야 할지는 이미 생각한 바가 있지.'

묵향이 번지는 것을 느끼며 자명은 눈을 지그시 감았다.

잠시 뒤, 자명이 눈을 뜨고는 거침없이 붓을 놀렸다.

'본의만 살아 있다면 법은 따르지 않을 테다. 오로지 뜻만을 따르면 될 터.'

자명이 제일 먼저 그린 것은 처마였다. 연회를 그린다 해놓고 사람이 아니라 먼저 건물을 그려 나가는 것이다. 끝이 치켜 올라간 처마 다음에는 얇은 기둥이, 기둥 밑에는 화려한 비단이 장식된 벽면이 모습을 드러내었다.

처마가 큰 데 비해 기둥은 작고, 처마와 벽면이 화려하나 기둥이 단조롭다. 마치 금방이라도 무너질 것처럼 말이다.

"흐음, 이상하구만."

양승호는 자명의 붓이 거침없이 움직이는 것에 감탄하면서도 그 점을 의아하게 생각했다. 왜 기둥이 저처럼 얇고도 작은 것일까. 게다가, 어찌하여 구도가 평면으로만 보이는가. 원근법이라고는 아예 생각지 않은 모양새였다.

"원근이 뒤비꼬였어. 삼원(三遠)을 따르지 않는군."

"허허허, 그렇습니까?"

최유찬이 허허롭게 웃으며 중얼거렸다.

양승호는 못마땅한 표정으로 최유찬을 바라보았다. 서화를 즐긴다면서 어찌 기본적인 화론(畵論)도 모르는가 싶었던 것이다.

그사이, 자명이 이번에는 화려한 음식이 차려진 상과 그 앞

에 앉아 술잔을 들어 올리는 관인을 그려 보였다. 세필로 자
세히 묘사한 먹음직스러운 음식들은 그림 밖에 있는 이들의
허기마저 자극하는 듯했다.

상다리가 휘어지도록 차려진 음식들을 그려낸 자명이 길
게 호흡을 토해내었다.

"후우—"

그다음으로는 객을 그려 나갈 차례였다. 자명은 붓끝을 바
지런히 놀려 객들을 그려 나갔다. 한데, 연회를 찾아온 객들
의 모습 역시도 이상하다. 객 중에는 어린아이도 있고, 여인
도 있는데 제 앞에 차려진 음식은 맛도 보지 않는다. 심지어
표정 역시 우는지, 웃는지 모를 지경이었다.

양승호가 탄성을 내뱉으며 말했다.

"허어, 붓끝이 빠르구나. 그러나 놓치는 것이 없이 정묘하
며, 눈으로 보는 듯 생동한다. 일 점의 어색함이 없는 것을 보
면 원근은 비록 맞지 않으나 그 나름의 조화가 있다는 뜻일
터."

하지만 무엇 하러 원근을 일부러 깼단 말인가? 또한 객들
은 어찌 음식을 먹지 않고, 주인 된 자만 즐거워하며 술잔을
들어 올린단 말인가.

'이 그림에 남다른 의미가 있겠구나.'

양승호가 재미있다는 듯 너털웃음을 터뜨렸다. 혹여 이 화

공이 자신의 안목을 시험하는가 싶었던 것이다. 보통의 경우
라면 모욕으로 받아들일지도 모르겠으나, 묵월이라는 희대의
화인이 걸어오는 시험이라면 기쁘게 받아들일 수 있었다.

그사이, 안료를 개는가 싶던 화공은 어느새 채색까지 마쳐
가고 있었다. 붓끝을 부지런히 놀리던 화공은 곧 모든 행동을
멈추고 길게 토해내었다.

'참으로 빠르다. 획에도 색에도 거침이 없으니 당연한 일
이리라.'

양승호는 더 이상 그림을 보지 않았다. 화인의 붓이 궁금치
않은 것은 아니었으나, 곧 보게 될 그림을 미리 봐둠으로써
흥을 깰 필요는 없었던 것이다.

"끝났는가?"

잠시 그림이 마르기를 기다리던 양승호가 눈을 지그시 감
고 수염을 쓰다듬었다.

"예, 그러하옵니다."

"좋아, 어디 감상해 봄세."

자명이 길게 장읍하자 전사 한 명이 다가와 그림을 받아 들
고 양승호와 최유찬에게로 걸어와 허리를 굽혔다. 최유찬은
그림을 받아 들고 그것을 양승호에게 넘겼다.

"하하하, 먼저 감상하시지요."

"고맙소이다."

양승호가 만면에 웃음을 띤 채 그림을 받아 들었다. 하지만 미소도 잠시, 곧 양승호의 얼굴이 딱딱하게 굳어지고 말았다. 양승호는 진지한 얼굴로 한참 동안 그림을 관찰했다.

최유찬의 얼굴에 불안한 기색이 어렸다.

"왜 그러십니까? 무어가 잘못되었습니까?"

"직접 보시오."

한참 뒤에야 그림에서 시선을 뗀 양승호가 최유찬에게 그림을 건네었다. 그림을 받아 든 최유찬이 잠시 그것을 감상하더니, 감탄을 터뜨렸다.

"허어, 과연 명사의 작품이올습니다. 신품이로군요."

"그게 전부요?"

"예?"

양승호가 예리한 눈으로 최유찬을 바라보았다. 아니, 어쩌면 예리한 눈이 아니었을지도 모른다. 그의 눈동자 속에는 분노가 숨어 있었다.

"그것이 전부냐고 물었소이다."

"그렇습니다만……."

서화에 대한 안목이 좁았던 최유찬은 별 이상한 것을 느끼지 못했는지 고개만 갸웃거릴 뿐이었다. 오히려 호기심 어린 눈으로 그림을 훔쳐보았던 주부(主簿)가 새파랗게 질려 뒤로 물러날 뿐이었다.

마침내 양승호가 참지 못하고 고개를 절레절레 저으며 한탄했다.

"이런 한심한 작자를 보았나! 이보시게, 화공."

"예, 안찰사 대인."

"이러한 그림을 그린 까닭이 무엇인가?"

양승호의 눈이 반짝 빛났다. 자명은 당황한 기색도 없이 머리를 조아렸다.

"연회에 불려온 보잘것없는 화공이 그린 그림에 무슨 까닭이 있겠습니까."

"시제를 정한 것도, 그림을 그린 것도 모두 자네일세! 무고한 이가 자네 덕에 피해를 보아도 그리 말할 터인가?"

양승호의 노기가 더더욱 짙어졌다. 설마하니 이러한 그림을 그려놓고 화공이 발뺌을 할 줄은 몰랐던 것이다. 하지만 자명은 결코 발뺌을 한 것이 아니었다.

"저는 보잘것없는 저잣거리 화공일 뿐입니다. 가신 것이라고는 오직 본 대로 그리는 재주밖에 없습니다. 본 대로 그린 것이 잘못되었다면 벌하시지요."

"본 대로라고 했는가?"

"그러합니다."

자명이 담담하게 대답할 때였다. 상황이 무언가 이상하게 흘러간다는 것을 눈치챘기 때문일까? 최유찬이 얼른 끼어들어 말했다.

"묵월이라는 자가, 아니, 저 화공 놈이 무언가 실수를 했다면 크게 벌을 내리겠습니다. 그러니 노여워하신 것이 있다면 이만 거두시고……."

"닥쳐라! 화공이 본 대로 그린 것이라면 크게 벌을 받을 사람은 네가 될 것이다! 너는 백성을 핍박하여 부정한 재물을 취한 적이 있는가!"

"예? 그게 무슨 소리인지요? 저는 하늘에 맹세코 그러한 일을 한 적이 없습니다!"

최유찬이 화들짝 놀란 얼굴로 외쳤다. 그간 축재한 재물은 물론 적지 않다. 하지만 혹시라도 들킬까 두려워 증거를 감추는 데 최선을 다했던 자신이다. 덕분에 여태 백성을 잘 다스린다는 칭찬만 받았지, 행적이 들켰던 적은 없었다.

"흥! 화공은 본 대로 그렸다 하고, 너는 그런 적이 없다 하니, 귀신이 곡할 노릇이구나!"

"저 그림이… 도대체 무엇이기에 그러시는지요?"

최유찬이 더듬더듬 중얼거리자 양승호가 버럭 고함을 질렀다.

"보고도 모른다면 설명해 주지 않을 수 없지! 거기 주부는 답하여라!"

"예, 예. 아, 안찰사 대인."

새파랗게 질린 얼굴로 뒤로 물러나 있던 주부가 더듬더듬 대답하였다.

"그림에 관하여 본 바가 있을 터, 본 대로 말하여라!"

"소인은, 그러니까 소인은……."

"감히 나의 명을 거역할 생각인가!"

"아니옵니다."

주부가 눈을 질끈 감고는 앞으로 나섰다. 나서기 싫은데 억지로 나선다는 투였다.

"시, 시제는 연회였으나 그림은 사, 상(喪)인 줄로 아뢰옵니다."

"계속하라!"

양승호의 엄준한 목소리에 주부가 움찔하더니, 더듬더듬 말을 이어나갔다.

"상석(上席)에 앉은 이의 옷차림이 하얗기만 하니 이는 수의(壽衣)요, 찾이온 객들의 옷이 검으니 이는 곧 상복(喪服)이 올습니다. 또한 객들의 안면이 어두우면서도 밝으니 이는 죽은 이의 인덕이 없다는 뜻입니다."

"그뿐이냐?"

서슬 퍼런 양승호의 목소리에 주부가 마지막 말을 내뱉었다.

"상석에 앉은 이는 곧 지현대인을 뜻하옵고, 객은 백성을 뜻합니다. 그러니 이 그림은 지, 지현 대인의 죽음을 백성들이 기꺼워하며 맞이한다는 뜻이 되옵니다."

"무엇이라!"

최유찬이 버럭 고함을 질렀다. 그는 당황한 눈으로 자명을 돌아보았다. 자명의 담담한 안색을 보자 그의 얼굴이 노기로 가득 찼다.

"네놈이 어찌 그런 망발을 지껄인단 말이냐!"

술잔을 들고 몸을 부들부들 떨던 최유찬이 자명에게로 그것을 내던졌다. 하지만 당노독파의 돌멩이도 피해냈던 자명이 고작 그런 술잔에 맞을 리가 있겠는가? 자명은 아무렇지도 않게 최유찬이 던진 술잔을 피해냈다.

"당장 저놈을 하옥시키라! 감히 이런 모함을 하다니!"

"아무도 움직여서는 아니 될 것이다!"

최유찬의 명령은 양승호의 명령 탓에 멈춰지고 말았다. 주위가 고요해지자 양승호는 만족스럽다는 듯 주위를 둘러보고는 천천히 입을 열었다.

"흥! 네놈도 눈이 있으면 보아라! 객들이 앉은 자리는 원근이 제대로 맞추어져 있으나, 오로지 상석만이 평면으로 원근이 깨어져 있다! 이는 상석에 앉은 이가 이미 죽은 귀신이며, 그 앞에 차려진 상은 제사상이라는 것을 뜻한다!"

최유찬이 그림을 다시 보니, 과연 평면으로 그려진 상석이 불단(佛壇)을 닮았다. 그렇게 생각하고 보니 그림은 연회가 아니라 불단 앞에서 제사를 치르는 것처럼 보였다.

"그림의 의미는 그것뿐만이 아니다. 죽은 이에게 비단을 입히지 않는다는 것을 알고 있을 터! 그림 속 연회장이 무엇으로 장식되었는지 보라! 상석에 앉은 이의 옷은 또 무엇으로 되어 있고? 양포(洋布)이니라, 양포!"

"그게 무슨……."

최유찬이 다급히 그림을 펼쳐 보았다. 아니나 다를까, 연회장은 비단으로 장식되어 있었다. 곧 최유찬의 손이 부들부들 떨렸다.

이것은 대단한 모욕이 된다. 비단의 단(緞) 자와 끊길 단(斷) 자가 발음이 같은 까닭이었다. 상사(喪事)에 비단은, 곧 '죽은 이의 자손이 끊긴다[斷子絶孫]'는 의미인 것이다.

어디 그뿐이랴? 상석에 앉은 이가 입은 수의는 민가에서 짠 허름한 양포수의처럼 보인다. 양포의 양(洋) 자와 밝을 양(陽) 자의 발음이 같으니, 양포수의를 입히는 것은 죽어서도 잡귀가 되어 양지를 떠돌라는 소리나 마찬가지인 것이다.

죽은 사람에게는 이만한 모욕이 없는 셈이다.

"백성들이 네 장례에 저런 장식을 해두었구나. 그 의미가 무엇이겠는가?"

"소인은 무고하옵니다!"

최유찬이 다급히 외쳤다. 양승호가 노기 어린 눈으로 최유찬을 바라보며 몸을 부르르 떨었다.

"흥! 이것은 백성들이 저 화공의 입을 빌려 소(訴)를 제기한 것이나 다름없다. 그렇다면 대명률에 따라 상벌이 결정되리라."

최유찬의 얼굴이 새파랗게 질렸다. 양승호의 말은 곧 부육현을 조사하겠다는 뜻인 것이다. 서류는 고쳐서라도 들이밀 수 있으나 백성들의 실생활을 조사하면 어쩔 수가 없게 된다. 최유찬 역시도 자신이 맡은 이래 가난한 백성이 늘어났음을 알고 있었던 것이다.

"하, 하나, 그것이……."

난데없이 감찰을 받게 된 최유찬이 몸을 오소소 떨었다. 양승호는 못마땅하다는 듯 그를 보고는 고개를 획 돌려 버렸다.

"화공은 더 말할 것이 있는가?"

"없습니다."

자명이 크게 예를 표하며 말하자 양승호가 만족스러운 표정으로 고개를 끄덕이고는 최유찬에게 손을 내밀었다. 사색이 된 얼굴로 몸을 떨고 있던 최유찬이 허둥지둥대다가 곧 그림을 돌려달라는 뜻이라는 것을 깨닫고는 재빨리 그것을 건네었다.

"여, 여기 있습니다."

최대한 공손히 내밀어보았지만 양승호의 태도가 달라질 리가 없다. 양승호는 싸늘하게 최유찬을 노려보고는 그림을 소중하게 말아 들고 다시금 자명을 바라보았다.

"이보시게, 묵월랑. 잔치 연(宴)이라는 글자를 시제로 삼는다더니, 알고 보니 백성 민(民) 자를 시제로 삼았구먼. 내 귀하게 간직하겠네."

"과찬이십니다."

양승호는 곧바로 그림을 들고 관청으로 걸어 들어갔다. 더 이상 연회를 즐기지 않겠다는 뜻인 것이다. 최유찬은 허탈한 얼굴로 양승호의 빈자리만 주시하다가 손을 부르르 떨었다.

'이런 빌어먹을, 화공 놈이 재앙의 씨앗이었구나.'

문득 자명과 양승호의 눈이 마주쳤다. 자명은 담담하게 양승호를 바라보았다. 맑은 자명의 눈동자에는 흔들림이 하나도 없었다. 그 눈동자가 더더욱 노기를 일으켰다.

"어디, 어디 두고 보자."

최유찬은 그렇게 말하고는 누군가에게 턱짓을 하더니, 양승호의 뒤를 쫓아 관청으로 들어가고 말았다.

그것이 연회의 끝이었다. 주빈이었던 양승호도, 현령인 최유찬마저 사라지고 말았으니 더 이상 연회를 벌일 수가 없는 것이다. 사람들은 어찌할 바를 몰라 한 채 주위를 둘러보기만 했다.

그사이, 자명은 물을 청하여 태연하게 벼루와 붓을 씻었다.

'일이 잘 풀려서 다행이다.'

현령이 그림을 청한다는 것을 알게 되자마자 한 가지 그림을 떠올린 자명이었다. 양승호와 이름 모를 주부는 검은 옷을 입은 사람들을 상복 입은 객이라 생각했으나, 사실 자명은 염왕사자(閻王使者)를 그린 것이었다.

현령이 진정으로 두려워해야 할 사람은 바로 백성이라는 의미에서였다.

'만약 이 그림을 보고도 양 대인이 모른 체했더라면……'

안찰사 양 대인이 부패한 관리라 현령과 한통속이었다면 큰일이 날 뻔했다. 그랬다면 자신은 현령과 안찰사의 권력을 동시에 상대해야 했을 터였다. 틀림없이 새하얀 세계를 불러내었을 테고 말이다.

자명은 눈을 지그시 감았다.

'나도 참 막무가내로구나.'

사실 뒤의 일은 생각해 본 적이 없었다. 그저 현령의 마음을, 백성의 마음을, 그리고 자신의 마음을 그리는 데 골몰했을 뿐이다. 양승호가 그 마음을 읽고 공평하게 일을 처리해 주었기에 망정이지, 아니었다면 사단이 나도 크게 났으리라.

뒤늦게 그러한 이치를 떠올린 자명은 내심 소름이 돋는 것을 느꼈다.

‘큰일이 날 뻔했어.’

자명은 화구들을 정리하고서는 바랑을 등에 지고 천천히 몸을 일으켰다.

그때, 누군가가 차가운 어조로 중얼거렸다.

“허허, 천하의 묵월랑을 이리 보낼 수는 없지요. 잠시만 관아에서 묵어주십시오.”

고개를 돌려보니 현령이 눈짓으로 무엇을 명한 것인지 짐작이 갔다. 자신을 초청하러 왔던 포쾌, 귀검 장운이 냉기가 풀풀 풍기는 얼굴로 자신을 바라보고 있었던 것이다.

“저는 연회에 불려온 저잣거리 화공입니다. 이제 해야 할 일을 다하였으니 돌아가야지요.”

“그래도 이렇게 돌려보내면 천하의 문인들이 부육현의 안목없음을 욕하지 않겠소? 부육현을 생각해서라도 머물러 주시지요.”

귀검 장운은 가슴이 쿵덕쿵덕 뛰는 것을 느꼈다. 화공의 뒤에는 천하에서 가장 독랄하다는 당노독파가 있는 것이다.

그럼에도 불구하고 귀검이 현령의 명을 따르는 이유는 마지막으로 이 일을 처리함으로써 큰 재물을 받을 수 있으리라 생각한 까닭이었다. 안찰사가 노기를 토해내는 모습을 직접 본 귀검은 상황이 녹록치 않다는 것을 깨달았던 것이다.

‘제길, 호시절도 다 갔구나. 앞으로 어떻게 될지는 모르겠

지만, 안찰사 대인께서 직접 감찰을 명하셨으니 현령이 벗어
나기는 쉽지 않을 것이다. 그렇다면 나는 내 살길을 찾아야
하지 않겠는가!

귀검은 마지막으로 현령의 부탁을 들어줌으로써 크게 한
몫을 챙겨 은거를 할 계획이었다. 당노독파가 쫓아오지 못할
심산유곡에 말이다.

"제가 반드시 가야겠다면 어찌하시겠습니까?"

"정중하게 말려야겠지요. 화공께서 홍의무관을 상대하셨
다는 것은 들어 알고 있소이다만, 사실 그것은 저 역시도 할
수 있는 일입니다."

귀검이 싸늘하게 웃으며 말했다. 당노독파가 고수지, 화공
이 고수는 아닐 것이다. 화공이 홍의무관을 홀로 상대하긴 했
지만, 그 정도야 자신 역시도 홀로 상대할 수 있다.

자명은 길게 한숨을 내쉬었다.

"후우—"

포쾌의 표정을 보아하니 힘으로라도 가는 길을 막겠다는
것으로 의미인 것 같다. 잠시 씁쓸하게 서 있던 자명은 세상
에는 무명도원도의 호흡을 일으켜야만 해결할 수 있는 일도
있는 것 같다고 생각했다. 원치 않더라도 별수없을 때가 있는
것이다.

자명은 호흡을 길게 고르고서는 새하얀 세계를 불러내었다.

포쾌의 눈이 휘둥그레 커졌다.

"비키십시오."

"으, 으음."

귀검 장운이 당황하여 기세를 있는 대로 끌어올렸다. 화공의 기세에 대항해 보려는 것이다. 하지만 대해에 물을 한 바가지 더 부은 것처럼 자신의 기세는 화공의 기세에 덮일 뿐이었다.

"비키세요."

"이, 이건……."

자명의 앞을 가로막았던 귀검 장운의 안색이 새파랗게 질렸다. 자명이 무심한 눈으로 귀검을 돌아보자 그는 주춤주춤 뒤로 물러나고 말았다.

시비와 정용들도 마찬가지였다. 자명의 기세를 감히 감당해 내지 못한 것이다. 자명 한 사람을 두고 관내의 모든 사람들이 물러나는 꼴이었다.

자명은 차분하게 걸어 관아를 빠져나갔다. 속은 여전히 쓰리기만 했다.

'이것은 내가 원하는 길이 아닌데.'

무명도원도 덕택에 무학을 얻기는 했지만, 그것은 어디까지나 부차적인 것일 뿐이었다. 자신이 바라는 것은 오로지 그림뿐이었던 것이다.

하지만 힘이 생기자마자 그것을 쓸 데가 생기곤 했다. 바로 지금처럼. 자명은 어쩌면 그것이 천명(天命)일지도 모르겠다고 생각했다가 몸을 부르르 떨며 고개를 저었다. 그런 천명이라면 차라리 없는 것이 나은 것이다.

현령의 생일 연회는 그렇게 끝이 났다.

第七章
그림으로 세상을 바꾼다면

화공도담
畵工道談

1

밤이 깊어가고 있었다.

은은한 빛을 머금은 보름달과 달빛을 몰래 베어 물고 제 빛인 양 뽐내는 별들까지 제법 운치가 있는 밤이었다.

하지만 부육현령 최유찬은 그러한 밤의 정취를 조금도 느끼지 못하고 있었다. 안찰사께서 근방에 들른 것이 하늘의 복인 줄 알았는데, 알고 보니 재앙의 씨앗이었다. 그간 걸리지 않고 잘해왔거늘, 이제 감찰을 피하지 못하게 된 것이다.

'이 모든 게 그 빌어먹을 화공 놈 때문이다.'

현령 최유찬이 술잔을 들고 몸을 부르르 떨었다. 잠시 이를

뿌득뿌득 갈던 최유찬은 한 모금에 술을 털어 넣고는 술잔을
어딘가로 집어 던졌다.

"도대체 네놈은 무얼 하였기에 그놈을 잡지 못했단 말이
냐!"

술잔은 앞에 서 있던 귀검 장운에게로 날아갔다. 귀검은 씁
쓸한 얼굴로 박살 난 술잔을 바라보고는 크게 머리를 조아려
보였다.

"죄송합니다. 화공의 기세가 범상치 않기에……."

"한낱 화공에 불과한 놈이 재주가 좋을 리가 있겠느냐! 모
두 네 능력이 부족한 탓이다, 모두 네가 부족한 탓이야!"

그렇게 다른 이의 책임을 마구 탓하고 나니 조금은 마음이
편해지는 착각이 들었다. 최유찬은 허탈한 듯 몸을 뒤로 뉘였
다.

"흥, 더 볼 것 없다. 화공 놈이 제아무리 걸음이 빨라도 아
직 부육을 벗어나지는 못했을 터, 너는 홍의무관을 불러 부육
현을 샅샅이 뒤져라."

안찰사가 있어 포쾌와 정용들은 감히 동원하지 못한다. 이
럴 때 믿을 만한 것은 역시 한 배를 탄 홍의무관뿐이었다.

"그를 찾아 어찌하시렵니까?"

"흥, 그 녀석은 감히 나라의 녹을 받는 나를 모함하였다.
이는 작게 보면 나를 모욕한 것이나, 크게 보면 내게 직책을

맡기신 조정과 황상 폐하를 모욕한 것이 아니겠느냐? 나는 그 화공 놈을 반역죄로 다스려야겠다!"

반역죄로 다스리겠다는 말은 곧 죽이겠다는 말이다. 귀검이 그것은 불가능하다는 듯한 얼굴로 고개를 절레절레 저었다.

"안찰사 양 대인께서 계신데 어찌 그럴 수 있겠습니까?"

"흥! 그러니 너희는 비밀로 해야 할 것이다. 그렇게만 하면 수가 생기니까 말이야."

밤새도록 머리를 굴려 최유찬은 한 가지 계책을 만들어냈다. 양 대인 대신 몰래 화공을 잡은 다음, 화공에게 몇 가지 죄를 뒤집어씌워 반역죄로 다스린다는 것이 바로 그것이었다.

그렇게 되면 화공의 그림으로 감찰을 명했던 양 대인의 입지는 곤궁해진다. 반역사의 발을 듣고 감찰을 시작한 셈이니 말이다. 또한, 설혹 감찰 결과가 좋지 않게 나오더라도 무바할 여지가 생긴다.

술을 병째 들이컨 최유찬이 여태 가만히 서 있는 귀검을 바라보며 버럭 고함을 질렀다.

"흥! 너는 왜 머뭇거리고 있는 게냐? 어서 나가 홍의무관과 함께 부육현을 뒤지라고 하지 않았느냐!"

"어렵습니다."

귀검 장운이 고개를 절레절레 저었다. 화공이 부육현의 관아에 있을 때 일을 해결하는 것과 사람을 풀어 화공을 찾는 것은 하늘과 땅만큼이나 차이가 있다. 화공이 부육현의 관아에 있을 때는 부육현령이 책임을 지지만, 사람을 풀어 화공을 찾다 보면 또 다른 책임자가 생긴다.

화공과 당노독파의 친분이 소문처럼 깊다면, 당노독파는 하나도 놓치지 않고 추적하여 화공을 괴롭힌 이들을 모두 벌할 터였다.

최유찬이 눈썹을 들어 올리며 귀검을 바라보았다.

"무엇 때문이냐?"

"아시다시피, 그는 천하에서도 가장 무위가 높다는 오절과 친분이 있습니다."

장운이 거의 자포자기한 얼굴로 말하였다.

최유찬의 얼굴이 잔뜩 구겨졌다.

"닥쳐라! 어차피 관과 무림은 불가침! 설마하니 당노독파인가 하는 미친 할망구가 나라에 반역이라도 하겠느냐!"

안찰사 대인 탓에 포쾌와 정용을 동원하지 못하니 관과 무림은 불가침이라는 명분도 이미 깨어진 상태다. 아니, 무엇보다 홍의무관은 화공을 찾는 일에 절대로 협조하지 않을 터였다.

문득 화공을 떠올린 귀검이 이 말만은 하기 싫다는 듯한 얼굴로 입을 열었다.

"다른 사정 역시 있습니다."

"하하, 거참, 변명도 많구나. 그래, 무엇이냐? 무엇이 자라 같은 네놈을 겁먹게 만드느냐!"

최유찬이 삿대질을 하며 외쳤다.

"그의 무위가 예상보다 뛰어납니다. 저로서도 감당해 낼 수가 없을 듯합니다."

"제기랄, 홍의무관을 박살 낸 것 때문이냐? 그 정도는 너 역시 할 수 있다면서!"

"단순히 그 수준이 아닙니다."

귀검 장운이 아무런 말 없이 고개를 숙였다. 처음에는 당노 독파 때문에 화공을 건드릴 수 없었다. 하지만 화공의 기세를 경험하고 난 지금에는, 순수하게 그 힘 때문에 그를 건드릴 수가 없다. 그로서는 도저히 화공을 상대할 수가 없었던 것이다.

"홍, 모조리 변명뿐이로구나! 내 더 이상은 듣지 않겠다! 무조건 찾아오너라! 무조건 찾아오란 말이다!"

최유찬이 고래고래 고함을 지르며 들고 있던 술병을 집어 던졌다.

귀검은 잠시 그를 보다가 싸늘한 웃음을 지었다.

'홍, 마지막으로 한몫 챙기려는 것도 어렵게 되었구나.'

이전까지는 최유찬이 든든한 버팀목이었지만, 지금은 바닥에 구멍이 숭숭 뚫린 뗏목과 같다. 그 배를 타고 있어봐야 함께 침몰하는 수밖에 없는 것이다. 마지막으로 한몫 챙겨 떠나려 했건만, 그것마저도 일이 어렵게 되었다.

'흐흐, 내가 그간 네게 해준 일을 생각하면 너는 나를 비겁하다 욕할 수 없을 것이다.'

귀검은 이제는 떠나야 할 때가 되었음을 실감했다. 안락한 삶을 버려야 한다는 것은 아쉬웠지만, 강호의 풍진 삶이란 것이 본래 미래를 기약할 수 없는 것이 아니겠는가!

마지막 예의로 귀검은 최유찬이 바라는 대답을 해주었다.

"그렇게까지 말씀하신다면 속하가 최선을 다해보리다."

"좋아! 그렇게 말해야지."

최유찬은 그제야 마음에 든다는 듯 고개를 끄덕여 보였다. 귀검은 입가에 미소를 매달고는 천천히 현령의 관저(官邸)를 벗어났다. 그러한 귀검의 심사를 꿈에도 짐작하지 못한 최유찬은 짜증스러운 표정으로 다른 술병을 하나 집어 들었다.

"흥, 아둔한 놈. 진작 시키는 대로 했더라면 욕을 먹지 않고도 되었을 것을."

최유찬이 그렇게 말하며 술병을 벌컥벌컥 들이켤 때였다. 또다시 관저의 문이 열렸다. 귀검이 다시 돌아온 것으로 착각한 최유찬이 버럭 고함을 질렀다.

"이 자라 같은 놈아! 또 왜 다시 돌아오……."

그러나 최유찬의 말은 계속 이어지지 못했다. 관저로 들어온 것은 관인이 아니라 낯선 괴한이었던 것이다. 최유찬은 괴한의 손에 무엇인가가 들려 있다는 것을 발견하고는 눈을 휘둥그레 떴다.

"자네가 부육현의 지현 최유찬인가?"

최유찬의 전신에 소름이 오싹 돋아 올랐다. 외팔이 거한의 손에는 누군가의 목이 들려 있었는데, 그 목의 주인이 조금 전에 방에서 나간 귀검이었던 것이다.

최유찬이 공포에 질린 얼굴로 외쳤다.

"여, 여, 여봐라! 밖에 아무도 없느냐!"

"마음껏 소리를 질러도 좋네. 어차피 밖에서는 들을 수 없을 테니."

괴한은 차분히 걸어와 현령의 앞에 앉아 목을 내려놓았다. 달빛이 비쳐들며 어둠 속에 숨어 있던 괴한의 모습을 드러냈다. 청수하게 생긴 노인이었다.

최유찬은 덜덜 떨며 노인을 바라보다가 이번에는 시선을 내려 귀검의 목을 바라보았다. 곧 떠날 생각에 히죽 웃던 귀검의 얼굴은 기괴하기만 했다.

"누, 누구냐! 여, 여기가 어디라고! 국법이 두렵지도 않느냐!"

"다시 한 번 묻겠네. 자네가 지현 최유찬인가?"

"그, 그렇다! 나는 부육현령으로, 조, 조정의 신하다! 그대가 대명의 백성이라면 감히 나를 어쩔 수는 없을 것이다!"

최유찬이 자신의 신분을 밝히자 괴한이 고개를 두어 번 끄덕였다. 그와 동시에 괴한의 몸에서 날카로운 살기가 일어났다.

최유찬은 거세게 호흡을 들이켰다.

"허, 헉!"

"그렇다면 자네의 죄목을 들려줌세. 자네는 지난 삼 년간 백성들의 고혈을 쥐어짰네. 정해진 세의 네 배를 거둬들였고, 부당한 방법으로 백성들의 땅을 빼앗아 제 것으로 만들었으며, 그 땅으로 소작을 붙여 소출의 구 할 이상을 거둬갔네."

"나, 나는 그러한 일을 한 적이 없소이다! 정말이외다!"

그제야 자신의 목숨이 경각에 달렸다는 것이 실감이 나나 보다. 최유찬이 필사적으로 고개를 저었다. 하지만 괴한은 전혀 듣고 있는 것 같지가 않았다.

"또한 자네는 누명을 씌워 무고한 이에게 사형을 집행했네. 색(色)에 눈이 먼 까닭이었지. 자네는 부군을 잃은 부인을 첩으로 삼으려다 실패, 겁간 후 죽였네. 비슷한 일이 몇 번 더 있다고 들었지. 또한, 자네는 자신을 모욕했다는 죄목으로 정용들을 동원하여 몇 명의 양민들을 반불구로 만들었네."

괴한은 그렇게 말하고 나서는 눈을 반짝 빛냈다.

"인정하겠는가?"

"나는 그러한 일을 한 적이 없소! 사, 살려주십시오!"

"쯧쯧."

괴한이 허리를 펴며 혀를 찼다. 더 이상은 듣기가 싫다는 투였다.

최유찬은 자리에서 일어나 뒷걸음질쳤다.

"아니야! 이, 인정하겠소! 그러니 사, 살려만 주시오! 여봐라, 아무도 없느냐! 암살이다, 암살이야!"

아무리 고함을 외쳐도 밖은 고요하기만 했다. 괴한의 말대로 아무도 자신의 목소리를 듣지 못하는 것 같았다. 최유찬은 눈물을 흘리며 무릎을 꿇고 바닥에 이마를 찧었다.

괴한이 천천히 최유찬에게로 다가왔다.

"회(會)의 예와 법에 따라 판결을 내리겠네. 사형일세."

"살려주십시오! 살려……!"

"가시게."

최유찬은 더 이상 말을 할 수가 없었다. 본래 수박 깨지듯 머리가 박살 난 사람은 말을 할 수가 없는 법이다. 괴한이 한 일은 손가락 끝으로 최유찬의 머리를 툭 튕겨 버린 것뿐이었지만.

최유찬의 몸이 털썩, 바닥에 쓰러졌다.

그 모습을 물끄러미 바라보던 괴한이 한숨을 내쉬며 현령의 자리로 걸어갔다. 집무실 전체에 혈향(血香)이 감돌거늘, 현령의 자리만큼은 아직도 향긋한 주향이 배어 있었다. 괴한은 마음에 든다는 듯 술병을 집어 들고는 한 모금을 가볍게 들이켰다.

"좋은 술이로구면."

괴한은 아무런 말 없이 달빛을 안주 삼아 술을 즐겼다.

잠시 고즈넉한 시간이 흘렀다.

그렇게 얼마가 지났을까? 현령의 관저에 초로의 노인이 모습을 드러냈다. 그는 현령의 자리에 앉아 술을 즐기는 괴한을 보자마자 무릎을 꿇고 포권을 해 보였다.

"검마존께서 직접 오셨을 줄은 몰랐습니다. 속하가 검마존을 뵙습니다."

괴한은 다름 아닌 청성산에서 당노독파와 일전을 겨루었던 삼마존의 수장, 검마존이었다. 당노독파는 물론, 다른 누구도 그가 부육현에 와 있었을 줄은 상상도 하지 못했으리라.

괴한, 아니, 검마존이 물끄러미 시선을 돌려 초로의 노인을 바라보았다.

"일어나시게. 같이 늙어가는 처지에 속하는 무슨."

"속하가 어찌 그럴 수 있겠습니까?"

"다른 이라면 모르지만 철혈신장 화무백이라면 나와 마주설 자격이 있지."

초로의 노인이 씁쓸하게 웃으며 자리에서 일어났다. 청성
산에서 종적이 사라진 것은 철혈신장 화무백 역시 마찬가지
였다. 그는 회에 돌아가지도 않고 그 길로 누군가를 추적했
다. 그 누군가가 화공 진자명임은 당연한 사실일 터였다.

화무백이 다시 한 번 포권을 취해 보였다.

"속하의 명으로 검마존께 폐를 끼쳤습니다."

"내게 폐를 끼친 것은 아무렇지도 않네. 하나, 회의 일에
폐를 끼친 것만은 참을 수가 없군. 자네는 도대체 무슨 생각
인가?"

화무백은 아무런 말 없이 담담한 표정으로 검마존을 바라
보았다. 검마존의 눈빛에서 광회기 피어올랐다.

"회가 무엇을 위해 만들어졌는지 잊었는가?"

"예와 법으로 백성을 다스리는 일이지요."

암천이 세워진 것은 바로 그러한 이유였다. 강력한 법지(法
治)로써 백성들의 삶을 다스리고, 마침내는 이상향(理想鄕)을
세우는 것.

"한데 그것을 버리고 지금 무엇을 하는 게야."

검마존의 말투는 나직하고 또 온화했다. 하지만 본래 차가
운 분노가 더욱 무서운 법이다. 검마존은 진심으로 화를 내고
있는 것이다.

하지만 화무백은 여전히 담담한 얼굴을 하고 있을 뿐이었다.

"회를 위한 일입니다."

"다른 지역은 대부분 정리했네. 지주와 벼슬아치들이 여럿 죽어나갔지. 이곳 부육현이 가장 늦었다네. 듣자 하니 자네가 현령을 죽이지 말라 했다더군. 이유를 듣고 싶네."

암천의 예와 법에 따라 유죄로 판결 난 지주와 벼슬아치들은 모두 죽음을 맞았다. 강호는 결코 조용하지 않았던 것이다. 아니, 오히려 뿌리부터 흔들리고 있다고 보아야 했다.

가장 먼저 암천은 청성산에 입즉사를 펼쳐 오절을 유인하고 무림을 흔들어놓았다. 그다음에는 땅속으로 꺼지기라도 한 듯 종적을 감추었지만 말이다. 아마 무림맹은 지금쯤 암천이 청성 다음으로 어디를 공격할까 고민하느라 골머리를 썩고 있을 것이 분명했다.

종적을 감춘 암천은 가장 먼저 오절을 상대하고자 했다. 그것은 무림맹의 예상이 맞았다. 하지만 오절을 상대할 동안 암천의 주력은 결코 가만히 있지 않았다. 그들의 예와 법에 맞추어 강호를, 아니, 세상을 밑바닥부터 바꿔놓고 있었던 것이다.

그것이야말로 암천의 목표였으므로.

화무백이 차분하게 아까와 같은 말을 중얼거렸다.

“다시 말씀드립니다만, 회를 위한 일입니다.”

검마존의 눈에 이채가 떠올랐다. 저렇듯 시종일관 담담한 데에는 이유가 있을 터였다. 검마존은 어디 말해보라는 듯 화무백을 바라보았다.

“설명해 보시게.”

“화공을 감시하는 것이 곧 회를 위한 일이라는 설명밖에는 드릴 것이 없습니다.”

“자네와 당노괴 사이에 얽힌 악연은 알고 있네. 하지만 그것은 자네의 복수를 위한 것이지, 회를 위한 일이 아니야. 다시 하게.”

검마존이 태평하게 술을 마시며 말했다.

“사실 화공을 감시한 것은 그를 죽이기 위함이었습니다. 회는 그를, 아니, 그의 그림을 경계해야 할 것입니다.”

“흐음…….”

이번에는 검마존의 표정이 기이하게 변해갔다. 그의 표정이 변하는 것을 바라보던 화무백이 간략하게 이곳, 부육에서 있었던 일을 이야기해 나갔다. 자명이 문인들로 하여금 하촌을 돌보게 한 것, 그림으로 안찰사의 감찰을 유도한 것에 대한 것 등을 이야기하자 검마존의 표정이 점점 더 어두워졌다.

화무백이 차분한 어조로 말을 끝맺었다.

“그 일을 하는 데 필요한 것은 고작 그림 두 점뿐이었습니다. 한 점의 그림으로 문인들의 후원을 이끌어내었고, 한 점의 그림으로 안찰사의 신임을 얻어 현령을 징치했으니."

"그렇구먼."

암천이 자신들의 예와 법으로 사형을 언도한 데 비해 자명의 방식은 훨씬 부드러운 것이었다. 어쩌면 민심은 암천이 아니라 자명에게로 흐를지도 모른다.

화무백이 눈을 지그시 감았다.

"그러나 가장 두려운 것은 그의 그림입니다. 그의 행사보다 그것이 더 두렵지요."

그림 한 점으로 세상을 바꿀 수 있을까?

화무백은 그것을 확신할 수 없었다. 하지만 가능성만은 없지 않다고 보아야 할 터였다. 아름다운 것을 계속 보다 보면 그 사람의 마음도 아름다워진다고 했으니 말이다. 자명의 그림은 큰 폭발력은 이끌어내지 못할지라도 꾸준한 효용을 가지게 될 터였다. 체면 때문에 그 그림을 보러 왔던 문인들은 그림 속 여승의 미소에 취해 버릴지도 모른다.

그럼으로써 그들의 마음도 여승의 미소를 닮아간다면 어떻게 될까. 사람들은 암천의 강력한 법치를 이해하지 못하게 될 터였다.

검마존이 골치가 아프다는 듯 머리를 싸매었다.

"유 노사께서도 그리 말씀하신 적이 있지."

양비자의 친구였던 유장백은 일찍이 자명을 만난 적이 있
었다. 그리고 회의 가장 큰 적은 어쩌면 화공이 될지도 모른
다고 말했었다. 태평성대라면 반드시 필요한 인물이나 군웅
이 할거하는 난세에는 반드시 제거해야 할 인물이라는 말도
함께였다.

암천이 대세를 주도하기 위해서는 반드시 사라져야 하는
인물이었던 셈이다.

"아깝구나, 아까워. 뜻은 같으나 방식이 달라. 그 역시 법
치를 부정하지는 않을 것이나 그 정도의 차이에서 길이 갈리
는구먼."

검마존은 눈살을 찌푸리며 혀를 끌끌 찼다. 잠시 달빛을 바
라보며 한탄하던 검마존은 고개를 절레절레 젓고는 화무백을
바라보았다.

"좋아, 기회를 보지. 한데 그것이 전부인가?"

화무백이 일순 밀을 멈추었다. 사실 그것은 사소한 이야기
라 할 수 있었다. 가장 큰 목적은 역시 당노독파에 대한 복수
였으므로. 화공을 감시한 것은 당노독파의 가장 소중한 사람
을 죽이기 위한 과정이었을 뿐이다.

화무백의 눈빛에 살의(殺意)가 감돌았다.

"아닙니다."

"허허허! 솔직하게 말해주어 고맙네."

검마존이 헛헛한 웃음을 터뜨렸다. 그는 수염을 지그시 쓰다듬더니 눈을 반개했다. 물끄러미 검마존을 바라보던 화무백이 질문을 던졌다.

"한데, 검마존께서는 어쩐 일로 부육까지 직접 오셨소이까?"

"붉은 도(刀)를 따라왔지."

화무백의 얼굴 근육이 꿈틀거렸다. 붉은 도라는 말을 듣자마자 가슴이 철렁 내려앉았던 것이다. 화무백이 나직한 어조로 질문했다.

"그가 이곳에 왔습니까?"

"그렇다네. 무슨 바람인지 한시 바삐 이곳으로 오더군. 이제 슬슬 출발해야겠네. 따라오시게."

"예."

검마존은 들어왔던 그대로 관저를 나섰다. 화무백이 천천히 그의 뒤를 따랐다. 관저의 문 앞에 달했을 즈음, 검마존이 문득 걸음을 멈추었다.

"으음, 자네의 이야기를 들어보니 붉은 도의 주인이 왜 이곳으로 왔는지 알 것 같네. 우리가 짐작한 것을 그들이 짐작치 못할 리가 없지."

검마존이 화무백 쪽으로 시선을 돌리며 말했다.

"그는 아마 화공을 만나러 온 듯하네."

화무백의 가슴이 싸늘해졌다. 붉은 도의 주인이 왔다면 복수는 더더욱 요원해지는 것이다. 검마존이 다시 태연하게 걸음을 옮길 때까지 화무백은 그 자리에 서서 움직이지 않았다.

2

자명은 바랑을 한 번 추슬러 메고는 걸음을 옮겼다. 달빛이 묘하게 서글프기만 했다. 화씨 남매가 마음에 걸려서인 것일지도 모르겠다.

'그간 내가 무심했구나.'

자명은 한숨을 포옥 내쉬었다. 문인화를 그리는 것도 좋지만, 민화도 못지않게 좋았다. 하지만 민화를 그린다고 하여놓고 정작 백성들의 삶에 대해서는 무지했다는 생각이 들었다. 백성들의 고통을 무시한 것이 가장 마음에 걸렸다.

'내가 모르는 것이 또 얼마나 있을까.'

가난하고 굶주린 백성들이 있을 테고, 한잔 술에 시름을 잊는 백성도 있을 것이다. 바지런히 몸을 놀리는 백성들도 있을 테고, 게으름을 부리며 시간이나 잡아먹는 백성도 있을 것이다. 그들의 모습 하나하나 속에는 인생이 담겨 있을 테고, 그것은 그림이 될 터였다.

그것은 자명의 나이가 적은 탓도 있었다. 오욕칠정을 두루 경험하고 세상의 변화를 오래도록 지켜본 노인은 자신의 경험을 거울삼아 세상의 이치를 짐작할 수 있게 된다. 하지만 자명은 아직 나이가 어려 경험이 짧았으니, 비춰볼 만한 거울 자체가 손바닥만 했던 셈이다.

이제 그 지평을 넓혀 나가고 있지만 말이다.

'조금 더 세상을 보아야겠다.'

본래 문인화는 속세의 번잡한 욕망들을 버리고 자연과 일체를 이루는 것을 제일로 친다. 자명이 바라는 길은 오히려 속세 속으로 들어가는 것이니 문인화의 이념과는 정면으로 대치되는 셈이었다.

'욕망을 버리고 버린 다음에야 자연과 하나가 될 수 있다는데, 무엇을 버려야 하는지 모른다면 버릴 수도 없겠지.'

자명은 그렇게 생각하며 고개를 두어 번 끄덕였다.

자명 스스로는 몰랐지만, 만약 서화(書畵)의 특질로 자명의 생애를 구분한다면 화공으로서의 제이기(第二期)는 백성과 함께 호흡한다는 측면이 강했다. 부육현의 하촌에서 느낀 것을 기반으로 자명이 그리는 민화(民畵)의 깊이는 점점 깊어져만 갔던 것이다.

때때로 그것은 권력층에 대한 조롱으로 읽히기도 했다. 부육현령을 대상으로 상(喪)을 그렸을 때, 화공 진자명은 권력과 기득권의 추악한 모습을 그림으로 희화화했다. 파격(破格)

도 점점 심해져만 갔는데, 그것은 권력과 기득권층이 애지중지하는 선현의 말씀이나 서화의 법을 일부러 깨뜨림으로써 자신만의 세계를 강화하는 셈이었다.

자명이 그렇게 자신의 세계를 확장시키며 걸음을 옮길 때였다. 어디선가 섬뜩한 기세가 느껴졌다. 자명은 전신에 소름이 돋는 것을 느끼며 고개를 돌렸다.

'뭐지?'

인적 드문 관도 한가운데에서 날카로운 살기(殺氣)가 느껴졌다. 산적이 행차한 것이 아닐까 싶어 자명은 걱정스러운 표정을 지었다.

'그게 아니면, 혹시 부육현령이 사람을 보낸 것일까?'

자명은 아예 걸음을 멈주고는 미간을 좁혔다. 현령이 사람을 보냈을 가능성은 결코 적지 않았다. 만약 그가 강제로 자신을 끌고 가려 한다면, 자명은 결코 그대로 끌려가지는 않을 생각이었다.

"누구십니까?"

자명이 목청을 내어 소리를 질렀다.

하지만 대답은 없었다. 바람 소리만이 가득히 들려올 따름이었다. 자명은 조용히 귀를 기울이며 인기척이 느껴지는지 살펴보았다.

그때였다. 수풀이 바스락거리는 소리가 들리더니, 한 명의 노인이 자신 쪽으로 걸어오는 것이 보였다. 자명이 화들짝 놀라 눈을 뜨고는 그쪽을 바라보았다.

"까, 깜짝 놀랐네."

자명은 안도한 듯 가슴을 쓸어내렸다. 나타난 사람이 너무나 평범한 노인이었던 것이다. 건장한 체격에 흰색 수염을 그럴듯하게 늘어뜨리긴 했지만, 기세가 담담하니 별스러워 보이지가 않았다.

굳이 이상한 점이 있다면 손에 들린 붉은 도 정도였다. 도갑(刀匣)도, 도병(刀柄)도 모두 붉은색인 기괴한 도였다.

"뉘십니까?"

노인은 아무런 말도 없었다. 그저 검은 장포를 펄럭이며 자신에게로 걸어오는 모습에 자명이 미간을 좁혔다.

'이상하다.'

기세가 지나치게 담담하다. 아니, 아예 기세가 없는 것 같다. 무릇 살아 있는 생물에게서는 인기척이 느껴지게 마련인데, 노인에게서는 아무런 기척도 없었다.

'바, 바위처럼 아무것도 느껴지지 않아!'

그제야 자명의 전신에 소름이 돋아 올랐다.

"뉘, 뉘신지요? 제게 볼일이 있다면 말씀해 주십시오!"

노인은 여전히 아무런 말이 없었다. 그저 조용히 도갑에서 도를 꺼낼 뿐이었다. 도갑보다는 검었지만, 여전히 붉은빛이 감도는 섬뜩한 날이 달빛을 받아 빛났다.

자명은 부지불식간에 새하얀 세계를 불러내었다. 노인에게서 위협을 느낀 것이다. 새하얀 세계를 불러내자 자명의 놀람은 더더욱 커지고 말았다.

'머, 먹이……'

오래된 지질을 닮은 세계에 한 방울의 먹이 떨어졌다. 먹은 번지고 번져 자신에게로 걸어오는 붉은 도를 든 노인의 사방을 모조리 잠식하고 말았다. 새하얀 세계를 접한 후로 처음 있는 일이었다.

이해할 수 없는 현상에 자명이 나직하게 중얼거렸다.

"이, 이게 무슨……."

"엎드리게."

자명의 중얼거림을 끊고 노인이 말했다. 자명은 선뜻 그 말을 이해하지 못하고 눈을 동그랗게 뜬 채 노인을 바라보았다.

"그게 무슨 말씀이신가요? 엎드리라니요?"

휘잉―

대답 대신 도가 자신의 머리로 날아왔다. 자명은 다급히 허리를 숙였다. 조금만 늦었더라도 목이 날아갔을 만한 쾌속한 속도였다.

그와 동시에 챙강! 소리가 들렸다.

"하하하! 과연 명불허전! 내가 있는 것을 알고 있었소?"

자명이 다급히 뒤를 돌아보았다.

자명의 뒤에는 청수한 노인이 붉은 도에 검을 마주친 채 호탕하게 웃고 있었다. 어디 그뿐이랴? 청수한 노인을 시작으로 검은 옷을 입은 사람들이 유령마냥 속속 모습을 드러내었다.

"처, 청성산……."

청성산에서 보았던 검은 옷을 입은 무인들, 바로 그들이 자명의 앞에 나타나 있었다.

청수한 노인이 허허롭게 웃으며 말했다.

"본인은 귀하의 적룡도(赤龍刀)를 마주할 생각이 없소이다! 그저 귀하께 전할 말이 있는 것뿐이니 기세를 거두시지요."

"그렇소? 허어, 귀하가 전할 말이 궁금하지 않은 것은 아니나 나는 귀하의 흑마검로(黑魔劍路)를 견식하고픈 마음이 더 크다오. 삼십 년 만에 처음으로 만났는데 그때 못 이룬 결판을 내야지."

청수한 노인이 발을 가볍게 튕겼다. 그와 동시에 그의 신형이 사라지는가 싶더니, 일 장 뒤에서 모습을 드러냈다.

"결판을 내더라도 말씀을 들으신 후에 하는 것이 어떻소?"

"검마존께서 실없는 소리를 하지는 않으시겠지. 그럽시다."

붉은 도를 든 노인이 도갑 속에 도를 집어넣고는 무심한 얼굴로 중얼거렸다.

검마존이 포권의 예를 취해 보였다.

"고맙소이다. 지도(地刀) 소양극(蘇陽極), 소 노사!"

"지, 지도?"

그 별호를 들어본 적이 있던 자명이 고개를 돌려 붉은 도를 든 노인을 바라보았다. 노인은 자명 쪽은 바라보지도 않은 채 검마존만을 바라보고 있었다.

第八章
지도(地刀) 소양극(蘇陽極)

화공도담
畵工道談

1

　소양극은 본래 사천(四川) 사람으로, 우연히 얻은 북송(北宋) 때의 무공 비급을 바탕으로 스승도 없이 일가를 이뤄낸 사람이었다. 무학에 대한 재능만을 놓고 본다면 그는 천검(天劍) 서검학(徐劍鶴)보다도 뛰어난 사람이었던 것이다.

　그는 팔괘도법의 비급을 바탕으로 새로운 도법을 창안하여 성명절기로 삼았는데, 그 이름은 광풍도법(狂風刀法)이라 했다. 스스로 창안한 무공으로 오절의 일좌에 올랐으니 소양극이야말로 무학의 일대 기인이라 할 수 있었다.

　한동안 소양극을 살펴보던 검마존이 이번에는 자명 쪽으

로 시선을 돌렸다.

'일이 어렵게 되었구나.'

화무백의 말에 따르면, 화공은 문무쌍성에 비견될 만한 무위를 가지고 있다고 했다. 그만한 무위면 동행한 흑풍대의 안위를 장담할 수가 없다.

'소양극과 만나기 전에 화공을 처리했어야 했거늘.'

소양극이 부육에 온 이유가 화공을 만나기 위함이라는 것을 짐작했을 때에는 이미 때가 늦은 뒤였다. 최대한 빨리 달려와 보았지만 이미 소양극은 화공의 지근거리에 도착해 있었던 것이다.

이제는 지도와 화공을 동시에 상대하는 수밖에 없었다.

검마존이 상념에 빠진 채로 말이 없자 소양극이 불쾌한 듯 입을 열었다.

"이보시오, 검마. 할 이야기가 있다더니 말씀이 없으시구려."

"허허! 미안하오. 이거 귀인을 앞에 두고 실수를 했구려."

검마존이 포권지례를 취했다.

소양극은 무심한 얼굴로 고개를 절레절레 저었다.

"우리 사이가 담소를 나눌 사이는 아니지 않소? 실없는 소리나 하려거든 어서 검이나 드시오."

"좋소이다. 그럼 바로 본론으로 들어가지요."

검마존은 수염을 쓰다듬으며 말을 이어나갔다.

"실은, 본인은 귀하를 초청하기 위해 이곳까지 발걸음을 한 것이라오. 회(會)에는 소 노사의 무학을 흠모하여 직접 견식해 보고자 하는 사람들이 많소이다. 부디 왕림해 주셔서 가르침을 내려주셨으면 하는 소망이오."

"고작 그런 이야기를 하려는 것이었소?"

검마존의 마음이 다급해졌다. 소양극의 반응이 너무나 시큰둥했던 것이다.

"그중 한 분께서는 이런 시를 전하라 하더이다. 천 년 후 일은 내 알 바 아니니[千載非所知], 이 아침이나 마냥 즐겨야겠네[聊以永今朝]."

자명은 의아한 얼굴로 김마존을 바라보았다.

검마존이 읊은 것은 연명(淵明) 도잠(陶潛), 도연명의 시였다. 시인의 쓸쓸한 감회를 만추(晩秋)의 중양절에 맞추어 노래한 시를 왜 이 자리에서 읊는단 말인가? 도무지 이해할 수 없는 일이었다.

하지만 지도 소양극은 그 이유를 알고 있었나 보다.

"허어, 그놈도 거기 있소?"

"그렇소이다. 회에서도 드문 뛰어난 무재라오."

"쯧쯧, 못난 놈이로다, 못난 놈이야."

검마존의 눈에 이채가 떠올랐다. 건드리고 건드려도 꼼짝

하지 않을 것 같던 소양극이 처음으로 반응을 한 것이다.

소양극이 나직하게 중얼거렸다.

"그래, 그놈은 건강하오?"

"허허허! 스승께서 이리 건재하신데 제자 된 자가 불편할 리가 있겠소? 아주 잘 지내고 계시니 노사께서는 너무 걱정하지 마시오."

소양극이 눈을 지그시 감았다. 생각에 잠긴 것일까, 아니면 추억에 잠긴 것일까.

그는 한동안 그렇게 서서 움직이지 않았다.

잠시의 시간이 흐른 뒤, 소양극이 질문을 던졌다.

"그 녀석을 미끼로 나를 부르는 것은 귀하의 회에서 준비한 것이 있는 까닭이겠지요?"

너무나 직접적인 질문이었다. 자신을 유인하려는 것이 아니냐는 질문이니 말이다.

하지만 검마존은 난색을 표하지 않았다. 애당초 천하의 오절을 속임수로 데려갈 수 있을 것이라고는 생각지 않았다.

그들의 마음을 돌릴 만한 일들을 계획하긴 했지만 그것은 그야말로 계기일 뿐, 정말로 그들을 움직이는 것은 오절 자신의 마음일 터였다.

오절의 마음을 움직이려면 솔직하게 대답하는 수밖에 없을 테고 말이다.

“그렇소이다.”

“귀하의 회주(會主)께서는 다른 오절 역시 초청했을 테고.”

“그 역시 그렇소이다.”

소양극은 길게 한탄을 토해냈다.

“한심하다, 한심해. 장강의 뒷물결이 앞 물결을 밀어낸다 했는데, 강호의 뒷물결은 언제쯤이나 구경할 수 있을 터인가.”

삼십 년이나 지났는데도 결국 암천을 상대하는 것은 오절뿐이다. 소양극은 무림이 성장하지 않았음을 토로하고 있었던 것이다.

하지만 오절은 그 자체로 지나치게 큰 거목이었다. 소양극 같은 천재야 자신과 같은 이가 나타나지 않음을 토로할 수 있겠지만, 보통의 무인은 오히려 그런 소양극을 질투할 터였다.

한동안 한탄하는 소양극을 물끄러미 바라보던 검마존이 천천히 머리를 숙여 보였다.

“그럼 이제 대답을 들려주시지요.”

“하하하!”

소양극이 크게 웃음을 터뜨렸다. 그와 동시에 소양극에게서 감당치 못할 기세가 일어나 검마존과 흑의인들을 위협했다.

“으음……”

검마존의 안색이 대번에 어두워졌다. 소양극의 반응이 기대와는 달랐던 것이다.

"나를 스승이 아니라 무인으로 대하겠다던 아이요! 스승을 죽임으로써 제 무공을 인정받겠다는 아이요! 그렇다면 내가 제자로 대할 까닭이 뭐겠소? 그 아이는 내 제자가 아니라 도전하고자 하는 무인일 뿐이니, 나를 찾아오라 하시오! 찾아오지도 못할 소인배면 상대치 않겠소."

"…썩어빠진 무림의 안위를 생각함이오?"

소양극은 대답하지 않았다. 사실 검마존의 말에 틀림이 없었던 것이다. 살면서 도전을 피한 적이 없던 소양극이었지만, 당금 무림의 안위를 생각하면 함부로 몸을 움직일 수가 없었다.

검마존이 차가운 어조로 입을 열었다.

"회를 너무 무시하시는구려. 청성산에서 한 번, 그리고 지금. 두 번을 초청하였는데도 거절하신다면 이후부터는 회에서 직접 찾아갈 것이오."

"그렇게 하시구려."

소양극이 대수롭지 않게 중얼거렸다.

검마존은 아예 눈을 질끈 감아버렸다. 당금 무림에 오절만한 인물이 없다는 것은 주지의 사실이다. 하여 암천이 대계(大計)에 앞서 오절을 먼저 제거하고자 한 것은 너무나 당연한 일이었다.

　사실, 거기에는 오절에 대한 존경의 의미도 섞여 있었다. 회주께서는 오절을 따로 불러 그들의 무위에 걸맞은 대접을 하려 했는데, 오절은 또다시 그것을 거절해 버렸다.

　검마존은 그것이 못내 아쉬웠다. 무인으로서 당당하게 승부를 결한다면 좋을 텐데, 오절은 무림을 생각한답시고 무인으로서의 자존심을 저버리고 말았다.

　"좋소이다. 그렇다면 본인은 더 말할 것이 없소."

　"그럼 이제 시작합시다. 삼십 년 전에 못다 한 결말을 봐야 하지 않겠소."

　삼십 년 전, 신개 양비자와 지도 소양극은 섬서에서 삼마존과 혈투를 벌였었다. 결과는 삼마존의 패배였다. 오늘은 그때와 달리 어떤 결말이 날까.

　"나는 본래 청성산에 그대를 초청해 호쾌하게 무학을 겨루고자 했소. 도마존(刀魔尊)은 입즉사를 이용하자고 주장했지만, 만약 그대가 찾아와 정정당당한 대결을 권했더라면 나는 입즉사 없이 나섰을 것이오."

　"지난 삼십 년간 말이 많아졌구려."

　"하지만 그대는 오지 않았소. 독괴와 신개만이 찾아왔을 뿐이지. 그리고 오늘, 초청을 거부함으로써 그대는 두 번째 비무를 거절했소. 그렇다면 내가 그대와 정정당당히 대결할 이유가 뭐겠소? 나는 그대를 상대치 않겠소."

검마존이 싸늘하게 말하고는 먼저 몸을 돌렸다. 상대가 자
존심마저 버리고 무림을 위한다면, 자신 역시 그렇게 할 생각
이었다. 회를 먼저 생각한다면 이곳에서 지도와 생사를 겨룰
이유가 없었다.

소양극이 느긋하게 중얼거렸다.

"귀하께서 나서지 않겠다면 내가 먼저 출수하겠소이다."

"흥! 그대를 상대하지 않겠다는 말을 듣지 못하셨소? 나는
그대가 아니라 저 화공을 상대해야겠소이다."

자명이 알 수 없다는 얼굴로 검마존을 바라보았다. 회라는
말을 듣고 상대가 암천임을 짐작한 자명이었다. 암천과 자신
이 무슨 끈으로 엮이기라도 했는지, 그들은 끊임없이 자신을
찾아오고 있었다.

"태평성대라면 가까이 할 것이나 난세이니 별수가 없구려.
화공은 나를 원망치 마시오. 흑풍삼대는 들어라!"

"존명!"

흑의인들이 우렁차게 외치며 부복했다.

검마존의 안색이 씁쓸하게 변해갔다. 화공의 무위가 그토
록 뛰어나다면 여기 있는 흑풍대원들은 죽음을 면치 못할 것
이다. 회가 열게 될 새로운 세상에 모든 것을 바친 젊은 청년
들이 이곳에서 안타깝게 죽음을 맞게 된 것이다.

'하지만 그대들의 죽음이 헛되지만은 않을 것이다.'

흑풍대원들 속에는 살수가 두 명 섞여 있다. 저들의 실력이라면 문무쌍성마저도 암살할 수 있을 터, 화공의 목숨은 끝난 것이라고 봐야 했다. 흑풍대는 살수들에게 기회를 만들어주기 위해 동원된 미끼에 불과했다.

'미안하구나, 미안해.'

검마존이 아랫입술을 질끈 깨물더니, 곧 검을 뽑아 들며 외쳤다.

"화공을 참살하라! 화공을 참살한 연후에는 몸을 빼 도주하라!"

철저하게 지도 소양극을 상대하지 않겠다는 뜻이었다.

소양극이 마음에 든다는 듯 웃어 보였다.

"오늘 귀하가 한 말 중에 가장 마음에 드는구려. 그렇다면 나는 공격당할 일이 없단 말이지?"

쐐액―

소양극의 말이 끝나기도 전에 누군가의 검이 자명의 목을 노리고 날아왔다. 자명은 자그맣게 숨을 들이마시며 날아오는 검날을 피해내었다.

"크헉!"

오히려 비명을 토한 것은 자명을 공격한 흑의인이었다. 자명이 검결지를 맺어 흑의인의 단전을 찌른 것이다. 몸을 부르르 떨던 흑의인은 검을 떨어뜨리며 바닥에 무릎을 꿇었다.

자명은 허리를 굽혀 흑의인이 떨어뜨린 검을 주워 들었다. 검병이 유난히 낯설게 느껴졌다.

마음 한구석이 찌르르 아파오기도 했다. 청성산에서의 자신은 무림인들과 흑의인들의 다툼을 말리기 위해 끼어든 외인(外人)이었는데, 이제는 직접 흑의인을 상대해야 할 당사자가 되고 말았다.

이것이 자신의 길이 아니라는 것을 알면서도 거기에서 쉽게 벗어날 수는 없었다. 마치 헤어날 수 없는 진창에 빠진 듯한 기분이었다.

'아름다움으로 대하면 다툼이 없다 했는데, 나는 아직 그러한 경지에 달하지는 못했나 보다.'

자명은 검병을 만지작거리며 그렇게 생각했다. 잠시 머뭇거리던 자명은 부드럽게 검병을 쥐고는 바닥에 늘어뜨렸다.

"돌아가십시오. 저는 싸움을 원치 않습니다."

자명이 조그맣게 중얼거리자 소양극이 크게 웃음을 터뜨렸다.

"하하하! 걸작이로군. 이보시오, 검마. 이 화공을 보아하니 귀하에게 쉽게 당할 것 같지가 않소이다."

"참살하라!"

검마존의 우렁찬 고함 소리가 고요한 관도에 울려 퍼졌다.

자명은 눈을 지그시 감고 호흡을 골랐다. 호흡이 점점 느려지더니, 마침내는 숨을 쉬지 않는 것처럼 변해갔다. 먹물이 떨어지는 기이한 경험을 한 탓에 거둬들였던 새하얀 세계가 다시 모습을 드러내더니, 저만치서 매화를 아내로 삼고 학을 자식으로 삼았다는 임포가 장난스러운 미소를 짓는 것이 보였다.

"놈!"

가까이 있던 흑의인이 우렁차게 외치며 자명에게 덤벼들었다. 자명은 어두운 표정으로 몸을 돌려 흑의인의 검날을 피해냈다.

"이, 이런!"

자명이 아무렇지도 않게 자신의 검을 피하자 흑의인이 신음을 토해냈다. 일순간 자신의 등 뒤가 노출되고 만 것이다. 하지만 자명은 그를 공격하지 않았다.

"돌아가라고 하지 않았습니까."

"닥쳐라!"

흑의인이 싸늘하게 외치며 검을 찔러왔다.

자명이 차분한 얼굴로 검극을 부드럽게 흔들었다.

“매화검법!”

흑의인이 비명처럼 외쳤다.

자명의 검극은 화엽을 그리는 듯했다. 둥글게 원을 그리던 자명의 검이 흑의인의 검로를 막는가 싶더니 이내 부드럽게 흘려 버렸다.

이유제강(以柔制剛)이라던가? 털끝만큼의 힘도 느껴지지 않는데 흑의인의 검로는 뒤바뀌고 말았다.

“흥!”

흑의인이 불쾌한 얼굴로 검을 떨쳤다. 부드러움으로 강함을 제압할 수 있다면, 그 반대도 가능할 것이었다. 흑의인은 가진 모든 내공을 끌어내어 자명의 검을 눌러갔다.

자명의 검이 또다시 부드럽게 원을 그렸다. 흑의인의 검을 감싸 안은 자명의 검은 곧 그 손목을 베어나갔다.

흑의인이 손목을 잘릴 위기에 처하자 또 다른 흑의인들이 자명에게로 덤벼들었다.

자명은 고개를 돌려 흑의인들을 바라보았다.

‘어, 어라?

흑의인들 틈으로 매처학자 임포가 보였다. 기이한 것은 임포뿐만이 아니라 차가운 얼굴의 무신(武神)도 나타났다는 점이었다.

‘…동시에 나타날 수도 있었구나.’

임포를 따라 매화검로를 그리던 자명이 이번에는 무신을 따라 움직였다. 자명의 호흡이 미묘하게 바뀌었다.

호흡을 들이마시고 내뱉되, 삼 푼을 남겨두고 내뱉는다. 창 궁무애심법(蒼穹無涯心法)의 초입이었다.

곧이어 자명의 육신에서 감당치 못할 기세가 배어 나왔다.

"으, 으음!"

흑의인들의 기세가 대번에 꺾이고 말았다. 자명에게 덤벼들던 흑의인들은 감히 자명에게 가까이 다가가지 못하고 몸을 뒤로 뺐다.

그때, 어디선가 우렁찬 목소리가 들려왔다.

"갈(喝)!"

휘청—

자명의 신형이 흔들거렸다. 검마존이 내기를 잔뜩 섞어 외침으로써 자명의 내부를 뒤흔들어 놓았던 것이다.

"재주가 보통이 아니로구나."

"이보시오, 검마! 귀하의 신경이 다른 데 가 있구려!"

검마존이 자명 쪽에 신경을 쓴 것은 그야말로 찰나지간의 일이었다. 하지만 지도 소양극은 그 조금의 틈조차 용납하지 않았다.

검마존의 눈이 휘둥그레 커져 갔다.

"도, 도강(刀剛)!"

폭이 몇 장이나 될까? 유형화된 기운이 거리낌없이 흑의인
들을 베어나가고 있었다. 벌써 일곱이나 되는 흑의인이 목을
잃은 채 쓰러지고 있었다.

수하들이 볏단처럼 쓰러지는 모습에 검마존이 대로하여
외쳤다.

"태도가 과하시오! 저들도 무인이건만!"

수하들의 죽음은 무인의 죽음이 아니었다. 학살이었다. 소
양극은 고양이가 쥐를 가지고 놀 듯 흑의인들을 조롱하며 죽
이고 있었던 것이다.

"하하하! 귀하께서 자꾸 회피하시기만 하니 이러는 것 아
니겠소?"

"회피하는 것은 내가 아니라 그대가 아니오!"

검마존이 노기 어린 목소리로 크게 외쳤다. 소양극은 자신
의 공격을 피해 흑의인들만을 노리고 있었던 것이다.

진심으로 막아선다면야 소양극의 시선을 돌릴 수 있겠지
만, 그렇게 되면 자신의 목숨이 위태로워진다. 물론 목숨이
아까운 것은 아니었다. 다만 그것으로 인해 회에 누를 끼칠
것이 두려울 따름이었다. 결국 검마존은 이러지도 저러지도
못하는 처지에 처하고 말았다.

그사이에도 소양극은 마치 양 떼에 뛰어든 호랑이처럼 사
방을 넘나들고 있었다. 그의 앞을 막아선 흑의인은 일 합을

견디지 못하고 피를 흘리며 쓰러졌다.

"나를 말리시려거든 흑마검로를 보여주서야 할 것이오."

"좋소이다! 어디 받아보시오!"

여태 소양극을 피하기만 했던 검마존이 흑마삼십육검(黑魔三十六劍)을 펼쳐 소양극을 공격해 나갔다.

소양극이 껄껄 웃으며 도를 휘둘렀다. 벤다기보다 후려친다는 말이 더 어울릴 법한 도법이었다.

심지어 소양극의 도법에는 허초조차도 없었다. 환검(幻劍)에 가까운 흑마삼십육검이 수십 개의 잔영을 남기며 덤벼드는데도 소양극의 도는 우직하게 그 모든 것을 받아들이고 있을 뿐이었다.

"하하하! 지난 삼십 년간 손속이 더욱 매워졌구려, 검마!"

누가 보아도 검마존이 유리해 보이는데도 소양극의 얼굴에는 여유가 넘쳤다. 소양극은 수십 개의 잔영을 쳐내느라 공격을 못하면서도 즐거워 어쩔 줄 모르겠다는 표징이었다.

"으으음!"

검마존이 신음을 토해냈다.

'이 노괴의 무공이 더욱 무서워졌구나.'

도와 검이 부딪칠 때마다 소양극의 공력이 파고들었다. 경력을 해소하려면 공격을 멈추어야 할 지경이었다.

소양극의 도가 실초는 물론 허초까지 모조리 건드리고 지나가니, 공격을 받는 것은 소양극이 아니라 자신인 셈이었다. 능히 막아낼 수는 있으나 그러기 위해서는 진신절기를 모두 펼쳐 내야 하리라.

두 무인은 순식간에 삼십여 초(招)를 나누었다. 결국 먼저 떨어진 것은 검마존이었다.

"과연 천하오절. 무학이 경지에 달했구려."

"여전히 진심이 아니구려, 검마. 방금 전의 재주는 잔재주에 불과한 것인데 막아내질 못하다니. 실은 지금 막 만들어본 것인데… 어떻소, 쓸 만하겠소?"

검마존이 믿을 수 없다는 듯 눈을 크게 떴다. 병장기를 통해 내공을 밀어 넣는 기공(奇功)이 방금 만든 것이란다. 도대체 이런 기막힌 경우가 어디에 있겠는가.

"천하에 드문 무재라더니……."

"과찬이오."

목소리는 들리는데 소양극의 모습이 보이지가 않는다. 그는 또다시 흑의인들을 공격하고 있었던 것이다. 또다시 한 명의 흑의인의 가슴이 쩍 갈라지고 말았다.

검마존이 다급히 고함을 질렀다.

"그, 그만하시오!"

소양극은 검마존의 말을 들은 체도 하지 않았다. 신형을 놀려 자명을 공격하는 흑의인에게로 다가갈 뿐이었다.

“허허허! 이보게, 어린 친구. 지나치게 상대를 봐주고 있군.”

어느새 자명의 지근거리에 도착한 소양극이 부드럽게 이야기를 건넸다. 자명은 언뜻 소양극을 발견하지 못하고 눈을 커다랗게 떴다.

그때였다. 한 자루의 도가 붉은 잔영을 남기고 사라지더니 자신의 앞에 서 있던 흑의인의 목을 베어버리는 것이 아닌가!

목에 붉은 도가 닿는 것도, 살점이 잘리고 피가 튀어 오르는 것도, 새하얀 뼈가 드러나고 목 없는 시체가 쓰러지는 것도 모두 느리게만 보였다.

피를 뒤집어쓴 자명의 눈이 찢어질 듯 커졌다.

“이, 이게 무슨……!”

바로 눈앞에서 생생하게 호흡하던, 살기가 가득한 눈으로 자신을 노려보던 사람이 목을 잃어버린 채로 털썩 무릎을 꿇고 만다. 죽이지 않고서도 제압할 수 있을 것 같았는데, 공격을 막아낼 수 있을 것 같았는데.

자명이 노기 어린 얼굴로 고함을 질렀다.

“이게 무슨 짓입니까!”

“이게 무슨 짓이냐니? 자네는 자네를 죽이려는 이들까지도 살리려 하는가?”

소양극은 그렇게 말하며 또 한 명의 흑의인의 팔을 뎅겅 베어버렸다.

　자명은 자신에게로 덤벼드는 흑의인의 검을 막아내며 아랫입술을 깨물었다. 아름다움으로 대하면 다툼이 없다고 했다. 다툼이 없으면 다툼으로 인한 죽음도 없을 터였다.

　자명이 억눌린 목소리로 나직하게 중얼거렸다.

　"저는 그저 아름다움으로 사람을 대하고자 할 뿐입니다. 지금은……."

　챙강! 소리와 함께 자명의 몸이 뒤로 휘청거렸다. 소양극에게 무어라 외치느라 균형을 잃었던 것이다. 하마터면 허벅지 아래를 모두 잃을 뻔했다.

　"계속해 보시게. 지금이 어떻다는 겐가?"

　소양극은 자명을 바라보며 말했다.

　자명은 그만 할 말을 잃고 말았다. 소양극은 마치 제 힘의 일 할도 사용하지 않는 것처럼 보였다. 말을 하는데도 호흡은 고르기만 했고, 도법을 펼치면서도 기세가 꺾이질 않았다.

　무신(武神)이 있다면 이런 모습이 아닐까.

　"그만하라고 하지 않았소!"

　계속해서 흑의인들을 베어내는 모습에 검마존이 노호성을 터뜨렸다. 다급히 소양극에게로 날아온 검마존이 흑마진천(黑魔震天)의 초식을 펼쳐 갔다.

　마른하늘에서 난데없이 우렛소리가 들려왔다.

“화공의 대답은 조금 있다가 들어야겠군.”

소양극의 눈에 이채가 떠올랐다. 검마존의 초식이 범상치가 않았던 것이다. 소양극은 재미있다는 듯 웃고는 손목을 빙글, 돌렸다. 그와 동시에 번개처럼 쏟아지던 검마존의 초식이 모두 무위로 돌아갔다.

“으, 으음!”

“어떻소? 저 화공 아이의 재주를 보고 만든 것이라오. 예전에 무당의 검을 보고도 비슷한 것을 만들어본 적이 있었는데, 이번 것이 더 낫군.”

소양극이 재미있다는 듯 중얼거렸다. 그는 자명의 매화검로를 보고서 이화접목의 묘리가 섞인 무학을 하나 창안해 낸 것이다.

체계도, 흐름도 없는 초식을 만든 것뿐이었지만, 순간적으로 무학을 창안한 소양극의 재주는 그야말로 섬뜩한 것이라 할 수 있었다.

검마존이 씁쓸하게 중얼거렸다.

“너무하시는구려. 우리에게 어울릴 만한 전쟁터가 따로 있거늘, 정녕 여기서 끝을 보시려오?”

“물론 그대에게는 그대의 일이 있겠지요. 고약하지만 나는 그것을 방해해야 하는 인물이라오.”

검마존이 한숨을 길게 내쉬며 눈을 지그시 감았다. 상대가 아직까지도 마음을 정하지 못했다는 것을 깨달은 소양극이 장난스레 입을 열었다.

"방금 전 귀하가 펼친 초식도 짐작할 수 있을 것 같소. 어디 흉내 내볼까?"

검마존의 눈이 찢어질 듯 커졌다.

소양극이 껄껄 웃음을 터뜨리며 도를 하늘로 들어 올리더니, 먼 곳에 있는 흑의인 두 명을 겨누고 아래로 내리그었다. 흑의인 두 명이 재빨리 자리를 피해 물러났다.

콰앙—!

"크허억!"

물러나 보았자 소용이 없었던가! 흑의인 한 명이 비명을 지르며 바닥에 쓰러졌다. 멀쩡하던 흑의인의 육신은 쓰러진 이후에야 두 개로 쩍 갈라졌다. 동료의 목숨을 발판 삼아 살아난 흑의인은 도대체 무엇에 당했는지 눈과 귀에서 검붉은 피를 흘리고 있었다.

"이거, 어렵군. 한 명은 죽이지 못했는데."

"좋소이다. 내가 졌소."

검마존이 차갑게 중얼거렸다. 일이 이렇게 되었으니 별수가 없다. 이제 생사를 놓고 지도와 겨루는 수밖에 없는 것이다.

삼마존이 함께 있다면 지도의 목숨을 취할 수 있을지도 모르겠으나, 이 자리에 있는 것은 자신 혼자뿐이니 필시 패배하고 말 터였다.

'오늘 이곳에서 뼈를 묻겠구나. 회주께 죄를 짓게 생겼어.'

그렇게 생각하니 갑자기 아쉬울 것도, 안타까울 것도 없어졌다. 암천의 세상을 보지 못하는 것은 아쉬웠지만, 어차피 암천의 수뇌부는 모두 죄인. 세상이 바로 열리면 사형을 받게 될 사람들이었다.

어차피 죽을 것이라면 천하제일을 바라보는 고수와 통쾌하게 싸워보는 것도 나쁠 것 없지 않겠는가!

"내 이제야 알겠소, 애초부터 피할 수 없었음을."

"으음……."

장난처럼 흑의인들의 목을 베어가던 소양극이 문득 행동을 멈추었다. 검마존의 기도가 갑자기 진지해진 것이다. 소양극은 도를 수습하고 자세를 바로 하여 검마존을 바라보았다.

"마음이 바뀐 모양이로구려."

"허허허! 생사가 여일한데, 이 늙은이가 너무 구차했던 것이지요. 어디, 우리 통쾌하게 한번 싸워봅시다."

소양극은 아무런 말도 하지 않았다.

사실, 장난치듯 흑의인들을 죽인 것은 소양극의 본심은 아니었다. 검마존이 살아 돌아간다면 무림이 큰 피해를 보게 될 터, 어떻게든 이 자리에서 검마존을 죽여야 했다.

그가 도망가지 못하게끔 하기 위해서는 이처럼 무인답지 않은 행동을 할 수밖에 없었던 것이다.

소양극이 미안한 얼굴로 검마존을 바라보았다.

"내 손속이 과했구려. 가는 길이 다르니 귀하와 귀하의 수하들을 살려둘 수는 없소만, 이제부터 무인으로 대할 터이니 부디 용서해 주시길 바라오."

"그러지 마시오. 이 마당에 사과할 것이 무엇이겠소?"

검마존이 껄껄 웃으며 검을 들어 올렸다. 검마존에게서는 생사를 초월한 사람 특유의 허허로움이 묻어나 있었다. 소양극은 피식 웃으며 단단히 도를 움켜쥐었다.

"본인은 광풍십이로(狂風十二路)의 초식으로 귀하의 검을 상대하고자 하오."

"나는 흑마진천으로 상대하려 하는데, 절초를 들켰으니 어찌한다?"

소양극의 눈에 이채가 떠올랐다. 방금 전에 견식한 초식을 다시 선보이겠다는 것은, 그만한 자신이 있다는 뜻이었다. 소양극은 정중하게 고개를 끄덕였다.

그것을 마지막으로 두 무인 사이에 싸늘한 기류가 감돌기 시작했다.

한편, 자명은 그야말로 이능(異能)을 선보이고 있었다. 어

느새 새하얀 세계에 익숙해진 자명은 무학의 상리로는 이해
할 수 없는 기사(奇事)를 연거푸 펼치고 있었던 것이다.

"죽어라!"

흑의인 한 명이 자명의 다리를 노리고 베어왔다. 중궁(中
宮)으로 뻗어온 검과 함께하니 제법 섬뜩한 합격이 이루어진
셈이었다. 구파일방의 일대 제자 수준의 무위를 가지고 있는
흑풍대이니만큼 당금의 합격은 어지간한 고수라도 쉬이 피해
내지 못할 터였다.

하지만 자명의 반응은 기상천외하기 짝이 없었다. 계단을
밟듯 공중으로 뛰어오른 다음, 허공에서 내려오질 않는다.

"허, 헉!"

착지할 자명을 노리고 다음 수를 준비하던 흑의인들은 대
경하여 뒤로 물러섰다. 청성산에서 흑풍 일대가 겪었던 경험
을 흑풍 삼대가 고스란히 다시 겪고 있는 것이다.

곧이어 공중에 떠 있던 자명이 신신마낭 갑자기 사라지고
말았다. 당황한 흑의인들이 감각을 최고조로 끌어올렸다.

"삼호(三號)! 뒤를 조심하라!"

"으음!"

삼호라 불린 흑의인이 비명을 토해냈다. 어느새 자명이 흑
의인의 뒤에 나타나 매영만천(梅影滿天)의 초식을 펼치고 있
었던 것이다. 흑의인이 이를 악물며 뒤로 물러났다.

챙강—!

"이, 이런!"

방어가 무색하게도 흑의인은 검을 떨어뜨리고 말았다. 그는 다음으로 다가올 살수를 상상하고는 눈을 질끈 감았다.

"정신 차리지 못할까! 놈은 살수를 펼치지 않는다!"

흑풍 삼대주가 크게 외치며 자명에게로 달려들었다. 생각해 보면 부끄럽기 짝이 없는 말이었다. 상대가 살수를 펼치지 않는데도 속수무책으로 당하고 있으니, 천하를 울렸던 흑풍대의 이름이 아까울 지경인 것이다.

하지만 방법이 있으랴? 명을 받은 이상 어떻게든 상대를 죽여야 하는 처지다. 흑풍대원들의 검로가 더욱더 매서워졌다.

자명의 안색이 급격하게 어두워졌다.

'도무지 끝이 없구나.'

상대를 죽이지 않으니 당연한 결과일 터였다. 잠시 밀려났던 흑의인들은 이내 정신을 차리고 다시금 자신을 공격하고 있었다.

'죽이지 않고는 끝을 낼 수 없는 걸까?'

소양극, 소 노사는 단 한칼에 흑의인들의 목을 베어버렸다. 조금의 거리낌도 없는 모습으로 말이다. 어쩌면 자신 역시도 그렇게 해야 할지 모른다.

‘죽여야 하는가?’

그렇게 생각한 것만으로도 소름이 오싹 돋아 올랐다. 자명은 부지불식간에 고개를 절레절레 저었다.

‘다, 다른 방법이 있을 거야.’

자명이 뛰어오르듯 공중으로 솟아올랐다. 흑의인들이 다급히 공격을 가했지만, 자명은 허공에서 부드럽게 걸음을 옮김으로써 흑의인들을 피해냈다.

자명의 마음이 점점 흔들렸다. 허공에 머무른 채로 더 이상 공격하지 않고 오로지 피하기만 하던 자명은 잠시 뒤에야 마음을 정할 수 있었다.

‘인간의 생사는 하늘이 결정하니, 그렇게 두면 될 일이다.’

마침내 자명이 마음을 다잡았다. 한 가지 생각이 떠오른 것이다. 이제는 과연 새하얀 세계가 자신의 뜻을 따라줄 것인지에 관한 의문만이 남았을 뿐이다.

‘잘될지는 모르겠지만…….’

허공에 머물러 있던 자명이 새하얀 세계 속의 임포를 바라보았다. 임포는 아무런 행동도 하지 않은 채 가만히 서 있었고, 그것은 제왕의 기세를 품은 무신 역시 마찬가지였다.

자명은 눈을 질끈 감았다.

‘이것이 나의 화폭이라면 내 뜻대로 할 수 있을 거야.’

잠시 뒤, 자명이 다시 눈을 떴을 때였다. 임포와 제왕의 기세를 품은 무신이 서로 비슷한 검로를 취해 보였다.

'되, 된 건가?'

그것은 아직은 알 수 없는 일이다. 잠시 주저하던 자명은 이내 아랫입술을 질끈 깨물었다. 일이 이렇게 되었으니, 이제는 직접 시행해 보는 수밖에 없다.

자명의 신형이 천천히 땅으로 내려왔다.

"놈! 언제까지 쥐새끼처럼 피할 참이냐!"

흑의인 한 명이 분노를 토해내며 자명에게로 뛰어들었다. 자명이 눈을 반짝 빛내며 한 가지 기이한 검로를 취했다.

"매화난무(梅花亂舞)? 아, 아니!"

흑의인이 대경하여 뒤로 물러났다. 매화검법이 아니었다. 매화검법과 같은 검의를 가지고 있을지는 모르겠으나, 초식만큼은 현저히 달라져 있었다.

각오한 듯 입을 굳게 다문 자명이 흑의인에게로 달려들었다.

"흐읍!"

계속 수비일변도였던 자명의 초식이 공격적으로 변하자 흑의인이 당황하여 호흡을 들이마셨다. 하지만 이미 늦었다. 자명의 검은 흑의인의 손목을 베어나가고 있었던 것이다.

"크, 크으윽!"

흑의인이 신음을 내뱉으며 뒤로 물러났다. 손목에서 아릿한 통증이 밀려들었다. 유수처럼 흐르던 화공의 검이 자신의 검을 튕겨내더니 손목의 근맥을 끊어놓았던 것이다.

기이한 것은 손목의 근맥이 완전히 끊어진 것이 아니라는 점이었다. 근맥이 완전히 끊겼다면 주먹도 쥘 수 없을 테니 말이다. 잠시 주먹을 쥐어보던 흑의인은 상대의 의도를 조금이나마 짐작할 수 있었다.

"노, 놈!"

흑의인이 신음을 토해내며 자명을 노려보았다. 그와 동시에 자명이 또다시 흑의인에게로 달려들었다. 흑의인은 미처 피하지도 못한 채 자명의 손에 단전을 얻어맞고 말았다.

흑의인이 멍한 눈으로 자명을 바라보았다. 고통은 잠시 뒤에야 찾아왔다. 마치 빈 그릇이 울리듯 윙, 소리가 들리더니 단전이 텅 비어가는 기분이 든 것이다.

그와 동시에 흑의인의 정신이 멀어져 갔다.

"내, 내공이……."

그 말을 마지막으로 흑의인은 무릎을 털썩 꿇었다.

"이놈! 무공을 폐하려느냐!"

비로소 상대의 의도를 알아낸 흑풍 삼대의 대주가 분노가 가득 섞인 고함을 질렀다. 무인으로 검을 나누었으면, 차라리 죽였어야 옳다. 무공을 폐하여 살아갈 목적까지 빼앗아가는 것은 무인의 도리가 아닌 것이다.

　자명은 비로소 자신이 성공했음을 알고 조그맣게 중얼거
렸다.
　"됐구나."
　그때, 어디선가 폭음이 들려왔다.

第九章

삶도, 죽음도

화공도담 畫工道談

1

검마존이 펼치는 흑마삼십육검은 그야말로 필생의 정화라 할 수 있었다. 생사의 기로에 서서야 그의 무학이 빛을 발하였던 것이다. 그가 깨달아왔던 수많은 이치들이 하나둘씩 냉멸하는 기분이었다.

하지만 무엇보다도 중요한 것은 마음가짐이었다. 생사대적을 맞이하고 있건만 어린 시절 스승을 마주한 것마냥 너무나 평온하고 안온했던 것이다.

'기이한 일이로구나.'

검마존은 어릴 때부터 수없이 펼쳐 왔던 초식을 떠올렸다.

너무 연습해 이제는 눈 감고도 펼칠 수 있는 초식이었다. 곧 가장 익숙한 검로가 가장 익숙한 방식으로 펼쳐졌다.

그 검로는 너무나 단조롭게 보였다. 내력이 실린 것 같지도 않았고, 송곳처럼 예리하지도 않았다. 그저 물 흐르듯 담담히 흐르고 있었을 뿐이다.

소양극은 상대의 무공에 감탄을 금치 못했다.

"과연 검마로다! 상승의 절학이로구려!"

소양극이 도강이 넘실거리는 도를 하늘 높이 들어 올렸다. 유형화된 강기는 촘촘하게 밀도를 높여가더니, 마침내는 도 안으로 사라지고 말았다.

적룡도가 도명(刀鳴)을 울리며 부르르 떨렸다. 제아무리 적룡도가 천하의 기물이라지만, 천하오절 중 일인인 소양극의 공력을 감당할 수는 없었던 것이다.

담담하게 흐르던 검마존의 검과 투박한 박도처럼 보이는 소양극의 도가 마주쳤다.

콰앙—!

천지가 울릴 듯한 폭음이 울려 퍼졌다.

자명은 놀란 듯 눈을 휘둥그레 뜨고 그쪽을 바라보았다. 자명의 시선이 옮겨간 것을 본 흑의인 하나가 재빨리 자명을 공격했다. 해낼 수 있는 가장 빠른 속도로 검을 날린 흑의인의 얼굴에 섬뜩한 미소가 어렸다.

'베었다! 베었······.'

"헉!"

분명히 베었다고 생각했거늘, 검에서 아무런 느낌도 느껴지질 않는다. 마치 허공에다 칼질을 한 느낌이었다. 대신 손목과 단전에서 동시에 끔찍한 고통이 느껴졌다.

"끄, 끄어윽······."

흑의인이 털썩 무릎을 꿇고는 억눌린 신음을 토해냈다. 단전을 파괴당한 고통 때문일까? 흑의인은 더 이상 정신을 유지하지 못했다.

그때였다. 흑의인들 중 하나가 감히 흑풍 삼대주에게 눈짓을 해 보였다. 그러자 흑풍 삼대주는 입을 굳게 다물고서는 고개를 끄덕였다.

"흑풍만화진을 개진하라!"

"존명!"

흑풍대원들이 자명에게서 멀리 떨어지는가 싶더니, 보법을 펼쳐 이리저리 흩어져갔다.

자명이 입을 한일자로 굳게 다물고는 뛰어들었지만, 흑의인들의 간격이 너무나 넓었다. 결국 자명은 두어 명의 흑의인밖에는 제압할 수가 없었다.

그사이, 마침내 흑풍만화진이 발동되었다.

"전진하라!"

　진법의 첨단에 섰던 이가 자명을 베어왔다. 자명은 첨단에
선 흑의인의 검을 피해내고는 당황스러운 얼굴로 흑의인들의
기세를 바라보았다.

　'이건…….'

　자명의 미간이 좁혀졌다. 흑의인들의 기세가 결코 범상치
않았던 것이다. 무림맹에서 매화검진을 보았던 때처럼 흑의
인들의 움직임이 빨라지더니 아예 보이지도 않는다.

　잠시 진법을 살펴보던 자명은 아예 눈을 질끈 감아버렸다.

　곧 한 폭의 그림이 떠올랐다. 계곡을 그린 산수화(山水畵)
였는데, 울창한 숲이 계곡을 감싸 안고 있었다. 계곡에서 벗
어나려면 울창한 숲을 넘어야 하는 형국이었다.

　'파파의 말씀대로라면 이건 이 진법의 본질일 거야.'

　무명도원도의 공능은 사물의 본질을 꿰뚫어 볼 수 있게 해
준다고 했다. 그렇다면 자신이 해야 할 일은 흔들리지 않고
마음을 바로 세우는 일인 셈이다.

　울창한 숲을 바로 넘어가기는 어렵다. 하지만 그렇다고 계
곡 안에 가만히 있을 수는 없는 노릇이었다. 떨어지는 폭포수
가 칼날처럼 날카로운 기세를 품고 있었던 것이다.

　'점경, 점경을…….'

　눈을 질끈 감은 자명이 식은땀을 흘렸다.

　하지만 흑의인들은 점경할 시간을 주지 않았다.

"으, 으윽!"

자명은 부지불식간에 눈을 뜨고 말았다. 어깨에서 불에 덴 듯한 통증이 느껴졌던 것이다.

도대체 언제 베인 것일까? 어깨를 바라보니 커다란 검상이 나 있다.

상처를 부여잡고 있을 수만도 없었다. 한 자루 곡월도(曲月刀)가 이번엔 목덜미를 노리고 날아왔던 것이다.

자명의 신형이 안개처럼 스러져 갔다.

"놈!"

흑의인의 짧은 외침과 함께 자명이 검을 들어 올렸다. 몸을 피하기도 전에 쾌도(快刀)가 날아왔던 것이다. 챙! 하는 소리와 함께 검이 팅겨져 나가자 자명이 눈을 휘둥그레 떴다.

'히, 힘이 천하장사로구나.'

자명은 자신을 공격한 흑의인을 바라보았다.

그는 사검귀랑(死劍鬼郎) 한재신(漢仕璇)이라는 자로, 하남 지방에서 이름을 떨치던 살수였다. 흔히 무영귀랑(無影鬼郎) 조성빈(趙成彬)과 함께 쌍살(雙殺)이라 불리는데, 어지간한 고수도 그들과 마주해서는 살아남지 못하였다.

개중 특이한 점이 있다면, 사검귀랑 한재선은 살수답지 않게 무공이 몹시 뛰어나다는 점이었다. 아니, 무공보다 경험이 더 많다고 해야 할 터였다. 그의 임기응변이야말로 일절이라

평가될 정도니 말이다.

반면, 자명의 경험은 너무도 적었다.

"으, 으앗!"

얼굴로 무엇인가가 날아오자 자명이 비명을 지르며 고개를 틀었다. 무엇인지는 잘 모르겠지만, 흑의인이 입으로 무엇인가 뾰족한 것을 뱉어냈던 것이다.

사겸귀랑 한재선이 뱉어낸 것은 독이 발린 우모침이었다. 만약 자명이 피하지 못했더라면, 침은 물론이고 독에까지 중독되었으리라.

그때 갑자기 어깨를 불로 지지는 듯한 통증이 일어났다.

"큭!"

자명이 비명을 토해내며 뒤로 물러났다. 우모침을 피하는 사이 한재선의 곡월도가 또다시 자명의 어깨를 베어나갔던 것이다. 팔을 자르기 위함인지, 조금 전에 검상을 입었던 어깨를 또다시 베이고 말았다.

'이, 이거 큰일 났구나!'

자명이 다급히 몸을 뒤로 돌리며 손을 뻗어내었다. 흑풍만화진을 따라 자명의 등을 공격하던 흑의인 한 명이 단전이 깨어지는 고통을 느끼며 바닥에 무릎을 꿇었다.

'사방이 막혔어.'

자명이 가볍게 발을 퉁겨 공중으로 날아올랐다. 허공답보를 펼쳐 진법에서 빠져나가려는 것이다. 하지만 한재선의 곡월도에 막혀 그럴 수가 없게 되었다.

챙강—!

자명의 검과 한재선의 곡월도가 부딪치는 것과 동시에 자명이 몸을 회전하며 다시금 바닥에 착지했다. 이번에는 흑풍만화진에 속한 흑의인이 자명의 목을 베어왔다.

자명은 땅을 딛자마자 허리를 굽혀 흑의인의 검을 피할 수밖에 없었다.

'어, 어쩌지?'

자명의 상황은 그야말로 사면초가라 할 수 있었다.

먼저 한재선의 무위가 예상외로 범상치 않다. 게다가 입에서 침을 뱉어내기나 기이한 가루를 흩뿌리거나 하니 도무지 상대의 수를 읽을 수가 없었다.

한재선을 피하고 나면 흑풍만화진이 덮쳐든다. 그쯤이면 능히 막아낼 수 있으나 때때로 한재신과 합공을 하니 견뎌낼 수가 없다.

신법 역시 제약을 받았다. 이형환위를 선보이려 하면 한재선에게 가로막혔고, 허공답보를 펼치려 하면 사방에서 검날이 쏟아져 내린다.

그리고 또 한 가지 섬뜩한 상황이 일어났다.

"크윽!"

자명이 신음을 토해냈다. 어디선가 차가운 검날이 날아들어 허벅지를 베어내고 지나간 것이다. 파파의 돌멩이와도 비견할 수 있을 정도로 쾌속한 검이었다.

자명은 몰랐지만, 그것이 바로 무영귀랑 조성빈의 쾌검이었다. 흑의인들 틈에서 은신술을 펼친 조성빈이 흔적도 남기지 않고 쾌검을 날리고 있었던 것이다.

"놈, 보통이 아니구나."

한재선이 싸늘한 목소리로 중얼거렸다. 강호 경험이 적은 모양인지 화공은 상처를 추스르지도 않고 있었는데, 움직임이 자유로운 것을 보니 피는 많이 보일지언정 큰 상처는 아닌 듯했다.

'자칫하면 쌍살이 살행(殺行)에 실패할 수도 있겠다.'

한재선의 몸에 소름이 오싹 돋아 올랐다.

사실 답답한 것은 자명이 아니라 흑풍대와 쌍살이라 할 수 있었다. 그들로서도 자명의 무위는 놀랍기만 했던 것이다. 결코 하수가 아니라는 것은 알고 있었으나 지금처럼 오래도록 자명이 버틸 줄은 예상치 못했었다.

무엇보다 시간이 지나면 지날수록 자명의 무공이 자연스러워지고 있었다.

'우리를 상대로 무공이라도 연마하는가? 시간이 지날수록 무공이 나아진다. 이대로 가면 필패(必敗)야.'

처음에 화공은 어리숙하게만 보였다. 제가 먼저 나설 줄은 모르는지, 공격을 막아내기만 할 뿐이었다. 하지만 잠시의 시간이 지나자 상황은 완전히 달라지고 말았다. 천하의 흑풍대를 상대로 밀리기는커녕 화공은 오히려 자신들의 무공을 폐해 버렸던 것이다.

그것은 진법에 갇혀서도 마찬가지였다. 처음에는 검상을 입더니, 이제는 점점 상처도 입지 않는다.

한재선과 조성빈의 공격이 끊임없이 이어지고 있었으나, 처음과 달리 화공은 상처 하나 없이 능숙하게 그것을 받아내고 있었다.

흑풍대와 쌍살은 경이에 가까운 감정을 느껴야 했다.

그시이, 자명은 외벽이라 할 만한 흑의인들의 벽을 상당 부분 무너뜨렸다. 벌써 네 명의 흑의인이 단전을 파괴당한 채 바닥에 쓰러지고 말았던 것이다.

한재선의 곡월도가 다시금 자명에게로 쏘아져 왔다. 자명은 검으로 그것을 막아내며 눈을 빛냈다.

'이, 이렇게 하면 될지도 몰라.'

힘을 잔뜩 끌어올려 한재선을 밀쳐 낸 자명은 발로 바닥을 세게 굴렀다.

쿵—!

"으음!"

한재선이 처음으로 균형을 잃고 뒤로 물러났다. 흑풍대 역시도 마찬가지였다. 자명의 반경 삼 장 안에 있는 사람들은 모조리 공중으로 뛰어 올랐던 것이다.

자명은 쉬지 않고 두어 번 계속해서 발을 굴렀다.

쿵, 쿵―!

흑의인들이 재빨리 뒤로 물러나기 시작했다. 무학의 근본은 하체에서 나오는 것, 당장 하체가 흔들리니 공격이 여의치가 않았던 것이다.

그것이 자명에게는 기회였다.

자명의 신형이 안개처럼 스러져 갔다.

"노, 놓치지 마라!"

한재선이 경호성을 터뜨렸지만, 이미 늦은 뒤였다. 자명의 신형은 이미 흑풍만화진 밖으로 빠져나가 있었던 것이다.

"이놈이……!"

그와 동시에 한재선이 비명을 터뜨렸다. 자명이 흑풍만화진 밖으로 나오자마자 한 일은 한재선의 단전을 폐하는 일이었다.

한재선이 속절없이 쓰러지자 다른 흑의인들도 어쩔 도리가 없었다. 자명이 제천대성마냥 천지사방에 나타나 흑의인들을 공격해 나가기 시작했다.

"퇴(退)!"

흑풍 삼대주가 비명처럼 외쳤다. 일단 뒤로 물러나야 했다. 전열을 방비하지 못하면 필시 패하고 말리라.

흑의인들이 물밀듯이 뒤로 물러났지만 자명의 몸놀림은 더더욱 빨랐다. 당노독파에게서 그것이 무엇인지도 모른 채 금강부동신법의 외형을 배웠던 자명이다. 움직이지 않는 듯 움직이는 자명의 신형은 그야말로 기이하기만 했다.

흑풍 삼대주는 어딘가를 흘끔 바라보고는 이를 뿌드득 갈며 눈을 지그시 감았다. 잠시 무언가를 갈등하던 흑풍 삼대주가 이내 각오한 듯 차갑게 외쳤다.

"합격(合擊)! 동귀어진(同歸御盡)!"

흑풍 삼대주가 그렇게 외칠 즈음에는 오직 네 명의 흑의인밖에 남지 않은 상태였다. 자명이 번개처럼 네 명의 흑의인에게 달려들었다.

하지만 그 네 명의 공격은 이전까지와는 달랐다.

이전까지처럼 두 명의 흑의인이 자명의 검로를 이겨내지 못하고 손목의 근맥을 잘리고 말았다. 하지만 그 두 명은 다른 무인들처럼 단전을 얻어맞지는 않았다. 그들은 뒤로 물러나지 않고 오히려 자명에게로 뛰어들었던 것이다.

자명이 당황한 표정으로 그들을 피해 뒤로 물러났다.

"크하하!"

뒤에서 또 다른 흑의인이 자명에게로 덤벼들었다. 근맥도 단전도 멀쩡한데도 그는 병장기를 들고 있지 않았다.

그저 자명의 신형을 구속할 수만 있으면 된다는 듯, 그는 뒤에서 자명을 안아버렸다.

"미안하오! 저승으로 같이 갑… 쿠, 쿨럭!"

자명을 껴안고서 호탕하게 웃음 짓던 흑의인이 문득 피를 토해냈다. 몸속에 날카로운 칼날이 파고들었으니 별수없는 일이었다. 흑의인을 꿰뚫은 검날은 곧 자명의 허리를 스치고 지나갔다.

"크, 크윽!"

자명이 신음을 토해내었다. 옆구리에서 불에 덴 듯한 통증이 밀려들었던 것이다.

하지만 그보다 충격이 더 컸다. 지금 저들은 동료의 목숨을 담보 삼아 자신을 죽이려 들었던 것이다.

"이, 이게 무슨……."

자명의 눈이 크게 떠졌다. 자신은 이들을 죽이려 하지 않았다. 흑의인들은 무공을 잃을 수는 있겠지만 생은 영위할 수가 있을 터였다.

하지만 이들은 자진해서 죽음을 청하고 있었다. 바로 자신을 죽이기 위해서 말이다.

'미, 미안하다고?

자명은 무명도원도의 호흡을 끌어올려 죽은 다음에도 멍

한 자신을 안고 있는 흑의인을 힘껏 밀쳤다. 털썩, 소리와 함께 아직까지 온기가 남아 있는 주검이 바닥을 나뒹굴었다.

"어떻게, 어떻게……."

저도 모르게 옆구리를 움켜쥔 자명이 이해할 수가 없다는 듯 바닥에 쓰러진 흑의인을 바라보았다.

자명이 잠시 주저한 틈에 손목의 근맥이 잘렸던 두 명의 흑의인이 다시 자명에게로 덤벼들었다. 그들은 한 손으로는 자명의 팔을 잡고, 다른 손으로는 자명의 어깨를 움켜쥐었다.

"그만, 그만하십시오!"

"회가 좋은 세상을 열기를… 크윽!"

우렁찬 목소리와 함께 또다시 비명이 터져 나왔다. 흑의인의 가슴을 뚫고 사명에 검날이 날아들었던 것이나. 사명은 싸늘한 표정을 지으며 흑의인의 등 뒤로 손을 뻗었다.

"이, 이런!"

자명에게 손을 잡힌 누군가가 비명을 토해냈다. 동료들을 제물로 삼아 자명을 죽이려던 무영귀랑 조성빈이었다. 자명은 일말의 망설임도 없이 그의 근맥을 잘라내었다.

자명이 조성빈의 단전까지 폐할 때쯤, 마지막까지 남아 있던 네 번째 무인이 자명에게로 덤벼들었다.

자명은 눈을 질끈 감았다.

"그마안―!"

"크, 크윽!"

불문의 사자후마냥 거대한 음성이 울려 퍼지자 네 번째 흑의인은 아무것도 하지 못하고 무릎을 털썩 꿇고 말았다. 고막이 터져 버렸는지, 흑의인의 귀에서는 피가 흘러나오고 있었다.

이제 남아 있는 사람은 흑풍 삼대주 한 명뿐이었다. 자명은 흘끔 그를 바라보고는 바닥에 쓰러진 주검으로 시선을 돌렸다. 엎드려 절하듯 쓰러진 주검 앞에서 자명은 아무런 말도 하지 못했다.

도대체 무엇을 위해 스스로의 목숨을 바친단 말인가! 무엇을 위해 상대를 죽이려 들고, 무엇을 위해 이처럼 참혹한 풍경을 만들어낸단 말인가!

잠시 침묵이 흘렀다.

"죽지… 죽지 않아도 되었을 텐데……."

자명이 억눌린 목소리로 중얼거렸다. 자신을 죽이기 위해 자진한 사람들도 있었고, 소양극에 의해 목이 베인 사람들도 있었다.

흑풍 삼대주는 알 수 없다는 표정으로 자명을 바라보았다. 자명은 진심으로 충격을 받은 듯한 얼굴이었던 것이다. 비록 적이었지만, 이제는 화공의 성정만큼은 짐작할 수가 있었다. 그는 이런 더러운 세상에는 어울리지 않는 사람이었다.

"이상향을 위해서 목숨을 바친 것이오."

자명이 멍하니 흑의인들의 수장을 바라보았다. 곧 자명의
눈동자에 노기가 차올랐다.

"생명보다 소중한 것이 어디 있다고……."

"장부에게는 목숨을 바쳐서라도 이루고 싶은 것이 있는 법이
지. 저들은 그것을 위해 죽었소. 이제 곧 나도 그렇게 되겠지."

무슨 생각을 한 것일까? 흑의인의 눈에는 회한이 가득했
다. 비록 수하들의 무공을 폐한 사람이었지만 자명의 성품이
결코 밉지 않았다.

"그것이 무엇이기에! 무엇이기에 남을 죽이고 죽여서 피
위에서 이루어야 하는 것인가요? 결국에는 이렇게 스스로까
지 죽여가면서!"

자명의 눈에는 눈물이 살짝 고여 있었다. 흑의인은 무심히
고개를 끄덕였다.

"그것이 무림이오."

"그것이 무림이라고……?"

"무림은 힘의 논리에 좌우되오. 어떤 미사여구로 치장해도
그것은 변하지 않소. 현재의 회는 무림의 집단. 회의 목표를
위해서 우리는 힘으로 무림을 누를 것이오. 피가 흐르는 것은
자연스러운 일이오."

"아니에요, 그것은 자연스러운 일이 아니에요."

"대의를 위한 희생은 불가피하오."

자명은 이해할 수 없다는 듯한 표정으로 흑의인을 바라보았다.

"회가 새로운 세상을 열면 무림은 사라질 것이오. 무림에 든 모든 이들을 말살할 테니까. 우리 역시 무림인. 그때에 우리는 웃으며 사형을 자처할 것이오. 그때가 어서 왔으면 좋겠소. 힘이 아니라 법 앞에 모두가 평등한 세상이 어서 왔으면 좋겠소. 우리는 우리의 예와 법에 맞지 않는 자들을 모조리 죽여서라도 그러한 세상을 이룰 것이오."

자명은 할 말을 잃었다는 듯 흑의인을 바라보았다. 이해할 수 없다는 듯한 얼굴은 곧 슬픔 어린 분노로, 분노는 곧 각오로 변해갔다.

"만약 그렇다면……."

자명이 검을 고쳐 쥐었다.

"그렇다면 나는 막겠습니다."

"어디 해보시오!"

흑의인이 자명에게로 뛰어들었다. 필사의 각오를 한 모습이었다. 하지만 허망하게도 자명은 두 번의 검격만으로 흑의인의 수장의 근맥을 자르고 단전을 폐해 버렸다.

흑의인의 수장은 아무런 말도 없이 털썩 무릎을 꿇었다.

자명은 눈물이 가득 고인 얼굴로 중얼거렸다.

"…나는 막겠습니다."

공허한 중얼거림이 허공을 떠돌았다.

2

검마존은 눈을 지그시 감았다. 아쉬울 것은 없었다. 비록 회가 이룰 새로운 세상은 보지 못할 테지만, 가진바 무공을 극성까지 펼쳐 보았다. 천하제일을 바라보는 무인과 한바탕 통쾌하게 겨루어볼 수 있었다.

그리고 패배했다.

할 수만 있다면 웃음을 터뜨리고 싶은 기분이었다.

"크흐… 흐… 쿨럭, 쿨럭!"

검마존은 웃음 대신 기침을 토해냈다. 그는 흐릿한 눈으로 자신을 물끄러미 내려다보고 있는 소양극을 바라보았다.

"좋은 비무였소."

"귀하와… 쿨럭, 같은 천재기… 보기에… 나의 무공은……."

"변초는 나로서도 미처 상상치 못한 것이었소. 신공이라 할 만하오."

"크흐흐… 흑마신검(黑魔神劍)이… 들었다면 좋아했을……."

흑마신검은 검마존의 스승으로, 흑마삼십육검을 창안한 이였다. 생의 마지막 순간에서 검마존은 회가 아니라 스승을 떠올리고 있었던 것이다.

“암천도, 무림도 잊고 가시오.”

“새로운… 세상이… 쿨럭, 오게…….”

무엇을 말하려던 것일까? 검마존은 이해할 수 없는 몇 마디를 중얼거리고는 눈을 지그시 감았다. 그렇게 감긴 눈은 다시는 떠지지 못했다.

소양극은 물끄러미 검마존의 시신을 내려다보다가 고개를 돌렸다.

화공 진자명이 멍한 얼굴로 주검들을 바라보고 있었다.

바닥에는 주검들이 가득했다. 목을 잃은 채 누워 있는 주검은 아직도 병장기를 들고 있었고, 자명을 붙잡고 죽어버린 주검은 엎드린 채로 싸늘하게 식어가고 있었다.

그 참혹한 광경에 자명은 눈을 질끈 감았다. 잠시 주먹을 불끈 쥔 채 서 있던 자명은 주검들 틈에 살아 있는 흑의인들이 있다는 것을 떠올렸다.

자명은 비틀거리며 그쪽으로 걸어갔다.

“어디를 가시는가?”

느긋한 목소리가 들려왔다.

자명이 시선을 돌려 바라보니 소양극이 무심한 얼굴로 서 있는 것이 보였다. 아직까지도 그는 적을 마주한 것처럼 붉은 도를 쥔 채였다.

"살아 있는 사람이 있습니다."

"허, 마음이 여리구먼."

소양극이 무심한 얼굴로 주검들을 바라보았다. 잠시 주검들과 숨이 붙어 있는 흑의인들을 살펴보던 소양극이 무엇인가가 생각났는지, 싸늘한 미소를 지었다.

"내가 저들을 죽이려 한다면 어찌하겠는가?"

"…예?"

자명이 걸음을 멈추었다.

"저들은 암천의 졸자들일세. 살아봐야 독(毒)이 될 뿐이지."

"저들은 무공을 잃었습니다."

소양극이 고개를 끄덕였다. 무공이 없어도 사람을 해할 수는 있지만, 저들에게 그러한 재주가 있을 것 같지는 않았다. 만약 머리가 뛰어나 간계를 쓸 줄 아는 인물이 있었다면 한낱 흑풍대의 대원으로 있지는 않았을 것이다.

"그래도 내가 죽이고자 한다면?"

자명이 각오 어린 얼굴로 소양극을 돌아보았다. 상대가 누구인지는 잘 알고 있다. 파파와 같은 오절이라면 감히 자신이 상대할 수 없을 것임이 분명했다. 하지만 그렇더라도 자신이 뜻한 바를 꺾을 수는 없었다.

자명은 이제야 파파의 말씀을 이해했다.

"당신을 막겠습니다."

"허허허! 그거 재미있군. 자네는 피아 모두를 살리려는가?"

"…저는 그저 아름다움으로 사람을 대하고자 합니다."

"알 수가 없군, 알 수가 없어."

소양극이 고개를 절레절레 저으며 말했다. 세운 이상에 비해 자명이 가진 경험이 너무나도 작아 보였던 것이다. 아직 세상을 몰라 그러한 말을 하는 것인지, 아니면 세상을 알고서도 이상을 품고 있는 것인지 짐작할 수가 없었다.

잠시 무언가를 생각하던 소양극이 나직한 목소리로 입을 열었다.

"한 가지 궁금한 것이 생기는군. 이보게, 어린 화공. 사람은 누구나 변한다네. 자네가 품은 이상은 고귀하네만, 자네는 그것을 꾸준히 지켜 나갈 자신이 있는가?"

"그러기를 바랄 뿐입니다."

자명은 내심 안도한 표정이었다. 소양극이 정말로 여기 있는 사람들을 모두 죽일지도 모른다는 생각에 걱정을 했는데, 천만다행히 그럴 생각이 없어 보였다.

자명은 다시금 흑의인들에게로 걸음을 옮겼다.

"양비자에게서 처음 들었을 때에는 알지 못했는데, 이제야 나의 역할을 알겠구나! 허허허, 내 그렇지 않아도 자네의 무공이 궁금하던 참이었지."

신개의 이름을 들은 자명이 다시 걸음을 멈추었다. 자명은 의혹이 담긴 얼굴로 소양극을 돌아보았다.

"양비자 어르신을 아십니까?"

"알고 있지, 알고 있어. 그는 내 오랜 벗이라네. 자네를 만나보라는 서신을 보낸 것도 바로 그 친구였지. 허허허!"

소양극이 재미있다는 듯 홍소를 터뜨렸다. 상황을 이해하지 못한 자명이 미간을 좁히며 소양극에게 질문했다.

"양비자 어르신께서는 왜 저를 만나라고……."

소양극은 대답 대신 적룡도를 들어 자명을 겨누었다.

자명의 눈이 휘둥그레 커졌다.

"검을 드시게."

소양극이 차가운 목소리로 말했다. 진심으로 자명을 상대코자 하는지, 소양극에게는 감당치 못할 살기가 배어들어 있었다. 자명이 당황한 얼굴로 꼼짝하지 못하자 소양극이 한 발을 더 내딛었다.

"검을 들라고 했네."

소양극이 다가온 만큼 자명도 한 걸음 뒤로 물러났다. 자명이 마주한 살기는 그 어느 때보다도 강렬한 것이었다. 파파와 비견될 듯한, 아니, 어쩌면 파파보다도 더 강렬한 살기였다.

"나는 세 번 말하지 않는다네. 검을 들지 않겠다면……."

소양극의 도가 하늘 높이 올라갔다.

자명의 눈이 찢어질 듯 커졌다. 소양극이 사람이 아니라 천계의 신장처럼 느껴졌다. 갑자기 그가 태산보다도 커 보였고, 하늘보다도 높아 보였다. 천하오절의 이름은 결코 가벼운 것이 아니었던 것이다.

"그냥 죽으시게."

콰앙—!

자명의 신형이 안개처럼 흩어짐과 동시에 도가 내리꽂혔다. 도강을 안으로 갈무리했음인가? 단순한 도법인데도 굉음이 들리더니, 바닥이 종이 찢어지듯 갈라지고 말았다.

자명의 신형은 이 장 밖에서 나타났다. 아니, 나타났다기보다 튕겨났다고 해야 옳을 것이다. 몸을 놀리기도 전에 소양극의 공력이 자명을 격타했던 것이다.

자명은 갑자기 참을 수 없이 가슴이 답답해지는 것을 느꼈다. 동시에 목구멍에서 무언가 비릿한 것이 올라왔다.

"쿠, 쿨럭!"

밭은기침을 내뱉으며 무언가를 토해낸 자명이 놀란 얼굴로 바닥을 내려다보았다. 자신이 토한 것은 검붉은 피였던 것이다.

하지만 마냥 놀라고 있을 수만은 없었다. 소양극의 도가 또다시 날아오고 있었으므로.

자명은 근처에 나뒹구는 검 하나를 재빨리 쥐어 든 다음, 힘겹게 몸을 날려 소양극의 도를 피해냈다.

"쿨럭, 쿨럭!"

또다시 기침이 새어 나왔다. 자명은 본능적으로 소매로 입가를 닦았다. 소매에 묻어나는 축축한 것은 틀림없이 피일 터였다.

그와 동시에 자명의 단전에서 무언가 따듯한 기운이 꼬물거리며 일어났다. 이상한 기운은 자명의 몸 전체를 돌아다니겠다는 듯 쉬지 않고 달음박질했다.

한데 기이하게도 그럴수록 숨을 쉬기가 편해지는 것이 아닌가? 기운이 몸을 세네 바퀴 돌았을 쯤에는 갑갑함이 씻은 듯 사라졌다.

자명은 비로소 기침 대신 목소리를 낼 수 있었다.

"갑자기 왜……."

"그렇게 서 있다가는 목이 달아나고 말 걸세."

소양극이 차갑게 말하며 또다시 도를 날려오자 자명이 아랫입술을 질끈 깨물며 검을 들어 올렸다. 소양극의 도에 천근 거력이 실려 있다는 것은 알고 있다. 그것을 감당하기 위해서는 어떻게 해야 할까.

갑자기 자명에게서 준엄한 기세가 풍겨 나왔다. 자명은 저도 모르게 제왕의 기세를 불러낸 것이다. 자명의 호흡이 한층 더 가라앉아 가더니, 이내 완전히 사라지고 말았다.

쿵—!

"으음!"

자명은 또다시 가슴이 답답해지는 것을 느끼며 정신없이 뒷걸음질쳤다. 소양극의 일도를 당해내지 못하고 열 발자국 가까이 뒤로 물러나고 만 것이다. 하지만 소양극은 그 자세 그대로 서 있을 뿐이었다.

"제왕검형? 남궁의 절예가 엉뚱한 데로 이어졌구먼!"

소양극이 크게 웃으며 또다시 도를 들어 올렸다. 흉포한 바람이 세 가지 방향으로 나뉘더니, 이내 하나로 합쳐져 폭풍처럼 몰아닥쳤다.

'이, 이상하다.'

자명이 눈을 부릅뜨며 생각했다. 무명도원도 때문일까, 아니면 새하얀 세계 때문일까? 바람이 손에 잡힐 것처럼 느껴졌다. 보일 리 없는 공기의 이동이 눈에 보였다. 바람 속에 섞인 흙먼지마저도 한 알 한 알 선명하게 드러났다.

'이게 뭐지?'

바람이 젖어들더니 붉은 도가 나타났다. 자명이 다급히 제왕검형을 일으켜 그것을 막아보았지만 별다른 수가 없었다. 도 안에 담겨 있는 공력이 또다시 자명을 튕겨내었던 것이다.

"쿨럭!"

자명은 기침을 토해내며 눈을 휘둥그레 떴다. 조금 전에 무엇인가를 보았었다. 세 갈래로 나뉜 바람, 다시 합쳐진 바람.

그 기이한 곡선이 머릿속에서 떠나지 않았다. 인간이 만들어 낸 바람인데도 이리저리 굽은 소나무의 곡선처럼 자연스럽기만 했던 것이다.

소양극이 차가운 어조로 중얼거렸다.

"이번이 마지막일세. 막아내면 살고, 막지 못하면 자네는 죽을 걸세."

마치 물속에 잠겨든 것처럼 소양극의 목소리가 아련하게 들려왔다. 눈에 보이는 사물들도 물에 비친 것마냥 이지러졌다. 선명한 것은 오로지 바람뿐이었다.

자명은 눈을 휘둥그레 떴다.

'이번엔 더욱 선명하구나.'

세 갈래로 나뉜 바람이 또다시 하나로 합쳐졌다. 그 바람을 맞이하자 자명은 한 가지를 깨달을 수 있었다. 저것을 펼칠 수만 있다면, 그렇게만 한다면 소양극의 도를 막을 수 있으리라.

기이한 일이 벌어진 것은 바로 그때였다.

'어, 어라?'

소양극의 뒤로 또 다른 소양극이 나타났다. 자명은 본능적으로 그것이 새하얀 세계가 불러낸 것임을, 자신이 새하얀 세계를 화폭 삼아 소양극을 그려낸 것임을 깨달았다.

자명의 검극이 부드럽게 움직여 소양극에게로 향했다.

그와 동시에 이지러진 사물도, 아련하게 들리던 소리도 모

두 정상으로 되돌아왔다. 그 순간 소양극의 커다란 웃음소리
가 대지에 울려 퍼졌다.

"허허허! 보았구나, 보았어!"

자명은 소양극의 말을 이해하지 못하고 눈을 동그랗게 떴
다. 잠시 어리둥절하게 서 있던 자명이 시선을 내려 자신이
일으킨 검로를 바라보았다.

소양극이 불러낸 폭풍과는 다른, 고요하고도 잔잔한 산들
바람이 불고 있었다. 세 갈래로 나뉜 바람은 세상 모두를 감
싸 안을 듯 포근했다. 바람은 곧 하나로 합쳐지더니, 소양극
의 바람을 거둬들이고 은은하게 흩어졌다.

소양극이 도를 늘어뜨린 채 자명을 바라보았다.

"자네의 무공이 참으로 신묘하네. 양비자 그 친구가 하도
감탄하기에 궁금하던 차였는데, 직접 겪어보니 참으로 기이
한 공부더군."

자명이 소양극이 일으킨 바람을 신기하게 여겼듯 소양극
역시 마찬가지였다. 무학의 천재라고 불렸던 그 역시도 자명
의 무공만큼은 알아낼 수가 없었다. 무학이 아닌, 그 이상의
신묘한 도(道)가 자명에게 있었던 것이다.

하지만 자명은 소양극의 말을 듣고 있지 않았다. 그저 물끄
러미 자신의 손을 바라보고 있을 뿐이었다.

"바, 방금의 바람은 무, 무엇이었는지요?"

“허허허, 나는 신풍삼로(神風三路)라고 부르네.”

“신풍삼로?”

신령한 바람이 지나는 세 가지 길.

그것은 소양극이 창안한 최고 절기였다. 그는 팔괘도법을 바탕으로 광풍도법을 창안했고, 광풍도법의 십이로 초식을 모두 모아 세 가지 초식으로 만들었다. 신풍삼로야말로 지도 소양극의 모든 것이었던 것이다.

“하지만 그것을 꼭 신풍삼로라 부를 필요는 없네. 신풍삼로는 아마 자네의 심마(心魔)가 될 테니, 자네 마음대로 이름 붙여도 좋네.”

“심마… 라니요?”

“허허허! 신풍삼로는 심도에 이르는 검법이요, 도법일세. 자연히 펼치는 이의 마음을 반영하지. 펼치는 이의 마음이 밝으면 신선지검(神仙之劍)이 될 테고, 펼치는 이의 마음이 어두우면 염왕지검(閻王之劍)이 될 테지. 자네는 신풍삼로를 펼칠 때마다 자네의 마음을 보게 될 걸세.”

소양극의 눈에 이채가 떠올랐다.

“하지만 이거 하나는 알아두게나. 자네의 마음이 바뀌어 신풍삼로가 염왕지검이 되거든, 내 자네를 죽일 걸세.”

소양극은 문득 제자를 떠올렸다.

제자는 신풍삼로를 염왕지검으로 만들었다. 자신만큼이나

천재였던 제자는 무학에 집착한 끝에 인성을 잃고 만 것이다. 스승이었던 자신을 무인으로만 대하겠다며, 먼 훗날 자신을 패륜아라 욕하더라도 살아 있는 지금을 즐기겠다며 비무를 청해왔었다. 스승인 자신을 죽여야만 자신의 무공을 완성할 수 있다며 살기를 드러냈었다.

'한심한 놈.'

후사가 없기에 아들처럼 키웠던 제자였다.

잠시 아들, 아니, 제자를 생각하던 소양극이 한숨을 길게 토해냈다. 해야 할 일을 모두 했으니, 더 이상 이곳에 머무를 필요가 없는 것이다.

"내상을 입었으나 죽지는 않을 걸세. 부디 신풍삼로를 잘 키워주길 바라네."

소양극은 그렇게 말하고는 걸음을 옮겼다. 나타났던 것 만큼이나 황망한 이별이었다. 소양극은 볼일을 다 보자마자 자리를 떠나고 있었던 것이다.

상황을 이해하지 못하고 멍하니 있던 자명이 다급히 소양극에게 질문을 던졌다.

"왜, 왜 제게 그것을 가르쳐 주신 겁니까?"

소양극이 문득 걸음을 멈추고 자명을 돌아보았다. 잠시 아무 말 없이 자명을 바라보던 소양극이 말했다.

"후일 알게 될 걸세."

한 걸음에 천 리를 가는가? 그렇게 말한 소양극은 곧바로 장내에서 사라져 버렸다. 마치 현실이 아닌 것처럼, 몇 걸음만으로 다른 세상으로 떠나 버린 것처럼.

잠시 침묵이 흘렀다. 스산한 바람 소리만이 자명의 주위를 감돌 뿐이었다.

한동안 소양극의 빈자리를 바라보던 자명이 생각에 잠겨 들었다.

'왜 내게 무공을 가르쳐 준 거지?'

도대체 자신에게 무엇을 바라는 걸까? 서신을 보낸 양비자 어르신은, 지도 소양극, 소 노사는 도대체 무슨 생각을 하고 있는 걸까? 왜 자신의 마음을 비추어 볼 수 있는 무공을 전해 준 것일까?

'양비자 어르신, 소양극 노사, 암천……'

자명이 고개를 돌려 바닥에 가득한 주검과 단전이 파훼된 끝에 정신을 잃어버린 흑의인들을 바라보았다.

비릿한 혈향이 코끝을 맴돌았다. 그 냄새 때문일까, 아니면 주검 때문일까? 갑자기 모든 것이 혼란스럽게만 여겨졌다.

목 놓아 엉엉 울고 싶었다. 하지만 왜인지 눈물도 나오지 않았다. 자명은 텅 비어버린 메마른 눈으로 시신들을 바라보았다.

'화란 아가씨.'

문득 화란 아가씨가 보고 싶었다. 그녀도 이런 고통을 겪은 적이 있었을까. 냉정한 척 가장하지만, 알고 보면 연약한 화란 아가씨도 이런한 고통을 겪은 적이 있었을까.

만약 겪었다면 어떻게 이겨내었을까.

'화란 아가씨, 아가씨도 무림의 사람이지만 저는 무림을 이해할 수 없을 것 같습니다.'

자명은 고개를 돌려 자신의 옆에 놓인 검을 바라보았다. 무림에서 벗어나고 싶었다. 이런 일들은 하나도 모른 채로 세상을 떠돌며 아름다운 풍경을 보고 그림을 그리며 살아가고 싶었다.

하지만 이미 무림에 깊숙이 발을 들인 것이나 마찬가지였다. 어쩌면 영원히 헤어 나오지 못할 진창에 말이다. 파파께서 왜 그렇게 무림에 들지 말라 권했는지 이제야 알 수 있었다.

문득 자명의 목덜미에 차가운 무언가가 와 닿았다. 자명은 저도 모르게 어깨를 움츠렸다가 고개를 들어 하늘을 바라보았다.

첫눈이 내리고 있었다.

第十章
황학루(黃鶴樓)

화공
도담
畵工
道談

1

　자명은 상처투성이 몸을 이끌고 호북으로 향했다. 우연히 들른 민가에서 붕대 삼을 천을 얻어 상처를 동여맨 것이 치료의 전부였다. 부근에 의원도 없고, 신비한 금창약도 없으니 상처를 참아낼 도리밖에 없었다.

　천만다행히, 상처는 그리 오래 지속되지 않았다. 어쩌면 그것은 무명도원도의 공능 때문일지도 몰랐다.

　부육현을 떠난 지 한 달이 지났을 때쯤, 자명은 마침내 무한삼진에 들어섰다. 바로 이곳에서 남궁세가의 가주와 만나게 될 터였다. 원룽에서 화란 아가씨와 약속한 때가 옛일처럼 여겨지거늘, 벌써 일년지약의 때가 다가온 것이다.

자명이 두근거리는 가슴을 애써 진정시키며 주위를 둘러보았다. 무한삼진은 여전히 사람들로 가득한 번화한 도시였다.

오랜만에 보는 풍경에 자명은 쓴웃음을 머금었다. 바로 이곳에서 양비자 어르신을 만나 신양현으로 함께 여행을 떠났었다.

'그때와 달리 거지들이 몇 없구나.'

이제는 그때의 거지들이 무림인이었다는 것을 안다. 개방이라는 이름을 처음 들었을 때에는 거지들의 방파도 있나 싶었지만, 여승들도 문파를 세워 행세하는데 까짓 못할 것이 무엇이겠는가! 무림에는 승, 도, 속을 포함한 다양한 사람들이 존재하고 있었다.

암천의 예와 법에 따지면 그들 모두 죄인이겠지만 말이다.

'무림에 든 것 자체만으로도 죄인이라……'

무림 자체가 힘의 논리가 지배하는 세계라 했다. 어떤 미사여구로 치장한들 그 사실은 변하지 않을 것이라고도 했다.

과연 그 말이 옳을까? 주가장의 소장주와 홍의무관의 사람들을 생각하면 일견 옳은 것도 같다. 하지만 화란 아가씨와 화산파의 운곡 도고를 떠올리면 아닌 것도 같다.

'나는 모르겠다.'

자명은 고개를 절레절레 젓고는 한숨을 내쉬었다.

이번에는 부육 현령이 떠올랐다. 암천의 예와 법으로 따지면 무림 아니라 조정 역시 유죄일 터였다. 부육 현령처럼 조정에도 권세로 백성들을 핍박하는 탐관오리들이 있었으니까 말이다.

어쩌면 새로운 세상을 열겠다는 암천의 뜻만큼은 옳은 것일지도 모른다.

'그렇지만 그 과정만은 틀린 것이 분명해.'

무림에 든 사람 모두를 죽이겠다니, 죄를 지은 이들 모두를 죽이겠다니, 말도 안 되는 일이었다.

그 안에 생길 무고한 죽음도 대의를 위한 희생으로 받아들이겠다는 소리 역시 마찬가지였다.

암천이 강력한 법치로 세상을 다스리겠다고 공언한 것도 옳지 않았다. 법 앞에 모두를 평등하게 만든다는 것은 좋을지 모르나, 법에 대한 공포로써 사소한 죄마저 없게 하겠다는 것은 동감할 수 없었다. 마음을 강제하고, 아름다움을 강제하겠다는 것은 인위요, 억지였다.

'양비자 어르신의 말씀이 옳구나.'

어디에도 치우치지 말아야 했다. 암천의 입장과 그 반대 사이에서 중용의 도를 지켜야 했다. 그것이 옳은 길일 것이라는 생각이 들었다.

‘하지만 어떻게 그렇게 한담.’

자명의 안색이 어두워졌다. 생각해 보면 암천을 막고 싶어도 방법이 없지 않은가! 아름다움으로 대하면 다툼이 없다 했거늘, 결국은 무공으로 다투어 그들을 막는 수밖에 없다.

다툼이 없이 그들의 마음을 돌릴 방법은 없는 것일까? 다투지 않고도 세상을 바꿀 수 있는 방법이 없는 것일까?

‘나의 뜻과 다른 이의 뜻이 상충되지 않는 길이 있을까?’

확신할 수가 없었다. 무언가가 떠오를 것도 같았지만, 안개 속에 가려진 것처럼 뿌옇게 느껴졌다. 할아버지라면 어떻게 대답했을까? 아마 ‘글쎄다’ 하고 허허로운 얼굴로 미소 지으셨을 것이다.

‘할아버지…….’

자명이 시무룩한 얼굴로 고개를 숙였다. 할아버지가 돌아가신 후로 일 년도 지나지 않았거늘, 자명은 할아버지의 기일을 지키지 못했다. 전신에 상처를 입은 탓에 제사를 올릴 수가 없었던 것이다.

잠시 지난 시간을 떠올리던 자명이 무언가를 결심한 듯 고개를 들고는 주위를 두리번거렸다. 왼쪽 길가가 떠들썩한 것이, 저쪽에 저잣거리가 있는 모양이었다.

자명은 그쪽으로 걸음을 옮겼다.

“계신가요?”

잡다한 물건들을 늘어놓은 상점에 들어선 자명이 조심스럽게 주위를 둘러보았다. 두터운 솜을 누빈 면포배자를 입고 추위를 이겨내고 있던 상점의 주인이 얼른 자리에서 일어나며 자명을 반겼다.

"어서 오십시오, 손님. 무엇을 찾으십니까?"

"혹시 괜찮은 향이 있나요?"

"향? 있기야 하지만 여기에는 하품밖에 없는데……."

본래 향을 파는 상점은 따로 있다. 불단에 올릴 향부터 시작해서 목단향(木丹香) 등의 귀한 향까지 전문적으로 다루는 곳이 있는 것이다.

"향루(香樓)가 따로 있나요?"

"있기야 한데 예서 제법 멀나우. 거기까지 가시려면 고생깨나 해야 할 테니 그냥 예서 사는 것이 나을 게요."

"예, 그렇게 하겠습니다."

주인장은 고개를 두어 번 끄덕인 다음, 가시 향을 몇 개 골라왔다. 자명은 주인장에게 받은 향을 들고 값을 치른 다음, 돌려주겠다는 약속과 함께 향로 대신 쓸 목곽통과 그럴듯한 탁자도 하나 얻었다.

그다음으로 자명은 근처 반점을 찾았다.

가서 생선찜 등의 요리를 몇 가지 주문한 자명은 그 길로 무한삼진 외각에 있는 텅 빈 사당을 찾았다.

과연 무한삼진인지라, 길목마다 사람이 없는 곳이 없었다. 결국 자명이 낡은 관제묘를 찾은 것은 해가 떨어질 때 즈음이었다.

더 이상 사람들이 찾지 않는 관제묘는 먼지로 가득했다.

"푸우—!"

자명은 손사래를 쳐 안개처럼 피어오른 먼지를 치우며 입바람을 뿜었다. 오가는 사람이 없는 사당을 찾는다는 것이 실수가 아닌가 싶다. 먼지가 많아도 너무 많은 것이다.

잠시 어찌할까 고민하던 자명은 가지가 많은 나뭇가지를 하나 주워다가 툭툭 쳐서 내부의 먼지를 털어냈다.

그다음에는 상을 차릴 차례였다. 과일을 좀 두었으면 좋겠는데, 계절이 겨울인지라 과일을 구할 도리가 없었다. 자명은 머쓱한 표정이 되고 말았다.

생선을 끓여 만든 국과 대나무로 싸서 찐 쌀밥을 올려다 놓고, 그다음으로 생선찜이나 산적 등을 차례대로 놓았다.

유가의 예법에 대해 잘 모르는 터라 어색한 점이 한두 가지가 아니었다.

'유가의 관례를 지키는 건 이미 글렀지.'

할아버지의 기일에 상처 입은 채로 객지를 떠도느라 그럴듯한 상을 차리지도 못했다. 몸을 조금이나마 추슬렀을 때에는 쉴 만한 공간이 없었다. 기일을 넘긴 지금에서야 제사를 준비하였으니, 불효도 이런 불효가 없는 셈이다.

하지만 아무것도 하지 않는 것보다는 나을 것이었다. 할아버지라면 늦었다고 꿀밤을 한 대 먹이시고는 괜찮다고 웃어주실지도 모른다.

합비가 있는 서쪽을 향해 상을 마련한 자명은 영신(迎神)은 생략하고 곧바로 강신(降神)을 준비했다. 자명은 상 앞에 큰절을 두 번 하고 반례했다. 위패는 합비에 모셔져 있었기 때문에 참신(參神) 역시 하지 못했다.

"할아버지, 늦어서 죄송합니다."

상 앞에 앉은 자명이 나직한 목소리로 중얼거렸다. 자신 외에는 아무도 없는 사당에서 홀로 중얼거리려니 멋쩍기만 했다.

자명은 손가락을 꼼지락거리며 조그맣게 속삭였다.

"세상을 떠돌아다니느라 찾아뵙지 못했어요."

자명은 눈을 지그시 감고 할아버지와의 추억을 떠올렸다. 엉망진창으로 자라난 후원, 그 안에서 뒷짐을 지고 허허롭게 웃는 할아버지, 그 손을 잡고 뛰어노는 어린 자신.

참으로 기이한 일이다. 아무도 없는 텅 빈 사당에서 홀로 떠들고 있는데도 할아버지와 대화를 나누는 듯한 기분이 드니 말이다. 자명은 부끄러운 것도 잊고 대화하듯 할아버지께 말을 건넸다.

"그동안 많은 일들이 있었어요. 많은 사람을 만났고, 많은 곳을 구경했어요."

황산에 올라 파파를 만났다. 저잣거리 화공으로서 민화를 그려보았다. 주가장에 들러 처음으로 연회에서 그림을 그렸다. 거지 어르신을 만나 고생을 하기도 했다. 처음으로 사람들과 싸워보았고, 무림에 대해 알게 되었다. 무림맹의 의뢰로 청성산에 가기도 했다.

그리고 화란 아가씨를 잃을 뻔했다.

"화란 아가씨가 아파요, 할아버지."

자명이 시무룩한 얼굴로 중얼거렸다.

문득 화란 아가씨에 대한 그리움이 가슴속에 꽉 차올랐다. 자명은 얼굴을 붉히며 어쩔 줄 몰라 하다가 곧 할아버지가 화란 아가씨를 잘 모를 거라고 생각했는지 주저리주저리 무언가를 설명하기 시작했다.

"화란 아가씨는 남궁세가의 장녀예요. 항상 차가운 얼굴을 하고 있지만, 그 속에는 여러 가지 표정이 있지요."

자명은 화란 아가씨에 대한 것들을 순서없이 말해 나갔다. 화란 아가씨는 꽃의 이름을 잘 모른다, 노리개를 선물했는데 좋아하는 것 같았다, 거북하지만 나를 은인이라고 부른다, 은인이라고 하면서도 가끔 진 화공이라고 부를 때가 있다.

여러 가지를 중얼거리던 자명은 곧 한숨을 토해냈다.

"할아버지가 떠나고 많이 외로웠는데, 화란 아가씨가 있어
서 외롭지 않아요. 이제 곧 동지인데요, 할아버지. 그때 화란
아가씨를 만나기로 했어요."

자명은 그렇게 말하고 어깨를 늘어뜨리고는 한숨을 내쉬
었다. 마음이 조금 진정되니 아무도 없는 사당에서 자신이 무
슨 짓을 하는가 하는 생각이 다시 떠올랐다. 어차피 들어줄
사람도 하나 없는데 말이다. 잠시 그렇게 앉아 있던 자명은
고개를 푹 떨구고는 한마디를 중얼거렸다.

"보고 싶어요, 할아버지."

무릎 꿇은 자명의 눈에 눈물 한 방울이 떨어졌다. 할아버지
에 대한 그리움에 젖었던 자명은 한참 동안 그렇게 앉아 있다
가 소매로 눈물을 두어 번 훔치고는 자리에서 일어났다.

적당한 시간이 지났으니 이제 사신(辭神)의 예를 행해야 할
때가 온 것이다. 자명은 부싯돌을 튕겨 지푸라기에 불을 붙이
고서는 작은 불씨에 지전을 가져다 댔다.

아무도 없는 고요한 사당에 밤이 찾아오고 있었다.

2

그로부터 사흘의 시간이 더 흘렀다.

시간이 너무나 더디게 가는 것처럼 느껴졌지만, 자명은 꾹

황학루(黃鶴樓) 313

참고 동지가 될 때까지 기다렸다. 때때로 불안하고 초조하여 근처를 서성이기도 했지만, 대개는 밖에 나가지 않고 객잔에서 시간을 보냈다.

그렇게 사흘이 지나자 동지였다. 남궁세가의 가주와 맺었던 일년지약의 때가 온 것이다. 자명은 해가 뜨기도 전에 객잔을 나섰다.

'화란 아가씨는 와 계실까?'

많이 아팠었는데 이제는 다 나았을까? 나를 보면 반가워할까? 생각만 해도 가슴이 콩닥콩닥 뛰었다.

'만날 수는 있겠지?'

문득 파파의 말씀을 떠올린 자명이 침을 꿀꺽 삼켰다. 파파는 동지까지도 슬픔을 지우지 못했거든 화란 아가씨를 만날 수 없을 것이라고 했다.

'거, 걱정하지 않아도 돼.'

이제는 마음을 다스릴 수 있으니 걱정할 것이 없을 터였다. 자명은 마음을 추스르고는 황학루를 향해 걸음을 옮겼다.

새벽 어스름이 끝나고 동쪽 하늘에서 해가 머리를 들이밀 때쯤, 자명은 황학루에 도착했다. 삼 층짜리 거대한 누각이 하늘 끝에라도 닿을 양 높게 서 있는 모습이 신기하게만 보였다.

자명은 저도 모르게 감탄을 터뜨렸다.

"와아―"

  황학루는 오나라의 손권이 지은 것으로, 장강의 중류(中流)에 있는 언덕에 자리한 높은 누각이었다. 그 자리에서 보는 풍경만도 일품인지라 수많은 시인묵객들이 찾는 곳이기도 했다.

  과연 황학루의 벽면에는 그럴듯한 시문이 음각되어 있었다. 당나라 시대의 최호(崔顥)가 지은 시였다.

  자명은 손끝으로 시문을 어루만져 보며 연신 감탄을 터뜨렸다.

  옛 사람은 이미 황학을 타고 떠나고
  이 땅엔 쓸쓸히 황학루만 남았네.
  황학은 한번 가고 돌아오지 않으니
  흰 구름만 천 년을 멀리 떠가네.
  밝은 냇물에 한양수 빛나고
  앵무섬엔 향기로운 봄풀이 우거졌구나.
  날이 저무는데 고향은 어디인가,
  안개 피어나는 강 위에서 수심에 잠기네.

  昔人已乘黃鶴去
  此地空餘黃鶴樓

黃鶴一去不複返

白雲千載空悠悠

晴川歷歷漢陽樹

芳草萋萋鸚鵡洲

日暮鄉關何處是

煙波江上使人愁

옛이야기에 따르면, 시선 이백이 황학루에 놀러 왔다가 우연히 최호의 시를 보게 되었는데, 그 시가 너무 아름다운고로 '이보다 더 좋은 시를 쓸 수가 없구나' 하고 한탄했다 한다.

자명도 이백의 마음을 알 것만 같았다. 그만큼 시가 주는 감흥은 크기만 했다.

한참 동안 시 앞에 서 있던 자명은 시를 거의 외울 쯤이 되어서야 황학루 안으로 들어섰다.

황학루 안에는 학이 한 마리 그려져 있었다. 학의 등에는 신선이 타고 있었는데, 그 모습이 인자하고 넉넉하다. 자명은 그림을 바라보며 은은한 미소를 지었다.

'신선이라……'

전설에 따르면, 옛날 황학루에 주점을 운영함으로써 생계를 꾸리던 신씨(辛氏) 여인이 있었다고 한다. 어느 날, 한 명의 노인이 찾아와 신씨 여인에게 끼니를 청했다. 여인은 그를 쫓아내지 않고 후히 대접하였는데, 후일 노인이 보답을 하겠다며 노란 귤껍질로 학을 한 마리 그려주었다고 한다.

그러자 참으로 기이한 일이 벌어졌다. 손뼉을 세 번 치면 한낱 그림 속의 학이 날개를 펄럭이는 것이 아닌가! 세인들은 그 신기한 학을 보러 몰려들었고, 신씨 여인은 큰 부자가 되었다고 한다.

그로부터 십여 년 뒤의 일이다. 그림을 그렸던 노인이 다시 찾아와 손뼉을 치니, 그림 속의 학이 세상으로 걸어나와 노인을 태우고 하늘로 날아가 버렸다고 한다.

알고 보니 노인은 사람이 아니라 신선이었던 것이다.

'혹시 그 노인이 여암이라는 분이 아니었을까?

어쩌면 그랬을시도 모른다. 다짜고찌 꿈에 찾아와 도원도를 훔쳐갔다느니, 도원도를 다시 그려내라느니 했던 것을 생각해 보면 여암이란 노인이나 전설 속의 노인이나 괴픽하기는 매한가지인 깃이다.

처음에는 꿈속의 일인 줄만 알았는데, 나중에 청성산에서 다시 한 번 만났던 것을 생각해 보면 꿈속의 일만은 아닌 것 같다. 만약 그렇다면 전설 속의 이야기도 그냥 전설만은 아닐지도 모른다.

자명은 한참 동안 그림을 골똘히 바라보았다.

사실, 자명이 황학루를 이처럼 세세하게 훑어보는 것은, 호기심 때문이라기보다 초조함과 설렘을 감추기 위한 것이라 할 수 있었다. 자명은 화란 아가씨가 언제쯤 올까 하는 마음에 가만히 있을 수가 없었던 것이다.

하지만 정오가 되었는데도 파파와 화란 아가씨, 남궁세가의 가주는 나타나지 않았다.

자명은 파파가 조금 늦나 보다 하고 스스로의 마음을 다스리려 애를 써보았지만, 불안하고 초조한 마음만은 감출 수가 없었다.

'저녁에는 꼭 오실 거야.'

자명은 애써 그렇게 생각하고는 이번에는 황학루에 올라 도도히 흐르는 장강을 구경했다. 탁 트인 풍경이 답답했던 가슴을 조금이나마 시원하게 해주었다.

"아름답다."

자명이 저도 모르게 혼잣말을 중얼거렸다. 끊이지 않고 도도하게 흐르는 장강, 물안개 덕에 선경마냥 흐릿하게 보이는 건너편 땅.

강기슭 어림에는 기기묘묘한 바위가 놓여 있고, 어떤 구석에서는 검붉은 흙이 강물에 쓸려 내려가기도 한다.

"겨울이라 꽃이 없는 것이 안타깝구나."

하지만 겨울에는 겨울 나름의 흥취가 있게 마련이다. 자명은 한참 동안 그림과 같은 풍경을 바라보며 허전한 마음을 달래었다.

하지만 풍경도 큰 도움은 되지 못했다. 해가 서쪽으로 기울어져 갈수록 자명의 마음은 점점 더 불안해져만 갔다.

노을이 질 무렵에는, 자명은 참지 못하고 누각 밖에 나와 서성이기 시작했다. 오가는 사람 한 명 한 명을 뚫어지게 바라보기도 했고, 자신이 혹시 잘 보이지 않아서 파파가 찾지 못하는 게 아닐까 생각하며 탁 트인 곳에는 모조리 얼굴을 들이밀어 보기도 했다.

마침내 해가 서산 너머로 떨어졌다.

'오, 오지 않네.'

이쯤 되면 불안함을 감출 수가 없다. 혹시 오다가 무슨 일이 생긴 것은 아닐까? 아니, 그것은 아닐 것이다. 파파가 함께하기만 했다면 어지간한 사고쯤은 아무렇지도 않게 넘겨 버릴 수 있었으리라.

그렇다면 화란 아가씨가 아직 다 낫지 않은 것이 아닐까? 자명의 안색이 급격하게 어두워졌다. 어쩌면 화란 아가씨의 상태가 더 좋지 않아진 것일지도 모른다는 생각이 들기도 했다.

한편으로는 아직 도착하지 않은 것뿐일지 모른다는 생각도 들었다. 혹시 오늘 밤 늦게 도착하는 것 아닐까? 어쩌면 내일 아침에 도착할지도 모르고 말이다.

자명이 그렇게 황학루 밖을 서성일 때였다.

뒤에서 인기척이 들려왔다. 자명이 반가운 얼굴로 고개를 돌렸다.

"파, 파파……?"

뒤쪽에서 검은 그림자가 어른거렸다. 잠시 그림자를 살펴보던 자명은 의아한 얼굴로 고개를 갸웃했다. 파파라기엔 너무 체구가 작았던 것이다. 마치 아이처럼 말이다.

'파파가 아니구나.'

자명은 조심스레 그쪽으로 걸음을 옮겼다. 검은 그림자 역시 자신을 발견했는지, 이쪽으로 다가오고 있었다.

"뉘신지요?"

자명이 그림자를 바라보며 말했다.

어둠은 여전히 짙기만 했다.

『화공도담』 6권으로 계속…

워메이지

김재한 퓨전 판타지 소설

사람들이 인식하는 상식의 세계 이면,
짙은 어둠이 드리워진 그곳에 사는 괴물들이 있다.

문명이 드리운 그림자 속에서, 전투기계들과
인간의 사념으로부터 태어난 마물들이 격돌한다.
마법과 주술이 난무하는 초현실적인 전장,
소년은 그곳에 서는 대가로 인생을 잃었다.
운명의 노예가 되어 가족과 인성을 잃어버린 소년, 진유현.

총염(銃炎)과 검광(劍光)이 뒤얽히는
어둠의 거리에서, 운명의 족쇄를 끊고 나온
소년의 눈이 살의를 발한다.

참마도 新무협 판타지 소설
鬼弓士
귀궁사

귀궁사
鬼弓士
1
참마도 新무협 판타지 소설
FANTASTIC ORIENTAL HEROES
귀궁사
鬼弓士
참마도 新무협 판타지 소설
1

千秋公子
천추공자
청산 新무협 판타지 소설
FANTASTIC ORIENTAL HEROS
1

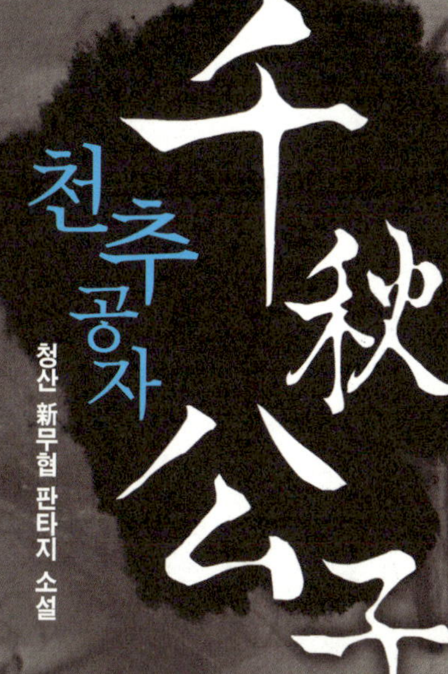
千秋公子
천추공자
청산 新무협 판타지 소설

少林棍王

소림
곤왕

한성수 新무협 판타지 소설

감동의 행진을 멈추지 않는 작가 한성수!

구대문파 시리즈의 두 번째 이야기 『소림곤왕』!!
그 화려한 무림행이 펼쳐진다

"너는 지금부터 날 사부님이라 불러야만 하느니라.
소림사의 파문제자인 나, 보종의 제자가 되어서 앞으로 군소리없이 수발을 들고 모진
고통을 이겨내며 무공 수련을 해야만 한다."

잡극계의 천금공자 엽자건!
소림의 파문제자 보종의 제자가 되다!!

역사와 가상.
실존의 천하제일인과 가상의 천하제일인에 도전하는 주인공!
이제부터 들어갑니다. 부디 마음껏 즐겨주시기 바랍니다.
– 작가 서문 中에서.